外国文学
经典阅读丛书

美国文学经典

飘流的情侣

piaoliu de qinglv

[美] 丹尼尔·斯蒂尔 / 著

张婷依 / 张永冠 / 译　　岳平 / 校

百花洲文艺出版社
BAIHUAZHOU LITERATURE AND ART PRESS

一

当阳光透过落地长窗射进来时, 屋里的每样东西都在闪着光。发亮的红木壁炉上雕有涂过油的玫瑰花饰和女性胸部。尽管几星期以来房间中央镶木长桌上整齐地堆放着许多珠宝, 但被精心保养的桌子仍显得光亮, 上面堆放着雕琢的玉石大银盘、花边桌布、二十四只华美的雕花水晶碗、三打多的专盛盐与胡椒粉的银瓶, 还有十四座银烛台。这些婚礼的礼物像在等待着检阅。桌子远处有支钢笔和一本签名本, 新娘如有时间会按本子给每一个捐赠者送去感谢。一个餐室女仆在为送到的日报除尘, 男管家在查看银器, 这里每样东西如同德雷斯科尔大厦一般明亮, 富丽堂皇却使人拘束, 富有而并不显露。前厅厚厚的天鹅绒落地花边窗帘正如房子四周的篱笆树和大门一样, 挡住了好奇的眼睛, 德雷斯科尔家族置身于一片丛林之中。

主厅螺旋形楼梯上传来一声轻微却十分清晰的女人的声音。一个窄小臀部、修长双腿和瘦弱肩膀的年轻女人走进了前厅。她身着一件粉红色的缎子长裙、红发梳成一个髻, 这样显得比她二十多岁的实际年龄要老气些。缎子长裙给人一种柔软的感觉, 但从她身上却找不到一丝温柔。她笔直地站在那儿, 盯着满桌的礼物, 视线慢慢地在一排排珠宝上移动, 缓缓点头来到桌旁, 那里有一串她写的名字: 阿斯特、图特凡·坎普、斯特林、弗洛特、沃森、克罗克、托比, 这些人都是旧金山的、加利佛尼亚的、也是美国的精英。多么美妙的名字、人物和礼

1

品。然而当她快步走到窗前朝外看花园时，她没有显露出兴奋之情。自她孩提时起，这里的一切就毫无瑕疵：她钟爱着的祖母每年春天种植的郁金香。她很小就喜欢这个花园。她缓缓呼出一口气，想着那一天所有她该做的事，一边在她粉红色缎子后跟上轻轻擦动着，深蓝色的眼睛瞟了一眼满桌子的礼物。礼物极其精致，假如新娘去试试衣服，她将会满足……奥德丽·特雷斯科尔瞥了一眼自己的纤细的手腕和手腕上母亲留下的小巧玲珑的钻石手表，表带扣子上镶着一颗她喜爱的红宝石。

底层有两个餐厅女佣、一个男佣，楼上一个女佣正朝她们的卧室走去。地下室里有一个厨师、一个女佣、她的助手、两个花匠和一个汽车司机。雇佣着十个人总使奥德丽感到忙碌。但她已习惯了这一切。从夏威夷来这儿后，她管理这幢房子已有十四年了。父母去世时她正好十一岁，安娜贝尔只有七岁。当时她们除了这儿无处可去。她回想她们到达时的那个雾蒙蒙的早晨。因为害怕，安娜贝尔牢牢抓住她的手，一边大声抽泣着。祖父派来的管家把她俩带回到这里。一路上管家和安娜贝尔都晕了船，她却没有。奥德丽从不晕船。她还照料了四年前得流感去世的老管家米勒太太，正是她教会了奥德丽如何管理这幢古老华丽的大厦，告诉她祖父的想法和期望。奥德丽学得很好，她使一切显得井井有条和完美无缺。

当她赶到餐厅时，唯一的声响是长裙发出的摩擦声。她在空桌旁坐下。她每天在这里用餐，她的妹妹则在楼上享用着铺有上过浆的亚麻布盘子上盛着的精美早餐。

一个穿着灰色制服、配有白色围裙和帽子的女佣立即过来了。她怯怯地瞥了一眼这个年轻的女人，后者正挺身坐在那张位于桌子尽头的安妮女王式的椅子上。

"您要些什么，特雷斯特尔小姐？"

"今天我只想要些咖啡。谢谢你，玛丽。"

"好的，特雷斯特尔小姐。"奥德丽的眼睛就像蓝色玻璃，视线严肃。除了几个极了解她的人外，多数佣人都有点怕她。玛丽和奥德丽年龄相仿。她只晓得这样一个女人，坚韧的双手、顽强的毅力和隐约显露出来的惊人的幽默感，一切全都隐藏在那双蓝色眼睛后面——她是独一无二的——特雷斯科尔小姐———一个老处女。

人们都叫她老处女。她与美丽的安娜贝尔之间没有秘密可言。爱德华·特雷斯科尔总是这样无所顾忌地对别人说：安娜贝尔拥有天使般的淡黄色头发和白皙的皮肤，她的脆弱的外表恰是30年代、20年代甚至前世纪的流行形象。奥德丽仍清晰地记得当她们的父母双双死于回家的路上后，她哼着歌怀抱那孩子的情景。她们的父亲一直就抵御不住探险的诱惑，母亲则到处跟随着他，否则，她的丈夫会因害怕而离开她。她甚至在最后一刻和他一同沉入海底。尸体的残骸至今未能找到。船从港口开出两天后就被风暴卷入了海底。被遗留在世上的两个女孩从此和她们的祖父相依为命。可怜的安娜贝尔看见她祖父就显得恐慌，十分恐慌，他的注视使奥德丽捉紧安娜贝尔的手指都发白了。回想起这些往事，奥德丽笑了，因为他也同样有些怕她们。

她从一个象牙把的银器中倒了些咖啡。这只壶和别的珠宝原来都属于她们的父母，是她从夏威夷带回到这里。绝大多数东西是她的母亲从欧洲大陆上买来的，父亲不在意这些物品，他对游览世界各地和收集旅游中拍摄的照片倾注了巨大的精力。奥德丽仍然保留着这些照片并把它们存放在卧室的书架上。祖父则十分讨厌这些照片，因为这只会使他回想起他的爱子——他仅有的一个儿子——他一直叫儿子"傻瓜"。两个不该这样死去的人……还有两个硬塞给他的孩子。以前他装作讨厌她俩带给他的种种不便，并坚持认为她们应该变得更能干些。他要安娜贝尔学会刺绣和缝纫，她确实做到了，但在奥德丽身上寄予的希望却完全落空了。奥德丽不喜欢缝纫、画画、园艺、烤面包中的任何一种。她对水彩画提不起一点儿兴趣，不写诗，不参加展览，甚至不看交响乐团的演出……然而，她对摄影兴趣浓厚，喜爱有关冒险和古老传奇的书。她去听愚蠢可笑的讲座，也经常去海边闭上眼睛吮吸淡淡的海水气息，一边想象着太平洋海水所能触及到的遥远的海岸。她在替他管理着一座宫殿，与佣人们的关系不错，每周为他整理一次书籍，并时刻提防有人从他那里骗走一个便士。在这个没人愿意为之服务的地方，她能做好任何事。这就是爱德华·特雷斯科尔的家。

"玛丽，茶好了吗？"不用看表，她就能知道现在是八点十五分。祖父随时会下楼。他每天像去上班一样穿戴整齐。他总是不和她说一句话，怒冲冲地看了奥德丽两三眼后，就开始饮茶读报，吃两个煎得很嫩的蛋，一片烤面包，喝一两杯英国茶，最后才向奥德丽问声早安。他每天的这种举动并没有吓着奥德丽，因为奥德丽不太在意他的存在。十二岁她已学会读报，而且一有机会就和他严肃地谈上一会儿。起初，他只觉得有意思，慢慢地他才发现她从报上学到了很多东西，并能有条理地发表自己的观点。他们俩在她十三岁生日之际发生了第一次政治方面的争论，结果她一星期不和他说话更使他感到欣喜。从此他就为她感到极其自豪。每天早晨读报也就成为她的一种享受。看完之后他俩总会谈上一会儿，而且她的话题一定会引起他的兴趣。无论何种题目，从国际政治到地方消息，甚至是朋友的聚会，到最后都可能发生一场激烈的争论。他们很少能达成一致，这也就是安娜贝尔不和他们一起早餐的原因。

"是的，小姐，茶好了。"穿灰制服的女仆说这话时，就像大敌临前不得不作准备似的。一双擦得发亮的皮鞋走过一块波斯地毯，轻轻地跨进了大厅。爱德华使劲拉出椅子，飞快看了一眼奥德丽，然后开始翻看报纸。他示意佣人倒了茶后就小心地啜饮起来。而此时，奥德丽一双纤细修长的手也正拿着报纸。她太专注了，以至没有发觉夏天灼热的阳光正照在她的古铜色头发上。他趁她没注意时瞧了她一眼，并深深地被她的美丽所打动。她不注意打扮却愈发动人，而她的妹妹除了外貌以外不在意任何别的东西。

"早上好。"三十分钟后他才突然冒出这么一句话，精心修饰的白胡子却几乎没动一下。那双蓝色眼睛中闪烁着的夏日光芒与他八十岁的年龄不大相称。女佣被这句话吓了一大跳，她也讨厌服侍他。只有奥德丽不受他的粗暴态度的干扰。她的表情和对她笑、吻她或呼唤她的名字时没什么两样。

从来就无法从祖父口中听到任何可爱的名字。事实上，除了他妻子，他从不叫任何人的名字。当他妻子在二十年前去世后，他用各种方式表现他的痛苦。他是一个高大漂亮、衣着得体的男人，如今他仍保持着一头白发，满嘴的胡须和厚实的肩膀。他的步履谨慎而踏实，手中握着一根银头乌木的手杖，和别人说话时打着有力的手势。他看奥德丽时也是这样。

"你恐怕是在读新闻吧。他们提到他，这些傻瓜。"他的声音回荡在细工镶木的餐厅，奥德丽的视线遇到了他的蓝色眼睛，这两双眼睛间隐藏着某种相似。

"我想你一定对这则消息感兴趣。"

"当然。"他大声说，"真该感谢上帝没有给他机会，胡佛将再次当选。他们本应让史密斯代替那个白痴。"他在李普曼的专栏上读过有关芝加哥的民主党会议提名富兰克林·罗斯福的文章。奥德丽早就料想到他的反应。他无视现在正处于大萧条以来最糟的年头这一事实而坚决支持赫伯特·胡佛，他甚至拒绝承认目前的状况。尽管因饥饿而失业的人们遍布全国，他仍坚信胡佛是个合适的人选。因为大萧条没有触及到他们，所以他无法揣摩大萧条的影响程度。

正是胡佛的政治观点使奥德丽决定投民主党的票。因此，她为富兰克林·罗斯福获得提名而感到高兴。

"要知道，他永远不可能当选，你根本不必浪费时间如此看好他。"祖父愤愤地放下报纸。

"他会当选的，也应当是他。"她神情严肃，思考着这个国家的经济处在何种状况，这种可怕的状况使她深感不安。她的祖父不愿谈及这个话题，否则等于暗示这是胡佛的错。她这次小心翼翼地看着他，因为她清楚地认识到她所说的和所能得到的反应。"你怎么能无视发生的一切？现在是一九三二年，就在民主党开会前，芝加哥的许多银行都破了产，我们整个国家失去了控制，街上到处都是饥饿的人群。你怎么竟能撇开这些问题呢？"

"那不是他的错。"他砰地在桌上捶了一拳，流露出不满的眼光。

"见鬼。"奥德丽十分激动并带着明显的嘲笑口气。

"奥德丽，别说粗话！"她没有向他道歉，因为她认为没有这种必要。他们相互极其了解，无论他的政治观点如何，她都将一如既往地爱他。

她笑着答复了他不善的眼光："我敢和你打赌，富兰克林·罗斯福肯定当选。"

"胡说！"他仍固执己见地认为只有共和党才适合当政。

"我赌五美元。"

他眯起了眼睛："不论我怎样努力，你的举止仍然像个卡车司机。"

奥德丽笑着站了起来，她环视了一遍周围的一切，这些东西都曾属于她母亲，都曾被她母亲经常擦洗。"今天干些什么，爷爷？"他如今已不再处理很多事了。他去看望朋友，去他的太平洋联合俱乐部吃午饭，然后回来小睡一会儿。他授勋于八十一岁那年。作为旧金山的第一流银行家，自从十年前退休后，除了与两个孙女（实际上很快就只剩一个了）共同生活外，他过得非常平静。他不会不注意安娜贝尔的美貌，就在两天前他刚刚向一个朋友承认了这一点，但他需要奥德丽的骨气和精神。奥德丽总是位于他和安娜贝尔之间，处处保护着她的小妹妹，使他永远无法和安娜贝尔交朋友。安娜贝尔是奥德丽从母亲手中接过来的一个婴儿，她从不让她受一丁点儿的委屈，如今她正在为安娜贝尔准备一个豪华、隆重的婚礼。

祖父的视线回到奥德丽的脸上："我到俱乐部去了，你大概也正准备和你妹妹去兰索霍夫挥霍我的钱吧。"他的伤心不是针对大萧条。他投资非常谨慎，因此大萧条对他来说只不过大洋中的一个涟漪。

"我要尽量多用。"奥德丽干巴巴地笑着。她很少为自己买东西，却替安娜贝尔添置了许多嫁妆。婚礼上有七个伴娘，奥德丽是主傧相。礼服用旧式的法国花边配以小粒珍珠，高耸的领子很适合安娜贝尔修长的脸庞，同样的花边和绢网制成的面纱披在她金黄色的头发上。奥德丽对这套礼服和面纱感到十分满意。目前还有一个问题就是要安娜贝尔去试一次衣服。婚礼三星期后将在圣鲁克的圣公会举行。现在还有许许多多的事亟待处理。

"顺便提一下，哈考特来这儿吃晚饭。"鉴于他的健忘，她总是在早晨及时提醒他。如果晚餐时出现陌生的或是熟悉的面孔，他都可能大发雷霆。一旦提及他的这位孙女婿，他总是盯着她看，他很难想象奥德丽不妒忌。安娜贝尔只有二十一，奥德丽毕竟二十五岁了，而且以多数人的目光看，她不算美丽。她打扮朴素，头发全部梳在脑后，不涂胭脂的脸上略显苍白，褐色的睫毛上也看不到睫毛油。倘若能在丰满的嘴唇上抹些唇膏一定更漂亮，但她似乎不需要这些，也不在乎是否有男人献殷勤。过去几年里倒曾有过几个合适的，但都被她的祖父一一轰走了。奥德丽也不生气，因为他们都死板得令她厌烦。她理想中的男人应当像她父亲一般，具有冒险精神和热衷于漫游世界，她还未能遇到这样的男人。哈考特也许是她妹妹的但绝不是她的理想丈夫。

"他可是个英俊的小伙子。"他的眼睛又像往常一样紧盯着她，希望能从中获得一些她的新想法，即使是她先认识哈考特并和他一起参加过一两次舞会，她仍很高兴哈考特能娶她的妹妹，不管别人如何看待这件事，她不会对放弃哈考特感到惋惜和后悔。她知道他无法从安娜贝尔那儿得到精神上的满足，同时她也怀疑有谁能真正使他感到满足。在父亲拍摄的旧照片里，她得到了她喜欢的并想得到的东西。从照片上可以发现他俩之间有许多共同点：他们的眼睛，他们的洞悉力，对古老神秘东西的渴望……"哈考特会成为安娜贝尔的好丈夫的。"祖父又一次用嘲笑的口气说道，也许他是想看看奥德丽的反应，因为他一直认为把哈考特让给安娜贝尔是她犯下的一个大错。他搞不懂她究竟在想些什么，很少有人，其实根本无人能了解奥德丽的真正想法。她对此压根儿无所谓。她独自一人编织自己的梦想，但又不过分放纵思想。她该做的就是替祖父管好这个家。此刻她极力克制自己，但笑意仍从眼角渐渐扩散到整张脸上。玩笑的后面总能迷惑人，但她已经猜到了一些……实际上是……实际上……奥德丽远不是人们所想象的那样，就连祖父也弄不清她脑子里究竟装着什么，她梦想步她文章后尘的那种狂热，完全不同于这个时代的妇女。她只按自己的想法行事，宁死也不愿安定下来嫁给哈考特。

"为什么你认定他是个理想的丈夫呢？"她调皮地笑着说，"就因为他与你一样忠于共和党吗？"她取笑着逗引他。

祖父的眼睛变得暗淡了。他正想开口，身后响起了一阵叹息。身穿饰有乳白色花边的天蓝色丝绸裙子，肩披一头瀑布般长发的安娜贝尔正失望地望着比她足足高一个头的奥德丽。她显得非常不安，手像小鸟一样不停地颤动。在奥德丽看来她永远是美丽的化身。她在许多方面一点也不像她姐姐，而且总是处处依赖着沉着能干的姐姐。

"你们俩在这个时候谈论政治吗？"她用手遮住双眼，好像极度虚弱的样子。奥德丽被这个动作逗笑了。他们是出于喜爱而经常谈论政治，他们也喜欢这种能振奋人精神的争论。安娜贝尔厌烦政治，更厌烦他们的争辩。

"昨晚富兰克林·罗斯福在芝加哥的民主党大会上获得了提名。也许你想知道这件事。"安娜贝尔从不关心这些，奥德丽却认为她该知道。安娜贝尔听完后只是茫然地看着她的姐姐。

"为什么？"

"因为他击败了艾尔·史密斯和约翰·加德纳。"奥德丽实事求是地说道。安娜贝尔却极不耐烦地要起了脾气。

"不，我是说为什么我该知道这件事呢？"

"因为这很重要。"奥德丽旁若无人地怒视着她。虽然几年前她已经知道无法使她改变，但她至今仍不能容忍她的无知。除了容貌和衣服，安娜贝尔不关心其他一切。"他也许会成为我国的下届总统，你应该多留心这种事。"她尽量使语气温和些，但总得有个限度。她希望安娜贝尔能多了解世界，而这个希望总是落空。从这点上就可以看出她俩之间的差别。有时连她们的祖父也难以相信这是一对亲姐妹。

"哈考特说政治会把女人变得粗俗不堪。"她摇晃着金黄色的卷发，发出挑战似的眼光。祖父被这一举动焕发的魅力深深吸引了。她无疑是个诱人的漂亮的小精灵，极像她母亲……而奥德丽……奥德丽像他的儿子……祖父想到他深爱着的儿子……假如他不……现在想这些已毫无意义了……该诅咒的疯狂的地方……好多年来他一直游荡在从萨摩亚群岛到中国东北的大片土地上，他到底有什么成就呢？"你们并不适合早上谈论政治，"安娜贝尔又说道，"何况这也无助于消化。"

祖父显得有些不知所措，奥德丽不得不转过脸才能收敛住笑容。当她再次转过身时，眼光正好落在安娜贝尔的身上，顿时她有一种拥抱她的冲动。祖父仍旧无动于衷。"我们晚饭时再见，还有哈考特。"他巧妙地退回到他的书房。比起前几年，他稍许有了点自己的嗜好。他骄傲而坚强，奥德丽觉得自己亏欠他很多，他需要自己替他管理房子。她有些轻视自己的妹妹，安娜贝尔顽固地不愿学一点儿治家之术。哈考特只要她保持美丽的容貌并且生活愉快就行，其余的一切不让她插手。他认为负担过多的责任会把女人变得俗不可耐，安娜贝尔也不考虑自己时刻给姐姐带来的麻烦。奥德丽对这一切却毫不在意，更不为哈考特的论调所打动。

　　"别忘了今天你该去试礼服。"走出餐厅时她提醒安娜贝尔，书房门恰好在这时"砰"地发出一声巨响。奥德丽知道他进去后一定会抽上雪茄，独自坐一会，然后开车去太平洋联合俱乐部回忆旧日时光，拆看朋友的来信，构思回信的内容，他几乎没有什么其他的事可做。奥德丽却要为一个有五百人参加的婚礼作准备，一切全仰仗她。

　　"姐姐，今天我不想去市中心了，昨天下午太热了，我还有些头疼。"

　　"太糟了。临走前吃一片阿司匹林，离婚礼只有三星期了。昨天收到的礼物你查看过了吗？"奥德丽紧紧地拽住妹妹，硬把她推到前厅。桌子上的礼物每小时都在增加。

　　"哦，上帝……"安娜贝尔开始嘀咕起来。奥德丽摇摇她又说："再把我写的感谢信看一遍。"

　　"瞧瞧这么多可爱的礼物，你多幸运，别再抱怨什么了。"安娜贝尔比她姐姐更像她们的母亲。十四年来，奥德丽从未停止过对她的关心，这种程度已经超出了母亲的关心。为了照顾妹妹，奥德丽在米尔附近上了大学。自从哈姆林小姐走后，安娜贝尔再没有上过学。因为奥德丽有头脑，安娜贝尔只有美貌，所以没有人希望她再深造。

　　"今天我一定得去吗？"她近乎哀求地看着奥德丽把自己硬拉上楼，强迫她穿戴好并写完半打的感谢信。同时，奥德丽自己也梳妆完毕。十点半一切都准备好了，祖父送给她俩配有司机的佩卡特车已等在门外。这是夏季中的一个好天，七月的第一个星期，天空就像她们在夏威夷看到的一样蔚蓝。

　　"安娜贝尔，还记得夏威夷吗？"路上，奥德丽的这个问题得到的回答只是摇摇头。这些记忆在她很小的时候就消退了，并没有同她父亲的旧照片一样保存下来。对奥德丽来说，这些照片联系着往事，但是在安娜贝尔的脑中，它们不仅能引起一阵恐悸，而且意味着许多无聊、怪诞、可怖的国家，相反，这些又是奥德丽所向往的。每当看着这些照片，奥德丽几乎能感觉到遥远的中国和日本山川上的那种气息，穿着和服的人手推着小车，或者坐在小溪旁悠闲地钓鱼，一边目不转睛地盯着你，像是与你交谈……当她还是个小女孩时，就时常捧着这些照片入睡，连做梦都仿佛置身于那些令人向往的地方……现在，即使只处于一个普通的环境中，她的照片也极具灵性。

"奥德丽！"车开到杰·玛格雷思店门口时，安娜贝尔叫了一声。奥德丽回过神朝她笑了笑。奥德丽很少走神，她总是十分忙碌，特别是在即将举行婚礼的这段时间里。"你在想什么？"

"我也不知道。"奥德丽避开了她的目光。她刚才正在想父亲二十年前摄于中国的那张照片。照片上的父亲开心地骑在一头小毛驴上。这是奥德丽特别钟爱的一帧。

安娜贝尔十分引人注目，奥德丽跟在她后面走进店堂时，产生了一种奇怪的感觉，从刚才在车里想到的父亲的照片到眼前这个俗气放纵的地方，自己似乎被人拉远了一段距离，奥德丽觉得眼前的这一切是如此索然无味、毫无价值。人生中该有另外一些更有意义的东西……那些寒冬里无法为孩子们负担足够食物和衣服的人……那些挤在贫民窟里无法拥有温暖家庭的人。就在此刻，她却和她的妹妹一起购买昂贵的时装，一件相当于一个大学生整个大学期间的花费的礼服。

"你还好吗？"安娜贝尔正在试穿长裙。她看了一会奥德丽，觉得她脸色发青。在把眼前的这一切和脑中所想的加以对照后，她确实感到不舒服。

"我很好，只是觉得有些热。"

两个店员马上去倒水，一边低声议论着："你瞧她有多妒忌自己妹妹的美貌……真是虚情假意……她就是那个老处女……"

奥德丽听不到谈话的内容，但类似的话她已经听得够多了。她对此早就习以为常了。

当晚，祖父没有准时到家，似乎有些特别，安娜贝尔却是一贯不守时。正是由于奥德丽处处为她安排妥当，她才会老是迟到，老是表现得不知所措。

"蜜月都安排好了吗？"婚礼是奥德丽唯一的话题。如果和别的男人在一起，她就会谈谈民主党的这次提名，但她清清楚楚哈考特关于女人和政治的论调。奥德丽想不起以前和他跳舞时他们俩说了些什么，可能是关于音乐，他认为这也是愚蠢的吗？想到这里她有些想笑，但马上克制了。他开始大谈起这次蜜月旅行。他们准备乘火车到纽约，经艾尔到勒阿弗尔，再乘车去戛纳，然后是里埃维拉，最后到罗马和伦敦，然后乘船回家。这次大约历时两个月的蜜月，尽管和奥德丽原先设想的不同，但听上去非常美妙。她想去威尼斯，在那儿乘坐东方快车到伊斯坦布尔……想到这些，她的眼睛顿时显得闪亮有神。当祖父走进客厅，预备发火之际，奥德丽走过去示意他朝哈考特笑笑："记得早晨我告诉过你哈考特今晚的来访吗？"

祖父眯起眼不满地看了看奥德丽。过一会儿，他才想起确有此事。"在你发表关于罗斯福的愚蠢的观点之前还是之后呢？"他显然有些不高兴，但不至于特别生气。说完之后，他就在哈考特诧异的目光下大笑起来。

"是不是很不幸，先生？"

"那也谈不上该下地狱。胡佛肯定会再次当选的。"

"我也希望如此。"

又是一个狂热的共和党分子,奥德丽觉得令人作呕。

"一旦他当选,就等于从此毁了这个国家。"奥德丽说。

"别再讲述你的那套理论了。"他大叫一声。

安娜贝尔在这时走进客厅,使他不得已失去了他的听众。身穿一件淡蓝色波纹丝绸衣服的安娜贝尔看上去像一幅画,她是如此的出众,蓝色的大眼睛,超群的美貌,一头耀眼的金色头发。这就是哈考特大吃一惊,并且长时间被她吸引的原因了。哈考特把眼光从她身上移开好久后,才不满意地斜了一眼奥德丽,然后朝餐厅走去。

"但愿你不至于太崇拜罗斯福。"

"事实上我非常崇拜他。现在是国家历史上最糟糕的年头,而这正是胡佛一手造成的。"她说这话时带着一股令人难以反驳的平静和肯定。

安娜贝尔把手插进哈考特的臂弯里,并用乞求的眼光看着她:

"今晚别再谈论政治了,好吗?"那双孩子般纯真的蓝眼睛令人心软。

哈考特拍了拍她的手:"当然可以。"

奥德丽不由地笑了,祖父的眼睛也闪烁着光芒。如果奥德丽到俱乐部听听那些共和党人的谈话,她准会吓昏的,但那里至少会让她觉得男人的谈话比女人的谈话有意思得多。她常和男人交谈,只有哈考特从不和女人谈论严肃的话题。安娜贝尔整晚都有说有笑的,尽讲些奥德丽认为无聊的话。

哈考特一走,安娜贝尔就像只快乐的小鸟一样奔上楼。奥德丽则慢慢地搀扶祖父拄着手杖上楼。此时,她感到精疲力竭。爱德华既漂亮又高贵,奥德丽一直都愿有个像他那样的男人做丈夫。从照片上可以看出他年轻时风度高雅，同时也具备了聪明的头脑和独立的思想。她认为和这样的人生活在一起是很容易的，至少应当很快乐。当奥德丽和这位老绅士独处时，后者低头看了看她。由于年老背驼的关系，奥德丽现在几乎和他一样高，实际上他足足高出了半个头。

"你难道不抱怨什么吗，奥德丽？"他提了个轻松的问题，他的声音柔和了许多。他想证实一件事，那就是奥德丽是否还对哈考特抱有幻想。

"关于什么，爷爷？"她从小就不叫他爷爷，但此刻她很自然地这样叫了。

"关于他……你曾拥有过的年轻的哈考特。"他声音很轻，生怕有人偷听他们的谈话，"他先带你出去，况且你大安娜贝尔年长些……你会成为一个成功的妻子……不像她只是个不懂事的小女孩……她太年轻了……"可惜的是他不了解她。

奥德丽温柔地笑着，被他的关怀所感动。"我还不想结婚，再说他不是我理想中的男人。"她这样回答。

"为什么不准备结婚？"在昏暗的客厅里，他主要依赖于他的手杖与奥德丽面对面站立着。

"我也不知道……可能是因为我必须先完成另外一些事。"该如何向祖父解释呢？说她想去世界各地……像她父亲那样到处拍照并拥有自己的影集？

"比如说……"他感到担心，这些话触动了他某处的记忆……那些使他失去儿子的往事……"你不会有傻念头吧？"

"当然没有，爷爷。"要是有其他的事发生，她希望能先消除他的顾虑。她欠他太多了，而且他已经老了。"我也不知道自己要求的究竟是什么，但有一点绝对肯定，不是哈考特。"

他怀着深邃的目光满意地点了点头："这样就好。"但是假如事情并不是这样的呢? 假如她想得到他呢?

他向正在走神的奥德丽道了晚安, 随后关上了门。

她站在自己的房门外回想着自己刚才的回答。她无法解释自己为什么说了那些话, 她只知道那些全是真话……一些需要她去完成的事……一些事……一些要去的地方……一些要拜访的人……还有那高山和流水……那气息……

她轻轻地关上门, 一面想着她无法和哈考特或是任何人在某个地方安居乐业。她更加渴望充实自己, 也许某一天她就会动身出发……按照片去寻觅她父亲的踪迹……再经历一次神秘的旅行, 就像和父亲一起乘坐充满魔力的火车, 回到从前, 回到照片中去。

二

这是七月廿一日的早晨。奥德丽站在楼下前厅里，看看表却又本能地等待饭厅里的钟发出和谐的乐声，车已停在门外，她确信此刻客人们正等在教堂里。祖父在一旁用手杖笃笃地敲着地板，她可以感觉到所有的佣人的目光正从房间的四周射向他们俩。他们在盼望安娜贝尔从楼梯上走下来的时刻，等待是值得的，安娜贝尔像片彩云似的从楼梯上一路飘下，焕发出一种令人窒息的美。她就像一位高贵的公主或是一位年轻的女王，一双乳白色的鞋正好配上她小巧玲珑的脚，罩着旧式花边和小珍珠的头发似乎是纺出来的金丝，腰如同象牙雕琢般的纤细，她的眼睛闪耀着幸福和激动，这是奥德丽见到过的最出众的姑娘，后者正笑得如此甜美和骄傲。

"你可爱极了，安妮。"这句赞美太微乎其微了，但这是此刻奥德丽唯一能说的话，以前那么多次没完没了的试衣看来是值得的。这件裙子太适合她了。奥德丽穿的是一条镶着米色花边的桃红色丝绸裙子，其他女傧相的衣服颜色相同但要略淡些，暖色的衣服衬着一头古铜色头发，使奥德丽显得格外漂亮。当安娜贝尔还之以一笑时，她的眼睛也发射出兴奋的光芒。

"要知道，奥德丽，你非常美丽。"不知为何，她从未这样认为过，但此刻……她却认为奥德丽是美丽的。她对自己的这个想法吃了一惊，她很少这么看奥德丽。

望着眼前的安娜贝尔，奥德丽对自己几个月来付出的辛劳和多年献出的爱感到十分满足。正如她所期望的那样，安娜贝尔长大成熟了，并且即将成为哈考特的妻子，从此将在贝林格姆幸福地生活。这种安排正是安娜贝尔向往并适合于她的，她将是哈考特娇美而年轻的妻子，她会安定下来的……安定下来的……回荡在奥德丽的脑海中的这些想法使她不由地颤动了一下。她痛恨这个词——安定。这对她简直就是生命的终结。

"安妮，觉得幸福吗？"她探索着年轻妹妹的眼睛。这么多年来她一直在关心照看她……外出怕她着凉……上床前给她准备好娃娃……不再使她做噩梦……她从不孤独……她的朋友总是善待她……她自己挑选喜欢的学校……为这件事，奥德丽还和祖父发生过激烈的争执。安娜贝尔不愿穿过海湾到凯瑟琳·布雷森那儿搭伙，她想去汉姆林小姐那儿，她达到了目的……奥德丽负责每件事，直到今天，直到这套漂亮衣服的最后一个细节问题。她真心祝福妹妹。她一直都希望妹妹幸福。也许要求太高了……这些年奥德丽太宠她了，对她宠爱的程度可能已经超过了她们的父母，但是她看来总像是个小女孩。甚至于此刻，她仍是这样，奥德丽的目光在她脸上探寻，思索着安妮是否能确定自己的决定是正确呢。"你爱他，是不是？"

安娜贝尔银铃般的笑声响遍前厅，她很快对着镜子看了自己一眼，顿时她被镜中的形象惊呆了……她从未见过如此迷人的长裙，连说话的声音也变得模糊了。"当然，奥德丽，比任何东西……"

"你能肯定？"这似乎是奥德丽迈出的一大步，而安娜贝尔一点也不感到奇怪，只是非常兴奋。

"嗨！"她整理着面纱。这时，管家扶着祖父朝汽车走去。

"安妮？"奥德丽再次问她时，胃抽动了一下。假如……假如她在做一件错事呢？是自己硬逼安娜贝尔这样做的吗？还是有人坚持认为这是一对天作之合呢？究竟是谁造成了今天这种局面？她自己没有动摇，只是安娜贝尔……

她年轻的妹妹转过身发出一个震撼人心的笑容，就在这一瞬间，奥德丽觉得负担减轻了许多。"你太多虑了，奥德丽，这是我一生中最幸福的一天。"她们俩持续地对望了一会儿，奥德丽不得不承认，自己的妹妹的确很幸福。但是，仅仅幸福就够了吗？可是她突然又笑了。安娜贝尔是对的，自己是过分担心了，这是不必要的。可是她不懂为什么安娜贝尔一点也不担忧，事实上她毫不担忧。她伸出戴着白色羊皮手套的手，紧紧地拉住她姐姐。她神情严肃地说："我会想你的，奥德丽。"奥德丽也是这么想。妹妹走后一切会变得多奇怪啊！十四年来奥德丽像照顾自己的孩子一样，精心照顾她。当她们俩一起站在前厅时，奥德丽感到自己不像是安娜贝尔的伴娘，而是她的母亲。

"贝林格姆并不远。"安娜贝尔的眼眶里噙满了泪水。奥德丽走上前去抱住她，只是轻轻地，因为她并不想弄乱她的面纱。"我爱你，安妮……希望你和哈考特生活愉快。"

安娜贝尔只是笑笑。她抽出身，走向门口，肩膀仍不停地颤动："当然。"

祖父的罗尔斯—罗伊斯车开始发动了。在他们摆弄好安娜贝尔那件宽大的礼服时，祖父有些恼怒，他们三人都挤进了同一辆车，因此显得很不宽敞。

"你是不是准备让他们在教堂里等上一整天？"他叫嚷，紧握着他的手杖。但是他的眼神表明他已被她的可爱所打动，他不由地回想起二十六年前他见过的一个新娘，她更美……

那个嫁给他儿子罗兰德的姑娘……安娜贝尔酷像她。

他和奥德丽并排站在教堂里。安娜贝尔一边宣读誓言，一边幸福地望着哈考特。他感到又回到了过去。奥德丽置身于安娜贝尔的婚礼，眼泪慢慢从脸颊上淌了下来。看见祖父和妹妹跳着优美的华尔兹舞，她的双眼又一次湿润了。祖父几乎忘记了自己平时需要借助手杖走路，他和安娜贝尔跳舞跳得很好，最后又把她送回丈夫手中。他慢慢地走开了，显得有些失落。奥德丽搀住他时又一次感到他很苍老。

"能和我跳一次吗，特雷斯科尔先生？"奥德丽几乎和他一样高，两人相视了一眼，然后，他笑了。交换目光时，显然在分享着双方的爱。安娜贝尔的离去，使他们俩更近了。

跳了几圈之后，她推托自己必须离开一会儿，就轻轻地扶他坐下，没有让他感觉到自己的衰老和虚弱。她和平常一样，干得出色，每个人都称赞晚会的成功。

安娜贝尔洗过澡，穿着羊毛衣服离开后，奥德丽对已经完成的一切非常满意。和客人们一一握手告别后，她就和祖父乘着罗尔斯车回家去了。

从他们早上离家后到现在，时间似乎已过去了好几年了，当他们在书房壁炉前坐下时，奥德丽感到精疲力竭，干柴在壁炉里噼里啪啦作响。

"一切都如此美好，是不是，爷爷？"她强止住一个呵欠，又啜了口雪莉酒。那些剩下的客人喝光了他收藏的几加仑香槟。她几乎没喝什么，但此刻这雪莉酒使她放松了不少。她又想到了婚礼——那个许多年以来一直由她照顾的姑娘，突然间离开了自己，明天一早将和哈考特乘车去纽约，然后是欧洲。奥德丽将送他们上火车。想到这里，奥德丽心中涌起了一阵强烈的妒忌，不是因为他俩能相互拥有，而是妒忌这次即将开始的旅行。自己的旅行计划原本不是这样的，她羡慕他们的解脱。突然，她对自己刚才的想法感到羞耻，便很快地看了一眼祖父，生怕被他觉察到自己的思想。这样严重的脱逃是极不公平的。但是急于了解新事物的想法几乎淹没了她的头脑。很多次翻阅了那本照相册，就仿佛在梦中一般，但这并不能使她满足……她想要更多……她想成为那些正在逐渐褪色照片上的许多人中的一员。

"我们应该在这些天出去进行一次旅行。"她脱口而出的这句话使祖父吃惊不小。

"一次旅行？去哪儿？"他们以前曾打算八月去塔奥湖。他们已经不只一次去那儿了，但这次他立即意识到她还想说什么。这提醒了他，她说过要去比儿子罗兰德到过的更远的地方。

"也许欧洲，像1925年那次……也许回到夏威夷……"然后再去东方，但她没敢说。

"为什么需要作这样一次旅行？"他显得有些不愉快，这不仅仅出于怒气，而是由于害怕。他不怕失去安娜贝尔，却担心失去奥德丽。没有她的陪伴，没有她有力的手、敏锐的思想、她的洞察力和几乎持续了二十年美妙的争执，生活肯定会不一样。"我太老了，恐怕无力游历半个世界。"

"那么，我们就去纽约。"她抬起眼睑。

几乎同时，他感到自己对不起她。她为自己考虑得太少了。别人已是两三个孩子的母亲，丈夫陪伴她们去想去的任何地方，奥德丽却仍待字闺中，等待着一个男人，而此人并不一定会出现于她的生活中。祖父感到了轻微的犯罪感。毫无疑问她从未有过男人。她总是忙于管理家园和照顾她的妹妹。但是她终究要离去……他将不会有任何遗憾。他看到奥德丽那张可爱的脸，粉红色的帽子已拿了下来，琥珀色的头发瀑布般披在肩上。她是迷人的姑娘……"那么为什么不呢？"面对她满怀期望的眼光，他已经忘记她刚才的话了，但她仍期待着他的回答。

"什么为什么不？"他看来又糊涂又怒气冲冲。奥德丽这才想到经过如此漫长的一天，他已经很疲倦了。也许他还需要些香槟，这对于他没什么坏处，而他手中拿的是法国白兰地。他并不想喝酒，所以她仍满怀信心企图说服他。

"为什么不去纽约，爷爷？我们可以在九月从塔奥湖回来后再去那儿。"

"我们干吗要这么做？"其实他心里很清楚。他也曾年轻过……他也曾有过妻子——她没有徒步旅行的嗜好。是他们的儿子罗兰德有这种嗜好。只有上帝知道他怎么对旅行和冒险这么如饥似渴。奥德丽的身上也流着同样的血液。祖父悲哀地默默告诫自己，他决不纵容奥德丽和她父亲一样死去。

"纽约是个肮脏的地方，拥挤又遥远，去塔奥湖感觉会好些，奥德丽。你过去也这样说过。"祖父看了看表，站起时膝盖轻微晃动了一下。可能他不会承认，但今天对他来说确实是漫长的一天。"我去睡了，你最好也早点休息，亲爱的。你为那孩子的婚礼忙了整整一天了。"上楼时，他拍拍她的手臂。对他来说，这是个不常用的手势。晚上，他站在卧室窗前，看见她房间里的灯仍亮着，不知她在想什么做什么。如果他看见她失神地坐在梳妆台前，手中玩弄着珍珠，一边想象着她的半个世界的游程和照片上的心驰神往的地方，他肯定会大吃一惊的。她的祖父，这幢房子，她的妹妹，今天的婚礼。在那儿做着梦的奥德丽早把这些置之脑后了，最后，她摇了摇头又把自己拉回到现实世界中。她站起身舒展一下，从更衣室出来就滑进了冷冰冰的床上。她闭上眼睛努力不去想明天的事。她答应安娜贝尔在她走后她将料理一切……照看新房子……画匠……即将运走的家具……清理礼品……她如同往常一样负责这类事……一直都是……虔诚的奥德丽……她梦到了安娜贝尔和哈考特……还有祖父从远处对着热带岛屿上的自己大声叫唤："回来……回来……"但她没有回去。

三

尽管奥德丽在祖父的夏季别墅里度过了三个星期，他们还是替九月末安娜贝尔和哈考特的到来安排妥了一切。哈考特为买下的这幢石头小房子，配备了人数不多却绰绰有余的工作人员。房子按安娜贝尔的要求粉刷，家具已放置完毕，车也预备好了。奥德丽认为一切从一开始时就非常正常，并不因为她们的外出受丝毫影响。

"你的姐姐确实懂得掌管一个家，是不是？"他们回家后吃第一顿早餐时哈考特这样说。安娜贝尔对他笑笑。他的愉快之情使她感到幸福。她曾担心让奥德丽做这些事会引起他的不满。但是她安排得这样好，为什么不让她继续干下去呢？哈考特赞成她的决定。但就在同一时刻，加利福尼亚街的家里却没有人赞美她出色的家务活。祖父抱怨蛋煮过了头，茶也不合口味，他还大声咆哮着，说几个星期来他没有吃过一顿像样的早餐。奥德丽老被责怪说，新来的厨师没有以前的那个好。

"你就不能为这家找个合格的厨师吗？难道我剩下的日子就吃这种早餐吗？或者是你打算谋害我？"奥德丽只能以微笑回答这番长篇大论，他对早餐已经埋怨很多天了。目前她正在寻找能代替这个厨师的人。今天早晨，她的脑子光被报纸上的报道占据了。周末的报纸几年前就从二十八美元降至十七美元。街上到处都是领救济金的穷人。五千家银行倒闭，至少八万商人破产，更多的人自杀，国家的损失越来越惨重。报纸上公布的统计数字极为可怕，国民生产总值只有三年前的一半。她皱了皱眉，喝了一口茶，感到这实在是令人无法置信的局面。

"真不知你为何能继续漠视事态的发展，爷爷。"她生气时才这么叫他。她对国家发生的一切和他仍然支持胡佛感到气愤。

"如果你能多留恋些这幢房子里的事而少关心世界的进展，我们就能有个好厨师，我也能吃上一顿像样的早餐。"

"大多数人还没有饭吃呢，你想过这个吗？"她怒火冲天，但他并不介意，暗地里还有些欣赏。

"这个国家就此毁了的。"

"几年前就已经毁了，奥德丽。又不是新鲜事，而且也不止美国是这样。"他指了指报纸，"据说失业工人充斥德国。英国也是如此，他们处于同样境地，那又怎么样呢？你要我坐在家里哭泣吗？"

这件事确实令人灰心丧气，但人的力量却又是如此渺小。

"至少你可以理智地投票。"

"我不喜欢'理智'这个词儿。"他盯着她说。

当选举结果是罗斯福以六十个百分点击败胡佛时，他显得有些语无伦次。奥德丽非常高兴。同时，他们也开始了一场激烈的争论。直到哈考特夫妇来用晚餐，争论仍未停止。

安娜贝尔说他们的政治争论吵得她头痛，不过她还是想告诉奥德丽一个秘密，她期待她的孩子能在五月里诞生。奥德丽为她感到高兴，而她自己也即将成为姨妈了。晚上陪祖父上楼时，他还在嘀咕胡佛的失败。现在她什么也听不进了，只想着安娜贝尔和即将出世的孩子。孩子出生时安娜贝尔就满二十一岁了。二十一岁……她已经得到了一切。二十五岁的奥德丽却一无所有。

随着雨季的到来，奥德丽变得越发沮丧，甚至看书时也觉得心情沉闷。在安娜贝尔妊娠期间，她不再有时间去想其他的，需要做的事太多了，购买婴儿用品，装饰婴儿室，雇佣护士，疲倦的安娜贝尔没有精力自己安排这一切。就在祖父八十一岁生日后不久，一个健康强壮的婴儿诞生了。他没有给她母亲带来太大的痛苦。奥德丽是继哈考特后第一个见到她们母子的人。她还要为他们俩两星期后出院做好一切准备。

奥德丽在婴儿室里折叠毯子，一边扫了一眼小威斯顿新天地的物品清单。这时，哈考特在门口停了下来。"我猜想能在这儿找到你。"他似乎有话要说，这使奥德丽颇为惊奇。他们之间话很少，奥德丽和妹妹却常常交谈。"总是干这些不觉得累吗？"他踱进屋，奥德丽放下手中的蓝色的小毛毯，笑着摇了摇头。

"一点也不，我做这些事已经有很长一段时间了。"

"难道你准备一辈子这样吗？"这是个奇怪的问题，他说话的声音也很特别。他走近她时，奥德丽觉得他似乎有些醉了。

"我不在乎这个，我乐意照顾安娜贝尔。"

"哦？"他皱起了眉。婴儿室里阳光明媚，奥德丽的脸上可以感觉到他的呼吸。忽然，他伸出手，温柔地捧起她的脸，一个手指慢慢盖在她的嘴唇上，并把她拉向自己。刹那间，他惊讶于她的顺从。但是，她还是转过身避开了他的吻。他伸出两只有力的手抓住了急于逃脱的她。

"哈考特，别这样。"

"别装正经了……你已经二十六岁了，就准备永远做个老处女吗？"这些极不礼貌的言语深深刺伤了奥德丽。他扯着她的头发，抬起她的下颚，还想吻她。她升腾起一股无名的怒火，用力推开了他。

"哈考特，别放肆，住手！"她挣脱出来，气喘吁吁地本能退到另一角。孩子的小床隔在他们中间。"你疯了吗？"

"想要你就算疯了吗？天知道，本来结婚的应该是我们。"以她的政治观点、阅历和学识，不论她如何推托，原来结合的应该是他们俩，因为她比他的妻子更有头脑。而他已经受够了安娜贝尔的软弱无助和间歇的孩子气的嘀咕，哈考特需要的是一个真正的女人，真正的，就像奥德丽。

"你好像糊涂了。"奥德丽毫不回避地看着他，"你已经娶了我妹妹，永远不可能再和我结婚了。"

"为什么不能？我配不上你这位高贵非凡的小姐？你太聪明了？"他非常生气。事实上她比多数人都要聪颖，无论是男人还是女人。

"你像个急躁的小人等待着合适的男人。你犯了个大错误，奥德丽·特雷斯科尔。"

"也许是。"她报之一笑，看来有些荒唐，但并没有恶意。她为安娜贝尔得时刻提防他而难过。她又不禁想到他今后是否会伤害她们的女友呢？但愿不会发生这类事，否则，消息就会不胫而走。

"不管怎样，哈考特，你已经和安娜贝尔结婚，现在又有了一个漂亮的儿子，希望你能像个一家之主的样子，不要做傻瓜。"

他绕过床走近她，眼睛发着光，抓住她的手臂。"你才是个十足的傻瓜……"他注意控制自己的声音，"你可知道，这幢房子里现在只有我们俩，佣人们都不在。"

突然，一阵哆嗦顺着她的后背爬了上来。她决不允许自己畏怕他，他是个愚蠢而且被宠坏了的男孩子，他不应带给她任何伤害或者做出令自己后悔的事。她也决不让他这么做。她一声大叫，使他不由放松了抓住她的手。她整了整暗蓝色的短上衣，从桌子上拿起提包和手套。

"今后别再这样了，哈考特，你可以和别的任何人这样做，但绝对不是我。"她眯起眼睛望着他，"因为你再这样的话，我会让你的妻子和儿子很快地回到我身边，你的行为不值得他们再留在这里。留点心吧！"她激动地站在门口，仍对刚才的愚蠢行为生着气。

他神情黯淡地望着奥德丽。他确实有些醉了，但还没有醉到不能为他的粗鲁行为道歉的程度。她不懂得怎样去爱别人，但事实上他也一样不懂。他觉得没有人能进入她的内心世界，她的感情全都被埋葬了，被废弃了，被封锁了，而且也许一直会这样了。

"安娜贝尔被宠坏了，自私而无能。这是你一直把她当作小孩看待的结果。"

奥德丽摇着头："如果你善待她，她会成熟的。"

他耸耸肩，斜靠在衣柜旁，看着他的大姨子，不知她是否会把今天发生的事告诉自己的妻子，而且他也不能肯定自己是否在意她知道此事。最终总会传到她和另一些人的耳朵里。对他来说这只不过是个游戏。几个月前他就已厌倦了安娜贝尔。谈论孩子是她唯一会做的事，甚至把孩子搬到了他们的卧室……也许现在情况有所不同……但他更喜欢两个月前的变化。和朋友还有他们的妻子耍耍花样会让生活变得丰富多彩。他看着奥德丽，特别想对她说些自己心底的话，但他知道奥德丽是不愿听的。

"你知道她为什么像个孩子吗？是你把她变成这样的。

你替她做每一件事，每件，现在仍然是这样。她甚至自己不会擤鼻涕，只想由别人替她做。她总希望得到照顾，因为你一贯照料她。现在我将继续你的工作，但我无法像你一样去做。你简直不是一个人，而是一架机器，料理家务，订购窗帘，雇用佣人。"这些话听来有些刺耳，但一部分是正确的。自从父母去世后，她就一直把安娜贝尔当成孩子。也许是她过于操心了。她也不止一次担心这样做的结果，但除此之外，她还能做什么呢？让妹妹自己照顾自己吗？她不能这样做……那是个可怜无靠的孩子啊……奥德丽眼中又噙满了泪……父母去世时，才七岁的安娜贝尔哭泣时的一幕刺痛了她……这种情景，对于她们是残酷的……

"父母去世时，她还小。"奥德丽挺直了背，控制住了眼泪，调整了自己对他的反应。但是假如他是正确的呢？他把奥德丽比作一台机器……订购窗帘，雇用佣人……事实是这样的吗？难道她除此之外就没有其他美德吗？……人们都这样看待她吗？处于痛苦中的她立刻忘记了刚才他对自己的不同看法。这就是人性和欲望。"机器"这个词深深地刺伤了她。

"你母亲已经去世十四年了，你仍为她包办一切。"他的目光扫着一大堆整齐的毛毯、鞋子和毛衣，"你仍然在做，奥德丽，她却不为我和她自己，甚至自己的孩子做一点事，而全得由你做。和我结婚的好像是你。"他又斜看了她一眼。在他没有来得及靠近她时，她就已经飞快地跑进大厅了。她不想再与他争辩或者回答他的问题。她快步跑向前门，他从后面叫唤她。当他走到楼梯平台时，她已打开了门。

"你总有一天会醒悟过来的，奥德丽。总有一天你会厌倦照料她、你们的祖父和房子。到了那天，别忘了通知我，我会等你的。""砰"的一声门响，回答了他的话。她一路小跑到汽车前，喉咙里一阵哽咽。汽车发动后她终于控制不住了。

如果他是正确的呢？如果那些确实是自己生活的全部内容呢？……永远照料安娜贝尔和祖父……二十六岁了，仍然没有自己的生活。然而，她并不真正在意。她总是忙忙碌碌的……想起他的话又使她感到无比失落……没有属于自己的生活。这些天来她没有拍过照，几个月都没有碰过照相机，过去做过的所有关于冒险和旅行的梦想只能无限期地推迟……但是这究竟为了什么呢？她究竟在等待着什么？祖父的去世？也许他还可以活十五年……甚至二十年……也许他会活到一百零一岁。祖父的祖父高龄达一百零二岁，祖父的父母也都超过了九十岁……接着会怎么样呢？……她能活多久？到四十岁时她半生都被荒废了……在回家路上，她有史以来第一次感到生命在飞逝，心中不免升起一阵恐慌。就在她踏进家门时，这股情绪简直就要爆炸了。祖父正在前厅挥舞着手杖朝两个女佣和管家发脾气。下午他的司机转弯时车被撞坏了。司机当即就被解雇了，然后他自己驾驶罗尔斯车回来。车子摇摇晃晃地停在门外。此刻他正朝奥德丽挥着手杖，涨红了脸，显得怒气冲冲。

"你在干什么？你为什么不给我找个合格的司机呢？"七年来，他一直雇用同一个司机。就在今天的事情发生前，他对这个司机的工作还相当满意。

奥德丽突然抽泣起来，三步并作两步地登上楼梯进了房间。她觉得哈考特是对的，或许这便是她的唯一优点……更糟的是，人们只注意她的这一长处——雇用或解雇仆人，管理房子……她曾拥有的梦被抛弃了。她在床上哭泣着。过了一会儿，祖父怀着异常的惊奇敲响了她的门。他从未见过她这个样子，他感到非常惊讶。有一些事必须要发生了，而且已经发生了，但她没法向他解释这一切。她不会把哈考特的所作所为告诉他，因为哈考特并不是这件事的唯一起因。她的感觉，她认识到的现实才是真正的原因。她顿时觉得自己必须认真对待这件事。在一切还不算太迟之前作出决定。

"奥德丽……奥德丽……我亲爱的……"祖父轻轻走进来。她坐起身，小孩般的红润的脸上挂着泪珠。

"亲爱的，你怎么了？……"

她只是哭着摇头，试图恢复平静。她如何告诉他？又怎样离开？但她知道她必须这么做，不能再拖延了，是离开这些女仆、管家、早餐的嫩鸡蛋、典礼、安娜贝尔，甚至她的孩子的时候，在不算太迟之前她非得离开他们。

"爷爷……"她看着他，感觉到内心深处有一股强大的动力。他在床边坐下，觉察到可能会听到一些不祥的话。也许是她快结婚了，尽管他没发现她有结婚的迹象。她大多数时间都和他在家里。

"爷爷……"她停住了，但她必须说。她害怕由此带给他痛苦。但他经历了另外一些事……失去儿子……失去妻子……他恢复过来了。

"爷爷，我想离开了！"

先前他仿佛听不懂，随后他注意自己说话的语调。他能理解她。很久以前，他面临过同样的变化。很久很久以前，在同一个房间……和儿子罗兰德……

"到哪里？"

"我也不知道……我还得想想。但我一定得走……去欧洲……就几个月……"她像是在和自己说话。

他忽然闭上了眼睛，就在那一刻，他觉得她的话几乎杀了他。他不能让她这么做……不能……他给她的爱最多，最多……但他无力阻止，他只能痛苦地向她伸出一只手，紧紧地拥抱她，心里多么希望能永远这样抱着她。但是，如今她不顾一切地想离开他。

　　"我很抱歉，爷爷……我理解你，我答应你一定回来……我发誓，不会像父亲那样的。"她知道他在想什么。当两行孤寂的眼泪从他脸上流下来时，他只是点点头。

四

　　到芝加哥的火车从奥克兰出发,哈考特、安娜贝尔和祖父都坚持要到车站为她送行。她不坐飞机而改乘火车是为了便于体验旅程中的每一时刻。途中,安娜贝尔一直说着话。哈考特则意味深长地望着奥德丽,好像准备当着妻子的面把她拉进自己的怀抱,并给她一个热烈的长吻似的。要不是牵挂着祖父,奥德丽一定要取笑他这副神情。祖父这些天异常平静,就连今天早餐时也没有开口说话,没有翻看报纸,连奥德丽新雇用的厨师煮的蛋他也没有吃,他显然心情沉重。奥德丽最后合上行李包时,又望了一眼她的房间,感到十分担心。也许她的离去会造成他心力衰竭或中风,更糟糕的是可能他会放弃生活。但是这一次他们必须靠他们自己的双腿站立。就几个月的时间……够她领略世界的一小部分,以及一些从未在她的生活中出现过的奇特事物。她曾一千次地答应他及时赶回来,他仍然不相信。"我很可能在九月间回来,最晚不超过十月,爷爷,我发誓。"他目光暗淡,摇着头坚持说,在很久以前,他也听过同样的话,但罗兰德再也没有从他的漫游历程中回来……没有。

　　"爷爷,这不同……"

　　"是吗?为什么?什么能促使你回来,奥德丽?对我的义务,还是责任?这能使你回来吗?"他苦涩地说道。最后她表示不走了。而他不同意,他知道这次旅行对于她的意义。不论自己有多痛苦,为了她,他不得不让她走。他突然间感到苍老,那多年前在困境中默默收藏起来的东西如今仍然击倒了他。

他总是害怕奥德丽会离他而去……会继续她父亲的足迹。她非常爱戴她的父亲,并不时地看那些该诅咒的照片。如今她把这些东西保留在房间里。她要靠自己的肩膀,背上一只珍藏的莱卡牌照相机重踏父亲的冒险历程。

在车站上,她依靠着祖父,感到他非常虚弱,于是她更加用力拉住他。她对这次遥远的航程有些懊悔,也怨恨哈考特让她怀疑自己的生活。他有什么权利那么做?她应该做那些需要她做的事。她应该……应该……为她自己。她现在该为自己做打算,而不是祖父和安娜贝尔。想到这些,她就更紧地拽住祖父的手,眼泪止不住流了下来。其他人距离他们有几步路。当她再次望着祖父时,眼泪顺着脸颊淌下来。她简直像是个第一次离家的孩子,这令她回忆起父母死后,她最后离开夏威夷时的痛楚。

"我爱你,爷爷……我会很快回来的,我答应你。"

他用手轻轻捧住她的脸,吻了一下她的泪痕,此刻所有的忧伤都离他而去了;生硬地表现出来的对她的爱,显示出因她离去所产生的痛苦。

"好好照顾自己,孩子。随时可以回家,我们都会等你的。"他显得很平静,他用自己的方式表达说,没有她,自己也能生活得很好。她并没有意识到这句话的潜台词。但他确信是自己束缚了她的自由。过去的十五年里她为他付出了很多。尽管他不情愿让她独自一人出门,但她坚持说,这是一九三三年,已经属于现代了,没有理由不让她一人旅行,她只是去欧洲。如果她去巴黎、伦敦和日内瓦,父亲的朋友会照顾她。她的目光一直停留在挂着手杖、头戴帽子、身影高瘦的祖父身上。当他倔强地站在站台上时,他的目光同时也穿透了她。最后火车慢慢启动,他朝她微笑着。这微笑是给予她的告别礼物,送她踏上自己的历程。哈考特向她吻别时紧紧地抱住了她。安娜贝尔则不停地唠叨着：小威斯顿的护士走啦，或者楼上佣人离开该怎么办啦。也许哈考特是对的……她为他们做得太多了。现在该轮到奥德丽为自己而生活了。她一直挥着手，直到看不见。火车转了一个弯之后，他们像海市蜃楼一样消失了。

去芝加哥整整花费了两天两夜，路上奥德丽一直在读随身携带的小说。她的房间里有休息室和长沙发。第一天，她读完了厄内斯特·海明威的《下午死去》。充满诱惑力的斗牛描写使她也焕发起冒险的精神。她又读了阿道斯·赫支斯列的《勇敢的新世界》。这本书正合她探险的胃口。在这次穿越整个国家的旅途中她很少说话，只是过一段时间出来伸伸腿。在车站上她一边看书，一边吃些难以消化的食物，然后就买些糖果来咀嚼，这是她一次美妙的自我享受，也是有生以来第一次只考虑自己。整个旅途中她只穿一件灰色法兰绒的裙子，沿途中也买了几件外套。到达丹佛时，在晚风中她身着一件狐狸皮的夹克衫。但以后天气越来越暖和，到芝加哥已经是六月中旬了。奥德丽穿上一套白色亚麻衣服和一双白皮鞋，那双鞋是特意为旅游买的。她的帽子遮住了半边脸，古铜色头发披在肩上，她对这身打扮感到十分满意。下车后，她叫了搬运工把她的全部东西搬到拉瑟尔酒店。在那儿过一晚后，明早再乘车去纽约。突然间，她对所做的一切感到兴奋不已，几乎想站在马路上大笑，她是如此开心，以至于离家时的痛苦，这时已变得十分模糊了。

当她与祖父通话时，这种痛苦才又一次地困扰着她，而且在那种时刻，它占了主导地位。通话时她显得十分悲伤，这种悲伤无疑证明了她的孤独。

"谁？"接通电话后他对着话筒叫道。她在旅馆里笑了，眼睛不在意地看着窗外。

"是我，奥德丽，爷爷！"她重复道，"你不能这么快就把我忘了。"

"我以为是沃特·威切尔。"她迅速计算了一下时间差，她知道此刻他正守候在电话机旁，心中祈祷着她的电话，"你在哪一个鬼地方？"

"芝加哥的拉瑟尔旅馆。"她走之前告诉过自己的旅行路线，拉瑟尔旅馆也包括在内。

"什么时候去纽约？"

"早上，爷爷。"

"你一定要注意待在包厢里，说不定那列火车十分脏。你不是有包厢吗？"她被他的关切感动了。

"当然有，爷爷。"

"很好，就待在里面。"一瞬间，他的声音非常柔和，简直像是在请求，"到纽约后能再来电话吗？"

"我一到那儿就打。"她的声音温和而平静。

"到纽约后你住哪儿？"

"广场饭店，爷爷。"

"很好。"他静了一会儿，"多保重自己，奥德丽。"

第二天，她和一对度蜜月的夫妻以及一位令人尊敬的律师分享一个餐车。这位律师和妻子有四个孩子，他却问她是否能在纽约再次会面，甚至愿意和她搭乘同一辆出租车，把她从佩思车站送往旅馆。她拒绝了这个邀请，自己叫了一辆车，打算在路上拍些照片。她向前靠在宽敞车厢的座位上，撑住身体开始拍摄摩天大厦、行人，她注意独特的角度，奇形怪状的帽子，还有各种表情的脸，她具有一种通过照相机观察事物的天才。当车把她送到旅馆时，她已经完全被吸引了，她付钱时司机对她很好奇。

"来纽约想要个导游吗？"他满怀期望。

"当然。"她看了一下表，"一小时后我们在这儿碰头。"

这是一个晴朗舒心的下午，她有的是时间去领略这座城市。

司机非常守信用。一小时后，她又回到了车上。汽车飞快地经过以前来纽约时她从未见过的景致，如帝国大厦等。她甚至要求司机开到哈莱姆，她的照相机一刻不停地拍着。替两个小女孩照过相之后，她为她们买了两份冰淇淋。

这是她生命中不平凡的一天，不平凡的一次旅行，不平凡的一种时刻。

回到旅馆后，她觉得自己仿佛已经认识了世界。她用掉了六卷胶卷，拍建筑物、各种人、哈莱姆区、中央公园、东湖、哈得逊河、乔治·华盛顿桥、华尔街。

晚上与祖父通话时，她滔滔不绝地谈起这些。独自去饭店用餐时，她仍沉浸于兴奋之中。

上轮船前，她在纽约停留了三天。她把这三天时间安排得很好。她参观想去的所有风景点，并观看了两部影片，是由奥德丽喜爱的影星约翰·克罗福特主演的《大饭店》，还有明星葛丽泰·嘉宝。走出影院时，她感到懒散而惬意，于是她准备明天再去看场凯瑟琳·赫本主演的《离婚协议》。

她漫无目的地一路逛着街，纽约街上到处都是时髦女人和穿戴整洁的男人，相比之下，旧金山显得十分沉闷。她打电话时，努力把她见到的都描述给安娜贝尔听。

"你真幸运，奥德丽，我真想抛弃这一切与你作伴。"

"每个人都戴着最小巧精致的帽子，穿着最漂亮的衣服。"这里的每件东西都比加利福尼亚吸引人，相对来说，旧金山更安静庄重，奥德丽庆幸于短暂的逃脱。

安娜贝尔认为奥德丽像个老太婆似的单独旅行是十分愚蠢的。

"也许你该中止你的旅行，奥德丽。"她不想再多说什么，她的声音突然停顿了，这使奥德丽怀疑是否哈考特来了。

"一切都好吗？"问这一番话时她的心简直要飞到妹妹身边了。在她眼里，安娜贝尔仍旧是个孩子。"出事了吗？"安娜贝尔否认出了事情，奥德丽极力想相信她的话。

"我们都很好，只是……一切都和你在时不一样。我不知道你是如何把每件事安排得如此妥当的……"幸好奥德丽看不见她的眼泪。

"你能做好，这需要耐心，不可能一夜之间把什么都学会了。"

"哈考特认为可以做好。"听起来，她一筹莫展，奥德丽笑了。

"男人根本不懂这类事，爷爷就是个例子。"安娜贝尔破涕为笑了。

"你做得很好。"奥德丽以前也曾这样鼓励过她，"你为小威斯顿做得非常好。"这倒是事实，她就像是个小女孩和她的娃娃在玩耍。

"我很担心做错。"

奥德丽赶紧打断了她："你不会的，你是他的母亲，你知道什么才是最好的。"她突然想起即将支付一笔昂贵的电话费。她身边只有父母遗留下的五千美元，而且她还要用这笔钱维持到旅行结束。

"恐怕我得挂电话了，亲爱的。上船前我再打给你。"

第二天一上船，她就感觉到心在狂跳，望着船上的四只大烟囱，她觉得一切都美梦成真。回到自己的甲等船舱时，她甚至忘却了父亲的相册，只想看这次旅行，这次探寻和自己的计划。没有人注意她的离开。开船时，她在上面踱步，看着乘客们抛洒着飘带彩屑并叫唤着岸上的人，船慢慢驶离了船坞。汽笛鸣叫声湮没了其他声音。在她旁边的是一对手挽手的年轻夫妇。女的穿一件粉红色的丝绸衣服，那顶精工制作的帽子一定是安娜贝尔喜欢的。她有一头乌黑的头发，一双蓝色的大眼睛和光滑柔嫩的肌肤，丁字形的鞋子是用亚麻布制成的，并镶有一条金边。当她向岸上挥手时，奥德丽看到一只钻石的大手镯。汽笛声消失后，奥德丽听见了她的笑声，也看见她吻那个和她在一起的男人。那个男的穿着白色亚麻裤子和藏青色的运动上衣，一只眼睛被垂下来的帽子遮住了。他们兴致勃勃地溜达，不时地发出笑声或停下来亲吻。奥德丽当即猜想他们是否在度蜜月。当她再次看到他们俩饭前在休息室里喝香槟时，她不再怀疑自己的猜测了。她发现他们俩也在看着她。当晚，她又在餐厅里遇到了他们。那个女的穿一件雍容华贵的袒胸白色晚礼服，她的丈夫打着黑色的领结，而奥德丽身上的那件灰色的缎子长裙比前几个月她在旧金山穿着时更让人觉得老气，对此她并不介意，她正在享受一段观察世界的好时光。吃完饭后，她披上银色的狐皮外衣走上甲板，在那儿又看到他们俩手拉着手在月光下亲吻。她在甲板的椅子上坐下，他们从她身边经过时，她朝他们笑了笑。使她惊奇的是，他们在她的椅子旁停住了，那个女人也在微笑。

"你独自一人旅行吗？"她直截了当地问奥德丽。那双令人难以置信的天蓝色的眼睛光彩照人。实际上它们就像两颗蓝钻石。

"是的。"她突然觉得有些害羞。这是一个冒险的梦想，一个人踏上旅途后开始结交新朋友，就必须向他们作出种种解释。当这位穿着华丽的女人走近她时，她尴尬起来。

"我叫维奥莱特·霍桑，这是我丈夫詹姆士。"她随意地挥了挥原先带着钻石手镯的手，现在这只手上则带着一只绿宝石大钻戒和同色的手镯。但她没有给奥德丽介绍的这位"詹姆士"，其实就是"詹姆士·霍桑"勋爵，而她便是维奥莱特夫人，一位天生的勋爵夫人。从她对奥德丽的笑容中看不到盛气凌人的神情。她的丈夫也走过来与奥德丽握手并责怪妻子的莽撞，但语调中仍包含着笑意。他搂住妻子的肩膀，仿佛一刻也离不开漂亮的妻子。

"你们是在度蜜月吗？"奥德丽终于开口问了这个问题，他们两人都笑了。

"我们像吗？"维奥莱特对这种想法觉得十分有趣，"真是出乎意料，这种极其焦急的神态似乎在向每个人表明你急于想上床似的。亲爱的，真的，太可怕了……"听了她这番直露的笑话，奥德丽的脸红了。他们三个人同时笑开了。维奥莱特马上改口说："我们已结婚六年了，家里还有两个孩子正等着我们呢……这次只是外出度假。实际上，詹姆士有个侄子在波士顿，我们想去纽约。现在无疑是一年中最明媚的季节。你是从纽约来的吗？"她笑着提了个问题。她表现得像一位能够震惊四座的温文尔雅的女人，穿着白色的晚礼服，拖曳着貂皮的披肩，在船灯的照射下发出艳绿色的光彩。奥德丽有些不知所措，觉得自己像个十足的乡巴佬。

"不，我来自旧金山。"

维奥莱特夫人扬起了眉毛，流露出极大的兴趣。她有一张令人难以忘怀的脸，看上去年纪一点也不会比奥德丽大。

"是吗？你在哪儿出生？"她爱提问。

她的丈夫立即打断了她，心平气和地责怪她："你别再询问了，该停止了。"

然而，美国人非常宽容她，很少有人会对她产生反感，人们总是很高兴回答她的问题。

"我不介意。"奥德丽马上插道。维奥莱特夫人向她道了歉。

"真对不起，詹姆士是对的。我有个叫人头疼的习惯，就是总有提不完的问题。在英国每个人都认为我太鲁莽了，美国人在这方面则显得更有修养。"面对她坦率的笑容，奥德丽也笑了。

"我不会介意，实际上我生在夏威夷，十一岁搬到旧金山，我父母原先就是从旧金山去那儿的。"

"太有意思了。"听着她迷人的声音，奥德丽意识到还没有介绍自己，她伸出一只手完成了正式的介绍。詹姆士邀请她一起喝香槟。他的头发乌黑发亮，肩膀宽阔，并有一双完美的贵族的手，称得上是一个极英俊的男人。奥德丽尽量控制自己不盯着他。他说话时就像在对人施催眠术一般。他们两人在一起也好像在演一部电影。他们真正表达了"魅力"这个词。一对穿着漂亮衣服的漂亮人儿和许多充满情趣的事，令人难忘的钻石，还有人人都为之羡慕的他们俩之间的悠闲自在的气氛。

"你常去欧洲吗？"维奥莱特又问道，但这次没有遭到詹姆士的阻止。

"只去过一次。"奥德丽说，"我十八岁那年，和我祖父一起去了伦敦和巴黎，又在日内瓦湖的几个矿泉疗养地呆了一个星期，然后我们就回旧金山了。"

"噢，那个地方怪沉闷的是不是？"维奥莱特和奥德丽都笑了，詹姆士背靠椅子望着妻子。他显然为他的妻子而疯狂。看着他们俩，奥德丽为安娜贝尔感到遗憾，这才是真正的婚姻，两个人相互关心，有共同的爱好，也知道如何照料对方。她今后宁愿独身或者等待着一个这样的男人出现。当然，她一点也不羡慕维奥莱特，只是欣赏着他们亲热地在一起。维奥莱特仍在继续说："我的祖母过去在巴罗有一幢可爱的旧房子。她常去那儿，而且每年总带上我。我简直无从告诉你我有多恨那儿……除了……"她深情地望了一眼詹姆士，"有一个夏天，我不再讨厌那里了。"

"我在苏格兰打猎时摔断了腿，只好违心地住到了姨婆家里。但是……我在那儿得到了一些意外的收获。小维奥莱特夫人是其中的一个……"他迷人的声音逐渐变轻了，而她性情极好地上了他的当。

"你的意思是说除了我还有别人？"

"哦，那是一个面包店里的可爱的小东西，我想起来了，还有……"

"詹姆士，你胆敢这样！"他取笑她，但她喜欢这种玩笑。奥德丽度过了一个美好的夜晚，他们不断地说笑，相互取乐，谈论加利福尼亚和奥德丽要去的欧洲的一些地方。

"你准备留多长时间，奥德丽？"詹姆士愉快地问道，一边把今晚第二瓶香槟的最后一点倒在他们的酒杯中。

"在夏天结束前后，我答应祖父在那个时候回家。要知道我……我和他一起住，而他今年已经八十一岁了。"

"对你来说，一定太沉闷了……"詹姆士很是同情，但她立即摇着头表示反对，她是出于爱和忠诚而与祖父住在一起。

"他是个好人，我们相处得不错。"她笑着说，"看见我们在一起你们就会相信了，我们时常为政治争论。"

"那有益于健康，我也经常和维奥莱特的父亲争论，我们非常喜欢这种争论。"他们在今天晚上成了最好的朋友。"现在，跟我们说说你的计划吧！"

"先去伦敦，然后是巴黎，我还想开车去法国南部。"

"开车？"他十分惊奇，她点了点头。"你自己开还是雇个司机？"

她对他笑笑说："你说话真像我的祖父。告诉你吧，我是个非常出色的司机，一定会让你大吃一惊的。"

"现在仍然出色？……"詹姆士不愿相信这个事实。维奥莱特朝他挥了挥那只戴着绿宝石钻戒的手。

"你太保守了，我相信她一定会做得很好。你准备再去哪儿？"她把一双好奇的眼睛转向奥德丽。

"还没定，我想去几天利埃维拉，再开车或乘火车去意大利，我还想到罗马……佛罗伦萨……米兰……"她迟疑了几分钟，没有提另外两个地方，"如果还有时间的话，再去威尼斯住上几天，然后乘火车去往巴黎，从那儿回家。"

"你计划在九月里走完这些地方？"

"如果我能够……还想做些别的事，但我知道时间不允许。我还想去西班牙、苏黎世、奥地利、德国、印度、日本、中国……"她几乎想笑话自己，整个世界都在吸引着她，这就像在不停地咬一个巨大的苹果，一直咬到果心，以至完全吞咽下去。

"我怕你连一半都完不成。"詹姆士满怀疑虑。

维奥莱特则兴趣十足："就你一个人吗？"见奥德丽点了点头，她说："你非常勇敢。"

"我不这么认为，仅仅是……"她坦诚地看着他们俩，这种神情使她显得非常年轻，"……很久以来，我就想做这些事……我的父亲就是这样。他走遍了全世界，虽然最后定居在夏威夷，但他们到富士山、萨摩亚群岛和巴罗——巴罗去旅行……我想我的身体中也流淌着相同的血液。我一生都在梦想一次这样的旅行……独身一人……与陌生人相遇，完成一些事……现在，忽然间，我已经站在这儿了……"看上去她兴奋得快要爆炸了，维奥莱特夫人张开双手拥抱了她。

"你是个特别的女孩，而且无比勇敢。我不能肯定，没有詹姆士我是否有勇气这样做。"他仁慈地对她微笑。奥德丽和她的冒险历程太不同寻常了，但他只欣赏自己的妻子。

"你感到满足了吗？"维奥莱特和往常一样充满好奇心。

"是的。"奥德丽笑着回答说。夜已经很深了，对他们三人来说。这是漫长的一天。她笑着站起来，和他们再次握手："我度过了一个美好的夜晚，谢谢你们俩，还要感谢你们的香槟。"

"明天一起吃午饭，好吗？"维奥莱特问。

奥德丽点头答应了："好的，明天见。"她愉快地和他们道别后回到自己的船舱里。他们完全不是她原先想象中会遇到的那种人。晚上谈话时，她从维奥莱特的口中得知她二十八岁，詹姆士三十三岁。他们有两个孩子，一个五岁的男孩，也叫詹姆士，另一个是个小女孩，叫亚历山德拉，只有三岁。他们全年住在伦敦，另外在法国南部的乡间昂蒂布还有一座房子。生活过得奢侈懒散。但他们对此不感到厌烦。他们是不可思议的，和他们相处会使人心情舒畅。奥德丽已经在盼望明天的午餐了。

第二天，奥德丽和他们消磨了许多时光。他们已经成为不可分离的三个人。他们笑着、唱着、讲述着神话故事，止不住笑声时，就喝香槟，取笑其他乘客，又不时地邀请别人加入他们。他们三人组成了一个整体。奥德丽和他们成了亲爱的朋友，以至在离船上岸的前一晚，他们变得十分沮丧。

"你能来我法国南部的乡间别墅吗？"对维奥莱特的提议詹姆士也急着附和说："和我们一样你会过得愉快的，那儿有许多可爱的人。"那些没完没了的聚会，滑稽的服装，迷人的朋友，海明威有时会来，菲茨杰拉德、毕加索、道斯·帕索斯也经常去……

"一定要来。"面对维奥莱特恳切的目光，奥德丽不得不答应了他们。

"欢迎你到法国南部来，从你的旅行计划中抽些时间。"维奥莱特说。

"对极了。"詹姆士笑着说，"待上两个多月吧。"

维奥莱特也把注意力转向奥德丽："我们希望你能来，七月二日或三日我们就可以回到那里，你随时可以来。"

"我会的。"她回答时，突然觉得今年的夏天是如此令人振奋。

一个崭新的世界等待着她去发现，他们描绘着安提比的各种各样的人，还有将和他们共同经历的探险旅程。由他们引发出来的兴奋之情就像一块珍宝闪着耀眼的光芒，他们的承诺如同一个小小精灵在她的脑海中跳跃。晚上当她在铺位上躺下来时，它们又一次钻进了她的脑子里……圣齐的周末……戛纳……尼斯……这些地名让她兴奋不已。夜很深了，她的心还在怦怦地跳，命运的恩赐让她遇到了他俩。

五

到伦敦后，时间飞快地流逝着。詹姆士和维奥莱特把奥德丽送到克拉里奇饭店后，又特别介绍给饭店的经理。尽管詹姆士的介绍使她得到从未有过的款待，但奥德丽还是认为无论在哪一家自己都会感到愉快。她曾试图把这一切都告诉安娜贝尔，但又怕她年轻的妹妹会过分妒忌，就把写好的信撕掉了。每天下午她和维奥莱特夫人开着他们的罗尔斯车参加聚会或展览，维奥莱特和詹姆士甚至为她举办了一次舞会，并把她介绍给他们许多亲密的朋友。她爱上他们的两个孩子，又崇敬他们的家庭。这是一个宽敞漂亮，胜似小宫殿的家。即使在旧金山时，她也从未见过像这样的上流社会的家庭。周末时，她几乎有些讨厌去巴黎了，唯一感到慰藉的是几个星期后他们又能在昂蒂布重逢，她简直没法等到那天的到来了。

没有维奥莱特和詹姆士做伴的巴黎之行显得如此乏味。奥德丽给自己买了一顶精巧的帽子，为安娜贝尔选的那顶更漂亮，当即她就寄回家了。这年的巴黎给她的印象是一片乱糟糟。她买了一条斑马条纹的野性十足的晚礼服，准备到昂蒂布拜访维奥莱特和詹姆士时穿。奥德丽有生以来第一次感到自己是独立而成熟的。她不必回答任何人，不必对任何事负责。她何时吃饭、何时起床都无关紧要。晚上去蒙特雷洗头，中午喝葡萄酒，沿着岸边散步。这样度过了极为放松的两个星期之后就乘车去法国南部了。

她不打算自己开车去那儿，原因不在于詹姆士所说的那种害怕，而是懒散使她选择了简便的方法。在尼斯一下车后就看见维奥莱特和詹姆士站在那儿，维奥莱特身着一种白色的太阳衣，头戴插着红玫瑰的大草帽，脚上是一双小巧的红皮鞋，他们都晒黑了，两个孩子由保姆带着等在车里。开车时，奥德丽让亚历山德拉坐在自己的膝盖上，当维奥莱特和詹姆士唱起一首法国歌曲时，他们都开怀大笑，车开得飞快。这是一个心旷神怡的夏季，在他们的生活中害怕和忧虑已不复存在。

奥德丽立即爱上了他们的家和晚上赶来拜访他们的人。他们中有艺术家、贵族、法国人、罗马女人、六七个美国人，本来海明威也要来串门的，但他已启程去加勒比海参加由他组织的钓鱼比赛了。真是无法想象，一个月前她还安静地待在家里，担心她祖父的鸡蛋是否煮过了头。

如今她才清楚自己为什么一贯对世界新闻如此着迷。它们是一条通向另一个世界、另一种生活的途径，现在她已是这个世界的一部分了，她碰到了许多以前从未见过以后也未必再能见到的人。霍桑夫妇每天都把她介绍给一些不平常的人。他们不是些普通的人，而在塑造一个奇妙时代。

每天醒来，她都感到不寻常的事情在发生，事实上正是这样，现在她才知道她的父亲为之生为之死的东西是什么了，是一种无法抵御的激情。她曾把那些照片当作现实的生活，但是现在一切比照片上的还要好，因为这是她自己而不是她父亲的生活，周围是一些她自己的朋友了……她也像她父亲一样不停地拍照。

"你在想什么，奥德丽？"她俩坐在昂蒂布的小沙丘上时，维奥莱特一直在看着她，"你刚才正在笑，眼睛望着天空，在想什么？"

"我多快活啊，离家又是这么远。"她笑着回望了一眼她的朋友。她已经能预见到秋天回去时会多么沮丧,她不愿意想这些,她但愿永远能在这个迷人的地方生活,实际上这是不可能的,因为天下没有不散的筵席。

"你喜欢这里,是吗?"

"是的。"奥德丽躺在沙滩上,黑色的法国式泳衣衬出了她优美的身材,她的一旁是穿着白色游泳衣,一头黑发的维奥莱特,她们俩在一起十分和谐,这正是奥德丽心目中的一张照片。她在尼斯的一个图书馆里冲洗出这些照片后,人们都一致称赞她的摄影技术,甚至她筛下的照片被毕加索看到后也得到了同样的赞赏。"你是个天才,奥德丽,决不要让这种才能浪费掉。"他的一番严肃的话语使她吃了一惊。摄影是她的爱好,但她从未想过其中有些东西是不能被浪费的。他的话给她留下了深刻印象,四周愉悦的氛围也是她难以忘却的。

"你为什么不留下来?"她们躺在沙滩上时维奥莱特问她。

"留在昂蒂布?"

"不,我是指欧洲,这是个适合你的地方。"她看着奥德丽的眼睛。一涉及到离去,这双眼睛就变得缥缈不定。

"这是我期望的,但这又是不公平的,维奥莱特。"

"对谁不公平?"

"主要是对我的祖父……他需要我留在他身边……也许会有这一天。"她不想说出是什么时候,也许是他故去的一天。她已经体验过这里梦一般的生活了,她总有一天会再回来的,会有那么一天的。

"这并不合理,为此你需要放弃自己的生活。"

奥德丽平静地看着她:"我爱他,维奥莱特,这没有什么。"

　　"但是你自己呢？你不能一辈子这样生活，奥德丽。"她感到自己无法理解奥德丽，"你难道不想结婚、拥有一份自己喜欢的生活吗？"这么久以来，她一直爱着詹姆士，她简直无法想象失去他之后的生活。

　　"可能是吧，我现在不大想这些问题，这就是我的生活。也许我不想结婚……也许不适合结婚……"她们交换了一个微笑后都仰卧在沙滩上。她第一次感到不结婚不再是一件悲哀的事。自由自在是一种快乐，特别是在这儿，这一九三三年的昂蒂布的夏天。

　　当奥德丽和维奥莱特日复一日地沿着海滩散步、望着孩子们、眯着眼睛看太阳、懒洋洋地躺在沙滩上感觉沙子存在时，当她们互诉生活中的故事、欢笑和信念时，奥德丽知道生命中的魔力在持续发挥着。维奥莱特夫人就像奥德丽从未遇到过的姐姐、一个可靠的好朋友，年龄相差两年并不影响她们成为精神上的孪生子。奥德丽仿佛在回家路上遇到了她，继而温馨和亲密在她们俩之间滋生，而且奥德丽感到这种关系每天都在加深。詹姆士十分乐意带她们到处逛逛，他们三人关系融洽，而且他从未对妻子的这位朋友表现出过分的兴趣，他仅仅是一位绅士和一位兄长而已。

　　"回家后准备干什么，奥德丽？"维奥莱特望着这位身材修长、深红色头发的姑娘。有时候她真替她担心，因为她了解奥德丽在家中空虚的生活。尽管奥德丽一直认为自己不可能和他们一起住在伦敦，但维奥莱特仍希望能留住她，而她却坚持要返回加利福尼亚。

　　"我不知道，也许和从前一样。"她看着维奥莱特笑了一声，"其实那种生活也不错。"她说了这句违心的话，"我以前一直是这样生活……管理祖父的房子，我是说……"经过这些黄金般的岁月后，再不可能回到从前了，绝对不可能，今后只能在梦中才能回到这个诱人的地方，回到这些人中间，但此时此刻她和他们仍然有短暂的相聚。然而这会持续多久？一切迟早要结束。

"我真希望你能多住些时间……"

奥德丽无限遗憾地摇了摇头。"事实上，"奥德丽叹着气，眯起眼睛看太阳，"如果要实现这次旅行计划，我应该在下星期动身出发。我准备开车去意大利的里埃维拉。"

"你已经决定了？"维奥莱特显然被说服了。

"想听实话吗？不，我希望就这么坐着度过我的余生。但我知道这不现实，所以我应该慢慢再去适应以前的世界，只有上帝相信我一定会回来的。"祖父无法留住她的青春，勋爵夫人仅仅知道她终将忍痛离去。安娜贝尔最近一封信上说她十分担心自己会再次怀孕，她不愿这么快又有一个孩子。哈考特常对她发脾气。祖父唯一的一封信表明他一切如旧。想到他时，奥德丽禁不住又一次叹气。现在距离这一切是多么遥远啊。她往下看到沙滩上詹姆士朝她们走来，后面跟着一个高瘦、头发乌黑、生气勃勃的男人。詹姆士笑着指向她们，维奥莱特带着明朗的笑容招着手。

"知道那是谁吗，奥德丽？"奥德丽摇摇头，她对维奥莱特见到这朋友时的兴奋不已的表情大吃一惊。他年轻而且有魅力，但和那些曾经进出他们生活的人相比并无特别之处。维奥莱特朝渐渐走近的那两个人招手："他叫查尔斯·帕克斯考特，一个旅行作家和冒险家。你是否知道他？他在美国出版了许多书，他的母亲是美国人。"她的笑容提醒了奥德丽，她忽然想起了这个名字，他确实很出名，奥德丽想象中的他比这个朝她们走来的年轻男人年纪要大得多。他操着地道的美国口语而不带英国腔调。奥德丽听说他曾在耶鲁呆过，后来他自己解释说，他在缅因州的巴哈科特和他母亲的家人一起度过了整个少年时期，他对美国的一切都怀有强烈的兴趣。

"过得如何，维奥莱特夫人？"

"棒极了，查尔斯。你的到来使这个夏天变得更美妙了。你能住多久？"

"几天……几星期……"他知道他们是怎样消夏的，以前的多次拜访都令他十分愉快。俯视着这个绝对英俊的男人时，奥德丽不明白自己为何要把他想象得那么老。可能因为他的成就……也可能因为他的经历，还有那张吸引人的面孔也使她在某种程度上想起她的父亲。

他的一头头发已经黑得近乎蓝色，橄榄色的皮肤，深灰色的大眼睛，快活的脸上充满笑容，高瘦的身材颇具贵族气质。奥德丽断定他完全不像英国人，倒像西班牙人，法国人……也可能是意大利人……更像一位意大利王子。一套藏青色游泳衣显出他修长有力的双腿和双臂，他的肩膀甚至比詹姆士还要宽阔。很多年前，他们两人在伊顿公学同过学，从青年时代起，他们就情同手足。

此刻，詹姆士抓住他的肩膀并摇了摇他："我来介绍我们的朋友，来自加利福尼亚的奥德丽·特雷斯科尔。"

查尔斯面带着会使任何女人动容的微笑，将他一双大眼睛投向她。他们握手时，奥德丽感到自己也被打动了。人们很难不被他的神情所打动，但奥德丽更感兴趣的是他的书，并希望能有机会和他谈谈这些书。下午他们聊了好长一段时间后，他就和詹姆士开车出去了，又留下了奥德丽和维奥莱特两个人。

"他非常英俊，是不是？"维奥莱特笑了，为她的朋友而自豪。

"可以这么说。"奥德丽也笑了。整个下午她都尽量使自己在他身旁不显得过于尴尬，而他的无拘无束最后可以使人忽略那张漂亮的脸，但开始时很难做到忘记这张脸，因为这毕竟是他最吸引人的部分。

"要知道，他对自己的美一无所知。"维奥莱特喝过香槟后在阳台上等候詹姆士时，吐露了这个秘密。她俩的白色裙子衬托出晒黑了的皮肤，奥德丽的头发在太阳照耀下闪出红光。"我曾经对他说过这件事，我不骗你，他竟毫不知晓自己的魅力，事实上……"她一边把一些烤蘑菇狼吞虎咽似地塞进嘴里，一边又像个小女孩似的咧着嘴笑，"是不是很奇怪，奥德丽？我是说，他无论走到哪儿都让女人神魂颠倒，而他却被他的书完全占有了，我想他对此根本不在乎。"这恰是奥德丽喜欢他的原因。除此以外，还喜欢他的思想，她曾读过他的两本书，完全被书中的描绘所吸引。和他属同一类型的尼科，史密斯是奥德丽喜欢的另一位作家和探险家，查尔斯也对自己的作品着了迷。整个下午她们俩就在谈论他，以后她们又谈到了爪哇、尼泊尔和印度。奥德丽愈发觉得查尔斯迷人了。"这些地方你一辈子也不愿去。"奥德丽取笑维奥莱特，但她却向往着这些地方。

晚上的时光也同样令人难忘，四个人光顾了戛纳的一家小饭馆。他们喝光了许多酒，然后去参加詹姆士提及过的一个朋友举办的舞会。一路上他们说了很多疯话，玩到两点才离开，然后又到昂蒂布的另一个舞会上喝了不少的酒。他们凌晨四点回到家后就决定一起迎接破晓的来临，詹姆士开了一瓶香槟，自己喝了一大半，维奥莱特倒在沙发上唱了些不合时宜的歌后由詹姆士把她抱上楼。最后走廊上只剩下奥德丽和查尔斯两个人。两小时后，太阳从地平线上探出头来，查尔斯带着严肃的神情望着她。

"是什么促使你来到这儿的？"过去的两个小时里，他们漫无目的地闲谈着，互相享受着对方的陪伴，谈论着双方都感兴趣的话题，到世界各个角落旅行……昂蒂布的夏天……他们的朋友——维奥莱特和詹姆士……但是此刻查尔斯凝视着她，想着她是怎样一个人。奥德丽也在思考同样的问题，究竟是什么奇异的命运安排他们相会？

她决定对他坦率些，尽量坦率："我想逃避。"

"逃避什么？"他的声音在冉冉升起的金色日光下充满了爱怜，但他认为她是在避开一个男人，以他们那个时代的标准来看，她的年纪足以证明她已经结婚了。"我或许可以问是避开谁吗？"面对他坦诚的笑容和眼睛，她摇了摇头。

"不……不是那样……我也许只想躲避自己，和强加在自己身上的那些责任。"

"听上去挺严重的。"他的眼睛一刻也没有离开过她，而且他渴望去吻吻她，用指尖环绕她那修长优美的颈脖，但他还是强迫自己把注意力集中在她的话语上，克制住自己对她不断加深的渴求，至少在这会儿要克制自己。

"有时候是很严重。"她叹息着向后靠靠说，"我有一个用全身心爱着的祖父……还有一个完全依赖我的妹妹。"

"她有病吗？"他皱起眉头。奥德丽吃惊地望着他。

她遥望着大海摇了摇头，从安娜贝尔想到哈考特对她说过的话。"她只是太年轻……"她回过头看着他，"我想是我宠坏了她。但我很难不宠她。很小我们就失去了父母，是我一手把她带大的。"

"你父母去世时你多大？……他们是一起去世的吗？"

　　她点了点头，不知道他为什么如此紧张。"当时我十一岁，安娜贝尔只有七岁……在夏威夷……你说对了，他们在一次海难中死去……"每当谈到这件事，她就感到痛楚，"后来我们就回到美国和祖父一起生活，然后我开始管理祖父的房子，并如同母亲一般照料我的妹妹……也许照料得过分了……至少我的妹夫是这样认为的。"她真诚地看着查尔斯，"他认为是我使他的妻子变得如此无能，没有我的帮助她做不了任何事，也许他是对的。我真的无法反驳他……所以我走了……以后……我就来到这儿……"她移开了她的视线，查尔斯握住了她的手。

　　"我能理解。"

　　"你能吗？"他们俩的目光又一次相遇，她的睫毛全都湿润了，"你怎么能理解呢？"

　　"因为我的生活也曾和你相差无几。只是没有祖父而已。我有过姑母和姑父，他们现在都去世了。我十七岁那年，父母在一次事故中死去，当时我的弟弟只有十二岁。我们和姑父姑母在美国生活了一年。他们十分和善，但我们不喜欢那种生活。"他叹息道，下意识地握紧了奥德丽的手，"他们不曾真正理解过我们，他们觉得像我们这个年纪大的孩子过于喜欢冒险，也过于独立和直言直语了。而我的弟弟依赖性太强，父母的去世给他巨大打击，以后再也没有恢复过来。"

　　"我一满十八岁，我们就离开了那里，回到英国。我总是力所能及……"他喉咙口一阵哽咽，奥德丽的心都要跳出来了。

　　"他又活了一年，十四岁时得肺结核死了。"他茫然地望着她，悲痛欲绝，"我总在想：要是我们当时能留在美国就不会发生这一切……他也许不会……他现在能站在这里，如果……"

　　"不要这么想，查尔斯，你无法主宰一切。在某种程度上，我觉得自己也该对父母的去世负责，但那是愚蠢，毫无意义的想法。我们不能主宰命运。"他点着头。他第一次把这些藏在心底的话告诉了她。虽然对她了解得很少，但他感到她能够给予自己温暖和关怜，他一遇见她时就被她深深地吸引了，现在更是如此。突然之间，他想把自己和自己的生活，还有肖恩，那个失去的弟弟……把一切的一切都对她讲述。

"从那以后我就开始了我的旅行生活，我又想上大学，但肖恩的死使我无法集中思想，每件事都能勾起我的回忆……看到一个年龄相仿的男孩，甚至在街上看到长得有点像他的男孩都令我思念他……我想去一个能使我忘掉所有我认识的人的地方……所以我到尼泊尔……然后是印度……又去了一年日本……二十一岁时写成了我的第一本书。"这是他一个小时以来露出的第一次笑容，"写作慢慢成了我的生活方式，我也爱上了这种生活。"

奥德丽对着他的眼睛笑了："你做得很成功。"他的一番吐露使她深受感动，同时她也觉察到了他的痛苦。这使她联想到自己一旦失去安娜贝尔也一定会处于相同的境地，而且她一定会无法忍受的，想到这里，她的眼中又满是泪水。

"旅行是我生活的全部。"他近乎认错，因而孩子气十足。

"事实上那根本不是罪过。"她笑着打了个手势。太阳已经爬到他们头顶上了，"我羡慕你，我父亲走遍了世界，我多想能和他一样啊！"

"你为什么不做呢？"

"还有安娜贝尔……祖父，他们会怎样？"

"他们一定会安然无事的。"

"也许你是对的。这次旅行就是一个例证。"

"昂蒂布可不是个吸引人的地方，我的朋友。"

"我知道。"他们俩全都笑了，"但假如他们知道我在这儿，那我就可以冒更大的险去另一些地方。"

"你现在就应该走。总有一天，你会结婚，那时你不会再有机会了。"

她笑了："对此，我根本不操心。"是的，她从未因这个原因而产生过丝毫的担忧。

"是否还有我不知道的事？家中有什么不幸？或者是你隐瞒了性格上的缺点？"

他的戏弄逗得她大笑起来，她摇头时又长又密的古铜色头发也随之摇摆："不，我只是不适于结婚。"

"但你刚刚告诉我，你已经为你的祖父管理了十五年的房子，这么多年的训练难道还不够吗？"

"但我又不是和他结婚，老实对你说，"她确实是坦诚的，"我所遇到过的大多数男人都不吸引我。"

"为什么？"他被她做过的每一件事，说过的每一句话，和她的思想迷住了。他不知道还有像她这样的女人。

"他们吵得我烦死了，就像我的妹夫。他们脑子中存在着一些根深蒂固的观念，就是认为女人应该做什么，不应该做什么，女人不该谈政治，甚至不该去想，而是应该倒茶，应该为红十字服务，应该和朋友们结伴外出吃午饭。而我感兴趣的绝对是遭到忌讳的东西：政治、旅行……还有带上我的照相机走遍大半个世界。"

"你会拍照，是吗？"他问，见她激动地点点头，"我敢打赌，你是个好摄影师。"他对她显示出极大的信心，使她感到惊奇。

"你为什么会这样认为？"

"你敏感，有洞察力……这些都是一个优秀的摄影师所应该具备的……一双尖锐的眼睛，理性的头脑。"

"我应该感到愧疚吗？"她笑了，惊异于他的分析，"在家乡人们都叫我老处女。"这种说法刺伤了她，因而他突然显得很生气。

"多愚蠢的一群人，麻烦就在于你不合他们所谓的正常的标准，我也和你有着某种程度上的相似，我不想和任何人安定下来……以前没有过……以后也不会……"她知道他又在想肖恩，"生命太短暂了……稍纵即逝……我不想把时间浪费在我不想做的事上。"

"什么是你不想做的？"这回轮到她提问了，因为她也同样对他充满了好奇心。

"我不是一个能轻易安定下来的男人。冒险是我的血液，我喜欢我所做的一切，很少有女人愿意理解这一点，起初她们假装能懂，不久她们还是要安定，这就好像把一只狮子关进了笼子里。每个人都想一试，但过不了多久，她们就不知该如何和我相处了。我生来就属于荒山野岭。我爱那些地方，而不适于家庭，我怕那种生活方式。"她的心被他那魅力四射的笑容牵动着。他是她遇到过的最惹人喜爱的男人，他的这一番话同样使她深深被打动，而且她觉得自己非常理解他。

"我也不能肯定自己是否想要孩子，这似乎是一种阻碍……多数女人想要两三个孩子。"她不敢问其中的缘由，他却说出来了，"自从肖恩……我感到自己无法再爱别人了……他就像我自己的孩子……而不是我的弟弟……我无法忍受失去他。"查尔斯的眼眶中虽满是泪水，但他仍毫不羞涩尴尬地继续向她倾吐道，"我不能忍受对我自己的孩子付出了这么多爱之后再看着他死去，我觉得还是目前的生活更教我安心些，必须承认我很幸福。"一行泪水顺着他的脸颊流下来。他朝她苦笑道:"我一定会把我的朋友弄疯,但维奥莱特总是忍不住把我介绍给他们所有认识的女朋友,至少我在地球这半边时,生活会显得有朝气些。"他迟疑了一下,但还是轻轻握住了她的手:"还有你,我的朋友,有一天,你也会安定下来吗?"她已完全放弃对这种生活方式的追求了,而且她一点也不后悔。

他说:"你已被迫放弃了许多东西……我不能再要求传统意义上的婚姻了。"

"还有孩子?"他问。

她深深吸了一口气,凝望着他的眼睛:"我有安娜贝尔,"这是她内心世界真实的想法,她已经有一个孩子了,尽管不是自己生的,"现在又有了她的儿子……还有祖父……我根本不需要自己的孩子。"

他说:"我会不习惯的,那是完全另外一种人过的生活,你以前太舒适了,所以说,那种生活方式对你太苛刻了。"

"你怎么知道?"她问,虽然他极其了解她,而且对她的所有猜测一直非常准确,"你能够得到幸福,我为什么就不能呢?"

"因为我所做的正是我自己想做的事,但你不同……是吗?"他的柔和的声音,使她感到无法否认他的话。慢慢地,她摇了摇头,她所做的是应当而且必须去做的,为那些她爱着的人……却不是出于自愿的。

她镇静地笑着,发现自己交上一个可以永远相处的朋友。"你是对的,但对此我无能为力,至少现在不能。我能做的一切就是把这个夏天当作是上天的恩赐,时间一到就回家。"

"然后做什么……以后又怎样?你愿意荒废多少时间呢?"

她说话时几乎要哽塞了："可能是整个生命，而你不能半途而废。"他记得肖恩也说过同样的话，而这却是查尔斯害怕再次失去的……他没能活到十五岁，现在这里又忽然出现了她，如同他理解自己一样了解他全部思想的女人，这真是妙不可言。他不曾找寻过这样一个女人，也不想找寻这样一个女人。然而她却出现了。当太阳在天空升起时，她的一头古铜色头发光芒四射，他的眼睛简直移不开了。

他说："不知道我们为什么有缘相见……但我怕是已经爱上你了。"

她没有心理准备而一下子失去了平衡，心也仿佛跳出来，飞到了他的脚下。

"我……我……我……"她简直找不到合适的语言来表达，只是一个劲地点着头。

他能理解一切……哈考特……安娜贝尔……祖父……她对世界的渴望……想生活得更朝气……更自由……拍照……很久以前的曾经一度被放弃的遥远的梦想，找一个能陪伴她共同实现梦想并能与之分享的人……突然间，他就出现在眼前，他们俩只共同相处了几小时，几天……

"我想我也爱上了。"她像快要晕倒似的，有生以来第一次感到如此无助。当她伸出手时，他及时的紧紧的拥抱让她简直无法呼吸了。毫无疑问，这一支箭也同样射中了她。他的嘴唇轻轻擦着她的头发，双臂使劲地抱着她。

他笑着面对她，然后轻轻地吻了她。他从未这样吻过其他女人。当他嘴唇轻轻压向她时，她觉得自己的心正在对着天空叫喊。

这可真是一种疯狂，他们在昨天还是陌路人。突然一夜之间，她发现自己爱上他了。他们踱回屋里，他一只手搂着她，抚摸着她的脖子。她感到这一夜将成为她生命的转折点，从此她的生活将会有所改变。

"奥德丽……"在她卧室门口，他望着她，又一次露出温柔的笑容，"我们竟会如此相像，你和我。"他从未想过自己会遇到像她这样的人，其实他也从未遇到过。

"令人惊奇，是吗？"一切如此美好同时如此不公平。她从他身上找到她梦想的一切。但过不了几天就再也见不到他了。"你能在昂蒂布住多久？"她的恐惧使她尽量压低自己的声音。

"我尽量多住些日子。"

他们的眼睛对望了好长一段时间后她才一溜烟地进了房间。

六

　　一个诗情画意的星期又悄悄溜走了，查尔斯仍然没有离开维奥莱特和詹姆士。他们如同孩子一般在昂蒂布欢腾跳跃，到处游逛。奥德丽和查尔斯尽量为他们自己安排点时间，她经常到四处拍照，查尔斯就留意陪伴她。自从他来到之后，似乎他们只是在探索对方的生活，而且很难相信他们才刚刚相识。

　　她正把镜头对准伊茨小山镇上的一座古老的房子，他赞赏地注视着她。他眼看着工作得一天比一天出色，她已经能用那只随身携带并且经常使用的照相机拍出极美丽的照片来。

　　"我希望有一天能把你写进书中，奥德丽，你愿意吗？"她揿了两下快门后，回过头来展颜一笑，然后把镜头对准他，正好摄下了他一脸的惊奇。

　　"你当真吗，查尔斯？"自他到来之后的这几天里，她成熟了许多，看上去更女性化，更加活泼，不再流露出冷漠的眼神。维奥莱特总是悄悄这样对詹姆士说。不管詹姆士坚持认为一切如旧，但她仍怀疑有事发生。查尔斯不愿受婚姻拘束，多年来他一直这么说，他的职业也不适合结婚。但有一点十分明显，就连詹姆士也察觉到了，查尔斯正在狂热地迷恋着这个姑娘，或者用维奥莱特的话来形容，就是"深深地爱上她"。

　　"当然，我非常认真。你的照片太棒了，胜过我写的书。"查尔斯说。

　　"这不可能。"听了他的谦虚之词，她笑着走到他身旁，

"你想吃午饭吗?"他们在山脚下打开维奥莱特和詹姆士的那只野餐用的大篮子。四周开满了野花,连绵起伏的伊茨镇就在他们背后,地中海远在他们的脚底下。面对这一幅秀丽如画的景致,连奥德丽也怀疑,自己的照相机是否能照出蕴藏着的所有的美。她的一只手撑住伸展在草地上的身体,另一只手握着一只苹果,望着他的眼睛含着一丝笑意:"在这儿多快活啊,查尔斯。"

"你知道原因吗?"他俯身吻了一下她的鼻子,"你能感觉我的心情吗?我也比生命中任何时刻都快活。"

当他俯身亲吻她的嘴唇时,她露出了笑。"当必须回去的时刻来到时,你会怎样做?"她早就在担心了。田园般的生活迟早要结束;他们俩都害怕这一时刻的到来。

"由谁决定呢,灰姑娘?你知道什么时候该回家吗?"

"我九月十四日出发。"沿着原来的路线……回去尽责……尽义务……还有安娜贝尔,她已经有妊娠反应了。她最近一封信的信纸被泪水弄得模模糊糊,奥德丽已经感到内疚了。

"为什么?"

"你知道为什么。"

"不,我不知道。"他在试探她的决心究竟有多坚定。有个想法缠绕了他好几天,却难以对她启口。然而他清楚,如果他们深谈一下这个问题,她的生活从此将有所改变,他自己也是如此。

"查尔斯。"她哀求的眼光里,带着一丝他从未见过的悲哀的神情。他们在大多数时间里一起放声大笑,品尝香槟,一起和詹姆士夫妇参加舞会。只有当他们单独外出郊游时,他们才能敞开彼此的胸怀。

"为什么闷闷不乐，亲爱的？"他躺在她身旁的草地上，他的体温几乎使她发狂。她从查尔斯身上发现了她毕生寻求的东西，但他从未使她感到尴尬，他温柔地注视着她，顺手摘了一朵紫色花朵搔痒着她的耳朵。

"不要劝我，我不能耽搁回家的时间。"

"为什么？"

"这不公平。"

"指谁？"他鼓动她，可是很难成功。

"我祖父。我知道我走后他是怎么想的。我想证明，是他错了。"

"证明什么？"查尔斯被搞糊涂了。

"我走后，他患上了记忆错觉症。他担心我会和父亲做同样的事……我答应他我不会的……而且我不能这么对待他。"

"我不懂。"他的嘴唇俯盖了上去，这使她不得不强迫自己把心思集中在刚才的话上才能继续谈话。

"我的父亲曾一去不复返。他也答应过祖父，但是事实是，他再也没有回来。他爱极了那些他到过的地方，遇到过的人，发现的奇迹……"一想起他，她的声音就低沉下去，他曾是一个满怀冲劲的最浪漫的男人。她想着他，一面抬头看看查尔斯……他们是如此的相似……有时候她真是感到非常诧异。

"有这么严重吗？"这些事他能理解。过去十五年里，他就是这么生活的，唯一的区别就是没有人在某个地方等他，没有谁会在乎他身在何处，除了像维奥莱特和詹姆士这样的朋友。离开时没有人为他哭泣，没有人计算他归来的时间。他有些妒忌她。如果他有妻子，一切就不同了。

"我不能那样对待他。"微风吹拂着她的头发，她的声音在风中如此轻柔。

"对你自己呢？你能放弃自己梦寐以求的东西吗，奥德丽？"

"这就是我的梦想。"她对他笑着说，"事实上比我的梦想还要美。"

"还不是我们相识时你对我说的话。"

"是的，这是的！"她大叫着说。她怀疑在他们等候日出，互诉心愿，谈论自己和自己的生活的第一晚时说了些什么。

"你说你要去一些激动人心的地方……"

她伸出手想拥抱阿尔卑斯山脉深处的壮丽景色。

"嗯？"

"这并不是你真正的想法……我们说到了尼泊尔，不是吗？"他逼迫她，使她感到不自在，又不至于太难为她，这是他擅长的，可她也是个好对手。

"已经谈够了，到此为止吧。"

他忽然懊丧起来。"几天后我就走了，奥德丽。"这是他第一次这么说，她感到自己的心脏几乎停止了跳动，她睁大眼睛直直地盯着他。她知道会有这一天的……只是没想到来得这么快。"我要为伦敦的《泰晤士报》写一篇文章。"

"去哪儿？"

"很快去南京、上海、北京……"

"上帝。"她震惊了，竭力想笑得老练些，但是她感到所有的空气和幸福都离她而去了，"那一定是些吸引人的地方，是吗？"

他平静地点点头："我希望你能一起去。"

"我也希望。"她坦率地说道，这句话多么吸引她，光是这些名字已经是不同凡响了。但是这些地方注定成不了她生命中的一部分，至少现在办不到。

"在这样一次旅行中你能够拍到很多照片。"他想方设法地引诱她。他的笑容里隐藏着悔意。

"还有许多有意思的事。"他说。

"你什么时候动身？"她本能地握住他的手。他们就这么在夏日的天空下静静地手牵着手，体会到相识后迅速建立起来的亲密之情。

"我不知道，我有些事要先到意大利，打算从威尼斯再乘东方快车。"

听到这些，她闭上眼睛，两行热泪正顺着她的脸颊滚落下来。她睁开眼睛望着他说："你是个幸运的人。"

他摇了摇头，两人一样的悲伤。"不，我不是，我爱着的女人就要到地球的另一边去了……是不是？"他拉着她站起来。她应该像个成年人一样处理这件事，为她无法拥有的东西和无法拥有他而流泪是毫无意义的。这样的局面也许不会很久，所以她不必再愚弄自己。

"你为什么不来旧金山？"她笑，他也大笑。

"就这样，嗯？你说得太容易了。"

"不是吗？"她取笑他，他又吻了她。

"也许我会的，或许我会带上你骑着一匹白马，你还咬着一朵红玫瑰花。"

"美妙极了，查尔斯。"

"是的……难道不是吗？……"他把她拉回到草地上，他们躺在对方的怀抱中。当他们热烈地拥抱而再也难以抗拒时，她聪明地脱出身，他只好失望地望着她。他十分尊重她，也从未像期望别的女人那样期望得到她，然而他们现在只剩下有限的时间了。

和维奥莱特、詹姆士在一起的时候，他们同样高兴，却很勉强。晚上，他们睡得越来越晚，而且总有香槟做伴。每晚忍痛道别、回到各自的房间成为一件艰难的事，她不想在回家前做出任何愚蠢的事，否则接踵而来的后果，会在以后相当长的一段时间伴随着她的生活。查尔斯同样也不想冒任何险，尽管他急切地想得到她，他实在是太爱她了。

"我已经在想冷水浴了，这里的水温不如地中海那样凉意透人的话，我还想半夜里跳到海里去洗澡。但是恐怕这么做并不见得能起作用。"一天晚上，他们从昂蒂布一个海滩舞会上散步回家时，他逗着她，"你简直令我发狂。"

她怀着内疚，不带任何取笑他的意图：

"查尔斯，非常抱歉……"

面对他爱慕的目光，他一只手臂更加搂紧了她。

"你不必道歉，最近几个星期是我生命中最美好的时光。这些记忆将伴随着我直至生命的终点。"他带着笑吻了吻她那飘荡着古铜色头发的边际。她将在他临走时给他带来一个意外，但这件事他目前还不知道。她已经收集了一本他们在昂蒂布时拍的照片，复制的一份留给自己。她打算全部整理完，让他在去中国南京的路上慢慢欣赏。现在她不愿去想这件事，但又没法不想，因为他过几天就要走了。

最后一个晚上，他们一起迎接日出，就像几个星期前他们相识的那个晚上。

"真是很难相信，不是吗？"他握着她的手，神情严肃。维奥莱特和詹姆士很早就去睡了。而查尔斯和奥德丽的这晚却一点儿也不急于分手。"我好像已经认识你很久了。"

"你走后，一切将会变得多么奇怪……突然间如此空虚……"她非常坦率地说。他是一个可以倾吐任何话的人，事实上她经常想这样。他望着她，仍然无法放弃带上她一起走的梦想。

　　"我想问你一件事，奥德丽，回答'不'以前，请你多加考虑。"他停了片刻，深深地吸了一口气才继续说话，"能和我一起走吗？"她的心跳似乎停止了，而且一定从她的眼神中表现出来了，"只到伊斯坦布尔，你仍然可以按时回伦敦，我必须在九月三日离开威尼斯，你可以在十四日起航。"他眼睛中燃烧着希望，"奥德丽……"

　　但是她已经在摇头了："我不能这么做，查尔斯。"

　　"为什么？只有上帝才能知道我们何时能再相见，你真的就这么轻易放弃了吗？抛弃我们曾拥有的一切？"他突然怒气冲冲地望着她，站起来走到他们曾等候日出的那个露台上。

　　"你怎么就这样说一声'不'？奥德丽，想想你自己……想想我们俩……求你了！"他的神情使她感到悲痛欲绝。"至少再想想。"

　　她答应过他再多加考虑，但这次不是她自己强迫自己，而是另有原因。她害怕去威尼斯。她知道会发生什么……和他单独相处时，她会做什么……她会抛弃那些道德约束。在昂蒂布时，她几乎就已经准备好了，但她不想这么做……这是一件疯狂的事。威尼斯如同一个深渊。整个晚上，她都在探寻他的眼睛，思考着他的问题。太阳升起的时候，她面对他讲述了之所以拒绝他的理由，但他用一个吻制止了她的话，随后突然间讲到了肖恩……生命的短暂……他感到就在描述自己的生命。他要到中国去描写被日本侵占的上海。如果他被杀了呢……如果从此见不到他了呢？……这是一个令人恐怖的念头。他再一次吻她，她感觉到他的手正慢慢地移向自己的大腿。她的呼吸停止了，对他的抚摸几乎要呻吟起来。

　　"求你，奥德丽……求你……跟我去意大利……"当她深深望着他的眼睛,她知道自己极度渴望的是什么了,她不能拒绝他……或者拒绝自己……再也不能了……

当他亲吻她的脖子,抚摸她的乳房时,她轻声说:"我会在离开威尼斯前与你会面的。"她被自己的话吃了一惊,但当他又一次紧紧把她搂在怀中时,她并不后悔自己的承诺。

这也是她所向往的,但他应该理智些,不能过于疯狂……但究竟还会发生些什么?离他上火车只有两天了。

他们商定不告诉维奥莱特和詹姆士。第二天他动身时,所有的人都看到了他们俩的一个缠绵的吻。她挥着手,直到汽车消失。他离去后,维奥莱特夫人十分担忧。

"觉得怎样,奥德丽?"她倒了一杯酒,似乎奥德丽随时会因为流泪过多而昏倒。见奥德丽只喝了一口后平静地回房休息时,她才觉得满意。奥德丽躺下后又开始想他,想她的承诺……她答应过他……答应过……这简直是在发疯。然而一点点都不后悔……圣马可广场的钟在九月里第一次连敲六下,只有上帝才知道将要发生的一切。但是奥德丽清楚一件事,那就是她要和他在一起。

七

接下来的一个星期过得非常快。查尔斯走后，詹姆士的兄弟又来了。又过了几天，维奥莱特的兄弟也来了。奥德丽的动身使人有世界末日到来的感觉。她从未和维奥莱特或詹姆士提起查尔斯临走前的提议。她一直在迟疑，是否应该收回自己过分的承诺。但她又无法忍受不和他见一面就回美国。她必须在威尼斯和他相会，即使是最后一次说再见，并送上早已准备好的影集。

离开维奥莱特和詹姆士时，又是一个泪汪汪的告别场面，和孩子们道别更是如此。她为亚历山大买了一只漂亮的大玩具，替小詹姆士准备的则是一套海军制服和能在家中放航的一只模型艇，送给维奥莱特一只漂亮的水晶玛瑙胸针，给詹姆士的则是一箱道·帕雷诺香槟，更妙的是一叠她替他们拍摄的影片。妙不可言的照片中穿着各式衣服、戴着大帽子的维奥莱特；詹姆士在沙滩四周娱乐，和查尔斯静静地散步；另一张是日落时他温柔地凝视着维奥莱特。奥德丽又禁不住流出了眼泪。这些放大了的照片是这个令人永生难忘的夏天的珍贵纪念品。奥德丽极力想用言语表达这些，但又无法形容她的感觉，对他们所有的人来说，言语太肤浅了。

她亲切地拥抱了维奥莱特，然后她们俩都笑了。

"你一定要来信！答应我！"

"好的！我答应……"她也拥抱了詹姆士。他像哥哥一样怜爱地吻她的两颊。她禁不住希望安娜贝尔能嫁给这样一个男人，而不是她现在的这个。她最后一次吻了孩子们和维奥莱特后就开始放声哭泣。她走进车坐在驾驶座时，维奥莱特又摇晃着头一边用花边手绢擦拭眼泪，一边对车里也在哭的奥德丽埋怨道："你自己开车太危险了。"

"我会没事的。"

"你实在太独立好强了！"她觉得如果查尔斯在这里就会平安无事的。他应该和她一起开车去意大利，但为了他的文章，他竟走得如此匆忙。向渐渐远去的奥德丽挥手道别时，她才相信詹姆士是对的。查尔斯是不该结婚的。"该死的羞耻心！"奥德丽消失后维奥莱特对詹姆士叫喊。

"我又没有赶她走，亲爱的，别冲着我吼叫。"他搂住正在摇头擤鼻的维奥莱特的肩膀。

"我不是这个意思，我在说查尔斯。"

"和查尔斯有什么关系？"詹姆士被搞糊涂了。

"他竟对这样一个完美的妻子无动于衷，都是那该死的羞耻心。"

"我告诉过你，他是不该结婚的男人。别再折磨自己了，没有一个女人能在他心中占据位置。有哪个女人能忍受跟着这样一个男人到处游荡，和贝督因部落、骆驼，还有一些只有上帝知道的鬼东西生活在一起呢？除非是个贝督因女孩。"但维奥莱特盯着他看，并不觉得有趣。

"他是个十足的傻瓜。"

"也许是，但也有可能他非常了解自己，亲爱的。你能想象这就是奥德丽的期望的结果吗？要知道，这是永远不可能的。"

"我认为她知道的比我们要多，而且他们俩一样的顽固，她牵挂的就是她的祖父和有些麻烦的妹妹，每次那个姑娘来信的那天，她的情绪总是十分低落。那个姑娘肯定一直在哭，而奥德丽却正好相反。所以，我认为她并不期望从查尔斯那儿得到些什么，可能他们的感情比我们所想的要深得多。"

"你怎么会这样想？"詹姆士总是诧异于妻子独特之处。她总是能发现一些他还一无所知的事。他弄不清她究竟了解多少，查尔斯一直是他最亲爱的朋友，这次来到这里喜欢上了奥德丽？"她临走之前对你说了什么吗？"

"没有。"维奥莱特摇了摇头，"他也没有，这就是我断定情况要比我们想象得严重得多的原因。他们都决心不说什么。"

她笑着把背靠回到她喜爱的椅子上，他们俩都沐浴在夏天最后一抹阳光里。

奥德丽开车沿着海岸线经圣罗门、雷帕罗、波图弗多、维雷哥，最后转向内陆的比萨和安波里，再向南去塞那、帕雷冈、斯帕拉图、维特壁，最后到达罗马。到了那儿后，她几乎把原先计划游览景处全遗忘了，而脑子里只有维奥莱特和詹姆士、他们的孩子，当然还包括查尔斯，她感到像丢了魂似的恍惚着穿梭在教堂和博物馆之间。她独自漫步在罗马街头时，感觉到有些麻木，看来计划来罗马并不是个好主意。她放弃了雇来的车子，坐上去佛罗伦萨的火车时觉得宽慰了许多。但佛罗伦萨的美景并没有引起她太大的注意，教堂和博物馆还是同一个模式。她心思都在威尼斯的查尔斯那儿。登上了开往威尼斯的火车后，她甚至想跳下车自己跑着去。火车似乎足足停靠了一千次，每次总有许多人上下车，耽搁的时间也越来越长。傍晚时分，她已经饿极了，火车显然无法准点到达。她忽然觉得约定在公共广场见面太愚蠢了。那时浪漫的想法在今天无论对谁都不太实际了。这里是意大利，八点已过，火车才到达威尼斯。火球一样的落日射出的辉煌的橘色光带穿越天际,奥德丽的眼眶湿润了。她迟到了两小时,只有上帝知道查尔斯在哪儿,可能他来过之后又走了。他们也未曾约定在旅馆中见面。尽管她在罗马已预约了格蕾蒂饭店,但她不知道查尔斯会去哪儿,甚至怀疑他们能否再会面。她看着自己的行李,被船夫搬到平底船上后,就把住旅馆的名称告诉了他。突然她决定试一试。

"能否在圣马可广场停一停?"

"圣马可广场?"船夫问。她点点头,仍沉浸在失望之中。他温和地对她笑笑,嘴里已掉了一半牙齿,戴着旧式的船夫帽,两只脚有力地站在船上,撑着漂亮的小船。她瞧瞧四周,人们都乘坐着平底船在河道上运行,落日的微光照耀在各式各样的金色屋顶上,这是她见过的最美丽的地方。当她走下船时,寂寥的感觉便一扫而光,她飞奔向广场。眼睛扫向一大片地方,同时又被大钟楼和进出咖啡馆的人群所吸引。她不放过每一个人,从一个咖啡馆又跑向另一个咖啡馆。她突然朝一个黑发,穿着英式风衣,后脑勺相似的人飞奔过去,像个死刑犯一样盯着他……但只是一个陌生人。她羞愧失落地朝后退去。半个小时后,她彻底地失望了,连他的影子都没有出现。也许他根本没有来,或者觉得她不守约,所以来过后又走了。回旅馆的路上,她一直和自己的眼泪作斗争。船夫和侍者搬运行李,她则沉默地走进旅馆。心中是惆怅,眼中是痛楚,脸上的悲伤是每个人都可以感觉到的。

她预订的这间房间比她过去所有住过的房间都要豪华,一张文艺复兴时期式样的大床、古色古香的家具、大理石的桌子和挂毯。她觉得独坐在一间壮丽的房间十分可笑,但是没有其他事可做。过九点后,在街上已经没有找到他的可能性了,她也曾问过服务台，是否有一位帕克·斯考特先生，回答是否定的。现在她已经毫无办法，只能等到明天去一些高级旅馆查找。如果实在没有办法，她最后的期望便是九月三日能在他上车前找到他。这班车第二天在奥地利与东方快车相联结。在威尼斯浪费的这两天时间对她似乎成了污辱。她把晚餐订购到房间里，思考着是不是自己的报应……同意他在这儿的约会是否错了。她清楚自己不应该答应，却又很难拒绝，而现在一切都落空了。坐着想想，她眼泪就止不住流下来。传来第二下敲门声后，她才含糊地说道："进来！"她以为是服务员来收精致的托盘。门开了，突然间她几乎是喘着气站起身。他关上门，慢慢走进房间。

"我的上帝……你怎么能……"她的心怦怦直跳，怀着前所未有的兴奋扑向他的怀抱，而对于他来说，她似乎是一个失而复得的孩子……他曾经失去了弟弟肖恩……他的拥抱简直令她无法呼吸。"哦，查尔斯。"她哭得像个小孩子，和以前判若两人，"我本以为再也见不到你了。"

他轻轻地诉说，并温柔地摇着她："你不会轻易失去我，亲爱的。你没有在广场上出现时，我真有些害怕，查遍了所有的旅馆总算找到你。"她仰慕地望着笑容满面的查尔斯。

"我也害怕……我想……"

"我死了？"见到那双红通通的眼睛后，他又一次紧紧地抱住她，带着爱恋，整理着微微凌乱的红色头发，"我是个坚强的人，奥德丽，你可好？"他扫了一眼这间华丽的房间，"天哪！"

她第一次咯咯地笑了起来，她突然又像一个天真活泼的女孩子："非常漂亮，是不是？"

"当然。"他退后几步开始欣赏她，迅速地找到她给予他莫大的宽慰。他也和奥德丽一样，想到以后荒废的几天日子和毫无收获地到处查询。"真抱歉，吓了你一跳，亲爱的。我原本想去罗马接你，但是有那么多讨厌的工作！"他把外衣扔到一只椅上，坐到她的身边，面带严肃的目光，看着她努力恢复镇定，"我要让你知道，不见到你以前我是不会去伊斯坦布尔的。"

刚刚流下两滴眼泪，她又笑了，说话的声音也时断时续。再次见到他，她是如此欣慰。"我也在想同样的事……我已经在查询下一班船期……我总想我是否把日期搞错了……是否听错了……"她把手臂绕在他的脖子上，"哦！查尔斯，我是多么爱你啊！"她必须说出这句话，必须把自己的感觉告诉他。他对她意味着很多。他抱紧她，找到了她的嘴唇。现在再没有什么可以阻止他们，没有做客时的拘束，不必替他们的朋友着想。当他把她抱在怀中时，他从未如此渴望着想得到她，而她也同样渴望得到他。"哦，查尔斯……"最后他又小心翼翼地望了她一眼，然后轻轻抽出身来。

"也许我应该走了，奥德丽。"他想从她的眼神中找到对暗示的反应，但她没有像在昂蒂布一样，而是摇着头，他屏息地望着她。

"我不想做任何会令你后悔的事。"他们曾有过一个激动人心的夜晚，那是等待重逢的漫长的一天。事实上，自从查尔斯离开昂蒂布后，他们俩谁也没有想过将来。奥德丽一直等待这一时刻，只有她才清楚自己渴望能再次见到他的程度。她知道自己为什么要来，起先她害怕承认其中的原因，但此刻她必须这么做，而不会抱有任何遗憾，从今往后，她就属于他了。

"我不想你走。"她的声音平和深沉而且充满灵感。他握住她的手，亲吻着她的手指，正是这些动作，使她的心中欢唱着对他的要求。"我爱你，查尔斯。"她的爱到最后，便是如此简单的几个字。

"我再也不可能这样爱一个人。"他轻声说，然后站起来拥抱着她默默地走到另一个房间。他关上门，挡住了透进来的几丝光线，只有月光洒在地板上。黑暗之中，他可以看见她的脸、眼睛和嘴唇。他温柔地吻她，轻轻地解开她的衣服，欣赏她银白的肌肤。她毫不犹豫地属于他。当她滑进冰凉的床单中，并看着他背向自己脱衣服时，她有些颤栗。他在另一边上床时，差不多要碰到她，于是伸出手抱住挨过来的她。他的抚摸引起她一阵颤抖。他细细地讲过离开后的经过，直到她再次感觉需要他时，他才又抱紧了她。他让她自己作出决定，并奉献了自己的一切，从身体到灵魂，甚至他的心。从这一刻起，他们的心将永远缠绕在一起。她躺在他的怀抱中进入了梦乡，这一次他们没有见到冉冉升起的太阳。当钟楼的钟敲响时，两个献出彼此爱情的人孩子般地睡着了。

八

两天的威尼斯之行仿佛在梦境中一般，他把她带到每个值得一游的地方，宫殿的宏伟大门、雷奥多桥、海关大楼的金色风标……他们甚至在塞茨桥上亲吻，桥下经过的船夫为他们唱着歌。查尔斯保证他们的愿望终会成为现实，她听了咯咯咯地笑起来。然而大部分时间他们还是待在房间里，他在同一层楼另外租了一个小房间，但这样做仅为了掩饰，他甚至连包也没有放在那儿。两天两夜以来，他们如一对夫妻一样共同生活，但随着时间的流逝，奥德丽越来越害怕分离。她订购了去伦敦的车票，而同一晚他乘的是开往奥地利的车，到那儿后再转乘东方快车。

他们最后一次穿衣时，她对于分离感到十分沮丧，徘徊在曾做过爱的宽敞的大理石浴室里。她几乎无法想象如何对他开口说再见。想到这些，她再也止不住眼泪，看着他开始抽泣起来。

"亲爱的，别……别这样……"他已经不能再强迫她了。他乞求过她跟自己一起走，但她一直坚持说不能。不断地规劝是残忍的，他起誓不再提这件事了。

"我将尽快赶到旧金山，一旦结束北京的工作后，我就乘船直接去。"他抱着她，而她止不住又开始抽泣，她无法忍受离开这个献上了全身心的男人。她属于他，一想到要分离，她每一根纤维都在喊叫，但她清楚自己别无选择。她的手臂环绕着他的脖子，好长时间后她才恢复过来。

查尔斯帮她穿好衣服，又看着她戴上项链、耳环、草帽，他真想让时间停止，这是他生命中最值得珍惜的时刻。他同时注意到两天以来奥德丽没有碰过她的照相机，这些事不是能轻易记录下来的，这是一段充满情感的时光，最后却以痛苦的期望而结束。这段时光会让他们俩刻骨铭心。当他们俩结账走出旅馆，看到行李被搬上了平底船时，他们都显得十分忧郁，她再回头望了一眼旅馆，又悲伤地看看他。

"我再也不想回到这儿来，查尔斯。"

"为什么不？"他显得很震惊，他是否误解了她的意思？他不会是……

"再也没有比今天更美好的日子了，我要把现在……装进记忆中。"她的眼睛湿润了，他握住了她的手，"保存在我的心中。"她望着他时眼眶中满是泪水，他紧紧拥抱着她，扶着她走进平底船。他害怕出现与她道别的场面，他怀疑自己能否控制住眼泪。想到这些他就感到窒息。前往车站的路上两个失魂落魄的人紧拥成一团，他先送她上车，这是他们俩原先计划好的，她先走半小时。他站在她的包厢里看着搬运工放好行李。除了能永存的允诺之外，他们已无话可说。他要事业，而她要她的家庭，他们用一种独特的方式相爱着。他们都明白分手的时刻即将来临，他抱着她，眼泪流了下来，随后他们闭上眼睛亲吻着。

他首先抽出身，他实在无法再忍受下去了。"我爱你，奥德丽，永远，永远爱你。"他想再次邀请她去伊斯坦布尔，却缺乏勇气。无论要求谁作出让步都是不公平的。是说再见的时候了，必须要面对它，这是他失去肖恩后最痛苦的时刻，除非到了没有选择的地步，否则他不知道自己能否忍受失去她的痛苦。

　　"我真心爱你。"她哽咽着说,"保重自己……注意安全……"最后一刻里她还是依偎着他。他冲出包厢,经过走廊走下台阶,又站到她的窗口。她摇下窗俯下身去,让他吻了她,然后他们俩都笑了。

　　"北京回来后再见……"她甚至连想都不愿想,连他自己也承认那得花上好几个月……也许六个月……他对自己会在中国停留多长时间心中根本无底。虽然他的最后期限在年底,但由于对日本的反感他自己也不知到日本后会得到些什么。

　　"我会写信的,奥德丽。"这是一个他从未对任何人许下的诺言,却为她而作出了保证。他站在那儿看着她时,仍想再一次问她是否愿意跟自己去伊斯坦布尔。但他没有这么做,他又吻了她,然后就转身,匆匆离去。他无法忍受这样伤感的场面,只能在站台上目送她转身而去。他去等候自己的车。二十分钟后,传来那趟列车渐渐远去的声音,他闭起双眼,如同遇上了一队冲过来的士兵一样畏缩惧怕。他用手遮住了眼睛,靠在椅子上想她。他脑中出现的形象竟如此真实,仿佛她就在车厢里,能闻到她的香味,能听到她说话的声音……

　　"可以睁开眼睛了,查尔斯。"当他放下双手睁眼时,大大地吃了一惊。她只有两步之远,笑容满面望着他,一旁提着行李的搬运工同样是一脸惊奇。

　　"哦,……我……上帝,奥德丽!你简直令我心脏病发作!"他叫喊着一跃而起,激动地看着她扑向自己的怀抱并发出一声高呼。他于是使劲地吻她,连她的牙齿似乎都要被挤进喉咙里了。"天知道你怎么会在这儿的?"

　　"我想我应该和你一起去伊斯坦布尔。"她在他转身离去时打定了主意。她知道自己离不开他。还不到回去的时候,还赶得上乘十四日的一班船回轮敦。一旦有什么耽搁,也可以乘下一班船回家。无论如何，她清楚自己该和他在一起。她笑道："你的邀请仍然有效吗？"

面对她的笑容，他渴望有一杯酒镇定紧张的神经。

"也许是吧！"他哀怨地望着她。搬运工关上门后，他接近她。"我再也不想失去你，奥德丽……至少不要别离太久……比如我们的余生。"他笑了。

"这算是个提议吗？"她有些不知所措。

"可能吧，我不能想象失去你后该如何生活，奥德丽。"

她也有同样的感受。但是必有一人要放弃原有的一切。她的家庭或者是他的事业。而她无法想象任何一个放弃了他所爱的东西后会怎样。

"现在不该想，我们应该享受目前拥有的生活。"她是一个聪颖的女人，而且已经作出了决定，她知道自己不得不跟随他，但这是出于自愿。当然是指跟随他去伊斯坦布尔，可能还不止，一切都还无法预料。

九

去奥地利的途中，他们整晚都爱抚着。第二天早上，奥德丽蓬乱着头发睁开眼睛时，顿时忘了跟他去哪儿，然后又突然想起了发生的一切。她越过查尔斯的肩膀，看到窗外一列金蓝条状的火车在站台的另一边正在等他们。奥德丽突然睁大了眼睛。这列车她听说了好多年，连她的祖父也对她提起过，祖父在很多年前乘坐过，父亲的照相本中也有它的照片。此刻，她突然亲眼见到了它。它光芒四射，吸引着人们去探寻它的神秘。

"查尔斯……看……"她像孩子似的捶打他，而他却仍然睡意朦胧，只露出一丝懒洋洋的笑容。

"早上好，亲爱的。"他从背后爱抚着她，但她对看到的窗外一幕更感兴趣。在这个时候、好奇的人们仍不断地登上了列车。有一个女人披着银色的狐狸皮，另一个则把黑貂皮外衣挎在手臂里，好像现在不是温暖的九月。很多男人都身着细长条状的套服。她被这一切迷住了。他看着她，惊奇于她表现出来的兴奋之情，因为她紧紧盯着的恰是曾被他嘲笑为充其量只是列火车的东西。

"你着迷了吗？"她赞美着这个梦寐以求的东西，她又把注意力集中到窗外，"那就是东方快车。"

他笑她一抓住机会起码要拍掉半卷胶卷。他把相机从她手中拿过来，并小心翼翼地放好，然后用双手把她圈住，饥渴似地望着她。

"这就是你跟我来的原因? 为了拍照? "他的取乐逗笑了她。

"绝对正确,你认为我为什么要来? "他吻她,当他一次次地吻她时,两人发出欢畅的笑声。他们俩平静地躺在对方的手臂中,她快活地望着他:"我真高兴能和你在一起,查尔斯。"

"我也是,亲爱的。"

她坐进那列火车时,就更兴奋了。卧铺车厢和餐车内部都装饰有镶木、绿叶和一块块闪亮的黄铜。他们住的套间,看上去更像一间起居室,而不是一辆列车。他们用午餐时,火车还在等候别的旅客上车。这顿午餐有六道菜,当然比晚餐要少些,而且吃饭时,不时地有吉普赛提琴手漫步走过,给他们带来一阵阵的惊喜。侍者送来了带牛排酱的餐前小吃和夹了几片鲑鱼的面包。奥德丽才发现自己早已饿极了,便和查尔斯把盘子里的食物吃了个精光,他们还同时吞吃了好几份鱼子酱。喝完美浓浓的维也纳咖啡,奥德丽感到自己简直无法站起来了。查尔斯则点上一支雪茄,他不常抽烟,但在这样一顿佳肴之后,对他来说完全是一种适时的享乐。

奥德丽靠在椅子上,享受雪茄冒出来的蓝色烟雾,乘客一个个随之而来。一个穿着灰色羊毛套服、披着水貂皮的女人正转身和一个戴着单片眼镜的男人说话,他们不时地发出笑声。奥德丽蜷缩在自己套房的宽大的天鹅绒椅子上后,就开始轻松地讲述起她父亲的那些照片。和查尔斯一起旅行就像和她最亲密的朋友在一起。他们对同一件事产生兴趣,也对同一个人感到惊奇。他着迷于她对这些共同之处产生的愉悦之情,想到她的同行令他有身置天堂的感觉。他甚至想象在送她上火车前,还应该在一家舒适的旅店中住一晚。但是现在还不可以想这些，旅行刚刚开始，没有时间想分别，还不能，欢乐才刚开始。

就在离开前那个下午，她洗了个澡，并为他作了一番打扮。当她从卧室中走出来时，他完全被她的衣服迷住了。那是一件粉红的羊毛裙子，粉红的小帽子是在戛纳时，维奥莱特夫人硬要她买的，现在她却一点不后悔。和这些上流社会的人一起在这豪华的列车上穿这套衣服简直妙极了。她还戴上了她祖母的大珍珠，和珍珠耳环正好配成一对。那是祖父在她刚满二十一岁时送给她的，她十分庆幸自己此行带上了它。他们手挽手走上站台，她有一种潇洒的感觉。看到一群穿着她未曾见过的制服的人出现在那里，她颇为惊奇，他们好像徘徊在汽车的出入口，低声商谈着，而且又像是在等什么人。

"他们是谁？"她很感兴趣，查尔斯飞快地瞧了一眼他们衣服的翻领，制服上没有标明出他们的身份，但和他在德国见到的相类似。

"我想是希特勒的士兵。"

"在这儿？"她颇为吃惊，七个月前希特勒被任命为德国的总理，但这儿毕竟是奥地利。

"也有奥地利的纳粹士兵，我六月在日内瓦时也看到过一些，但我想在这里，你很少有机会看到他们穿制服。奥地利总理今年禁止纳粹在这里穿制服，希特勒一气之下，就下令禁止任何德国人访问奥地利。于是一些经营旅游业的商人陷入了极大的困境，而且我想有些纳粹士兵根本不把禁令当回事，这些人可能到这里执行公务。"

奥德丽愈发好奇地回头望了他们一眼，出国前她读了好些有关希特勒的书，连维奥莱特和詹姆士也对他发表了很多看法。他们认为他是个危险人物，在美国也是如此，这点是勿容置疑的。她注意到一个穿着制服的男人正和另一个男人说着话，他的夫人则与另一个男人在一起。较高的一个纳粹士兵向另外两个纳粹士兵解释，而他们皱着眉显出威胁的样子。两个矮个子年纪稍大的人拿出两张护照，显然是为他和他妻子准备的。奥德丽一直盯着他们。

"你认为他们想从他们俩那儿得到什么，查尔斯？"

"也许仅仅是他们的证件。"他为自己倒了一点酒，又替她满上，"别看他们在这些国家里横行霸道，但是他们不会打扰我们。"他不希望有任何事情破坏他们的旅行，以前听说的一些事使他担心纳粹的统治。他顺着奥德丽的眼光朝窗外望去，突然一个穿制服的人掐住那个年纪较大的人的脖子。站台上每个人都惊呆了，那个很可能是他妻子的女人大叫起来，他们的护照不见了。两个穿制服的人对那个妻子和另一个男人说了一番粗话后，不客气地要把那个男人带走。抗议、解释都失败后，他只好招呼他的妻子和朋友。

"他在说什么？……他说了些什么？"奥德丽紧张地站着，被刚才的一幕吓坏了，也为那个正在另一个男人的怀中哭泣的女人而难过。

"没什么，奥德丽。"查尔斯一只手扶着她，"他让他们别担心，他会解决的。"然而他看到启动的列车带走了他们的行李时，那个女人仍在哭泣。

"天哪，到底发生了什么？"奥德丽发疯似地奔了过去，立刻遇上了列车员，"那个男人怎么了？"

"没什么事，小姐。"他面带微笑，随即向她保证，又朝后对查尔斯看了一眼，"只是一个罪犯想上车。"但他看起来不像个罪犯，倒更像个银行家或商人。他戴着一项上好的帽子，穿一件裁剪精细的衣服，西装背心有一条粗粗的金表链，他妻子的衣服看来也很昂贵。但几分钟后有几个人登上火车，她无意中听到了他们的谈话，其中有一个人的声音特别清楚，她沮丧地望着查尔斯。

"他们是犹太人，至少他一定是。上帝……这么说这是真的了，正在传播的一些事是真的？上帝……查尔斯，太可怕了……"

他轻轻抓住她的手臂，像要把她拉回来并且深情地望着她眼睛，"你对这事无能为力，奥德丽。别让它毁了你的旅行。"这是他此时最大的希望，而且他的话没有错，他们没有力量帮助那个男人，那又何必要折磨他们自己呢？

听了他的话，奥德丽眼中又亮起了光彩。"这事却破坏他的旅行，不是吗？还有他的妻子，还有他们的朋友。"她对查尔斯瞪着眼，"如果换成维奥莱特和詹姆士会怎么样呢？如果他们要带走，你是袖手旁观呢，还是会做些什么？"

"听着，"他也同样对她瞪着眼，对她的争论稍微有些不高兴，"那不同。我当然不会让这种事发生在詹姆士身上。但是现在我根本不认识这个人，而且我们也无法给予他帮助。你把这件事给忘了吧。"但这事对他们俩的影响仍然存在，直到火车启动，查尔斯坐到她身边，并握着她的手才渐渐平息。

"真可怕，查尔斯，为什么我们不能为他们做点什么呢？"

"因为我们不能，我们无法使潮流停止。这里还在发生更丑恶的事。也许我们不卷入其中才是最重要的。"

"你真的这么认为吗？"她对他的话感到震惊。

"我自己，不，但我绝不让任何事危害到你。如果我刚才出现在那个场面，也许就会被送进监狱，那你该怎么办呢？这些有权有势的是希特勒手下的人。我们根本不应该插手，而且必须认识到这一点，这里不是伦敦或纽约。"

她第一次有种不祥的预兆，而且要忘记那个被带走的男人是件困难的事。

"你为此觉得自己很无能，不是吗？"

他默默地点了点头。这个想法萦绕在他心头许久，她的话恰好正中要害，如果是詹姆士……或奥德丽……这些思想只能隐藏在心底深处，因此他只能紧紧地抱着她，躺在对方舒适的臂弯中。田园乡村在一旁匆匆闪过。穿好衣服去晚餐时，他们感觉到了一种前所未有的宁静气氛，这儿更像旅馆而不是在火车上。

吃饭时，他们俩又一次谈到了站台上的一幕。"这种事在奥地利经常发生吗？犹太人都会遭到逮捕吗？"她非常关心，这时侍者送上了第四道菜。

"我不能肯定，我六月在日内瓦和几个月前在柏林时听说了一些事。可能是一些无目的的骚扰，他们声称只针对德国的敌人，但我不太相信希特勒，而且以后的解释更模棱两可，这不是这样。"她同意他的说法，便安定下来。

"詹姆士说，昂蒂布也在发生类似的事件。希特勒要使他的国家走上军国主义的道路是极可怕的。要知道，这只会导致战争的爆发。为什么没有更多的人为此担忧呢？"

"因为他们恐怕不同意我们的看法，首先是美国人。他们肯定把他看做一个伟大的人。"

"这真让我感到恶心。"奥德丽又想到了车站上的男人。这次查尔斯神情严肃地点燃一根雪茄。"像我们这样享受自由简直是件奢侈的事。"当火车穿过捷克斯洛伐克、匈牙利、罗马尼亚后，事实一再提醒着他们。在这几个停车站，都有穿制服的人上车来，只有在这时候，乘客们都不再来回走动。快到伊斯坦布尔时，奥德丽和查尔斯有一两次机会下车伸展一下。她开始不高兴起来，这是他们在车上的最后一晚，她把忧郁的目光投向他。从威尼斯到东方快车上的这些日子简直就是一次蜜月旅行，他们谁也不愿看着它结束。

"我简直不敢相信我们就快到了……一段梦中的时光，然而两天后就要结束了，"但是她叹着气说，"它应该再继续一段时间，你说是吗？"

查尔斯笑了并轻轻捏紧了她的手。他们走着，一直在谈论政治、书、他的旅行、她父亲多年前的冒险经历、他失去的弟弟、安娜贝尔，甚至哈考特，她拍的照片……他们总有许多说不完的话和干不完的事。很难相信明天他们就要到达伊斯坦布尔了，然后第二天她就去伦敦，只有上帝才知道他们何时才能再相见。

他们登上火车后，就望着窗外傍晚时分的乡村，走在回家路上的牧羊人悠闲地赶着羊群穿过一片小树林。随着夜幕的降临，这一切就如圣经上描绘的一般，他握住了奥德丽伸出的手。

"我仍在想那个人，不知他会有怎样的遭遇。"

查尔斯严肃地看着她："他也许已经被释放了，然后他会赶上下一班火车。你不能这样折磨自己，这儿不是美国，奥德丽。稀奇古怪的事在这里都可能发生，你不能卷入他们干的那些事中。"这是他之所以能成功地描写遥远国度的原因之一。他是个老练的观察家，却从不参与其中，日本在一九三二年入侵上海时他也在那里，事后却被准许离开上海，以后他又回去过好几次。这自由部分来自于他对看到的事从不干预，无论是怎样糟糕的事。现在他正试图向她分析这个原因："这是我们准许停留在那里所必须付出的代价，奥德丽。你必须装作什么事也没发生过……至少装作不是你的事。"

"这太困难了，是不是？"

"有时候是的。否则你就会受到伤害。"他叹着气靠到座位上。他在想着其他事，这是他们在东方快车上最后的时光。在她朝西去，而他又要开始无尽头的东方之行的前夕，他们只有一天多一点的时间，他希望有一天能重复一次这样的旅行，但他现在没有说，而是朝外望着黑夜，想着将在伊斯坦布尔欢度的激动人心的时刻。

"你会喜欢那儿的，奥德丽。它是个令人难以置信的地方，与你以前到达的任何地方都不同。"他将把一些非凡的东西展现在她的面前，并将带着她在一个崭新的世界和崭新的生活中获得新生。晚餐时，他滔滔不绝地谈论起这次使他们俩陶醉于其中的经历，她一直在倾听，他们都希望能有再一次同游的机会。享受完这顿晚餐回到房间后，他们俩同时感觉到一股哀伤的气氛，她便开始对他讲述相识之后自己的幸福之情。

但是更多的是他们无法用言语来表达的，尽管她希望能永远和他在一起，而不是只有一天的相聚时间，但是一谈到伊斯坦布尔，便使她回到现实中。当他沮丧地望着她时，还是奥德丽鼓起勇气先开口。

"我不敢想象失去你后生活会是怎样一种情形，查尔斯。"她哀怨地说，"是不是觉得很奇怪，只有如此短暂的一段时间？"其实他们把做爱之后已经存在着剪不断理还乱的联系的这个事实忽视了。这种联系不同哈考特与安娜贝尔……而是如同詹姆士和维奥莱特夫人的关系。这是不是赐予他们俩的一件稀有的礼物？今后这种联系会怎么样呢？

"我也不能想象能离开你。"他为自己的回程和她今后的生活深深担忧，他们不能像现在一样长久地在一起旅行是不公平的。他注视着她的眼睛，猜不透她在想什么，便叹一口气靠到椅背上。"有一天你会喜欢这种飘泊不定的生活吗？"自从离开昂蒂布后，他时常不经意地考虑着这个问题，特别是在火车上的这几天。

她的回答非常坦率："我会的。"她坐着，悲伤地朝着他笑笑，"如果不需要我考虑家庭的话。"

"你就不能主宰自己的生活吗？"他对她的话很是恼火。假如是她憎恶和自己一起旅行他会理解的，但是他不再愿意听她讲关于她的责任。

"我没有权力，查尔斯。我从不忽视这一点，也许有一天会有的。"

"什么时候？到你四十五岁，把你妹妹所有的孩子全都抚养大之后？你认为什么时候他们会让你走？下个星期？明年？十年后？……十五年？……你在骗你自己，奥德丽，他们永远不会让你走，他们为什么会这样做？因为你是他们得到的最有价值的东西。"他非常气愤，为什么他们都能拥有她而自己却不能。他还不明白自己不可能永远和她一起旅行，没有正式有效的契约，而仅仅靠爱维持着。

"那又怎么样呢？"她也开始发火了。他们对即将面临的分手都感到恼怒。但到了下车时候，他们都平息下来了。"你将来真的想结婚吗，查尔斯？"她还在怀疑，而他也不愿承认。

"为什么不？"

"说'为什么不'，这不是正视问题的态度。"

"你似乎在操纵着婚姻。你认为自己是一个老处女，于是对自己彻底放弃它而满意。"

"那又有什么不同？你希望我用婚姻把你拴住，查尔斯，这是你期望的吗？我想不可能吧！"她还没有意识到自己正冲着他喊叫，直到他大步穿过华丽的客厅把她拉起来，双手按在她的肩上一直盯着她，似乎她再不安静，他马上要摇动她了。

"你知道我想要什么吗？我要你和我在一起，而不要离开伊斯坦布尔去赶那班该死的船，这就是我所期望的。"没有承诺，没有提议，更没有誓言，对此她毫不在乎，这些不是她希望得到的，她也从未计划过要和他结婚，她只是爱这个男人，希望和他在一起。她同样不愿踏上那班回英国的船，但她又别无选择，所以她再次努力向他解释这一切。"你二十六岁，已经成年了，应该做你想做的事。"

"你一点儿都不明白。"她脱出身又重新坐了下去，他也坐下来握住她的手。他们的怒气渐渐平息下去了，因为他们知道发脾气解决不了任何问题。"查尔斯，亲爱的。如果你过得不舒心，也同样达不到你的目的，生活也就失去了意义。"

他伤感地望着她，他懂得这一点，他也不希望出现这种情况。"我有时候似乎忘记了别人并不都像我这样负担重重。"一想到肖恩就好似一把刀刺进了他的心脏，"可能你的境况要好些。"这就是他不时想要孩子的原因，他渴望能被依赖也能依赖人，但是想到肖恩时，他又感到害怕。他以某种独特的方式依赖着她。他知道这是一种什么样的方式，他乞求地望着她："奥德丽，和我一起去中国，如何？"

她的呼吸简直停止了。"你疯了吗？你知道我家里人会怎么说吗？我甚至不准备告诉他们我在这个地方——伊斯坦布尔。他们一定会认为我失去理智了。"只有祖父知道促使她这样做的原因是什么……正是对漫游的狂热的爱伴随着她的成长……然而恰恰他也憎恨这种精力超凡的人，但是去中国？"查尔斯，你真的发疯了。"

"是吗？这是因为要和我所爱的女人在一起。"他坐着盯住她，她没有回答，她不知道该如何回答。这是一个最美妙的提议，但是她实在不能再继续跟随他。"到年底我们可从横滨乘船回美国。"

"我如何对他们解释，查尔斯？我已经答应过我的祖父，他是个老人，经不起这样重大的打击。"

"我无法和他竞争，是不是，奥德丽？在我这个年龄是不会因为震惊而死去的。"他凄惨地望着她，他突然羡慕起一个八十一岁的老人来，"甚至是悲痛，我妒忌他能得到你的忠心。"

"你也得到了。"她非常温柔地说道，"还有我的心。"

"那么就再考虑一下，你可以到伊斯坦布尔后再回答我。"

"查尔斯。"她只是凝视着他，为他们都不能拥有的东西而伤心痛苦是没有意义的。晚上入睡前，她不止一次地提醒自己不能跟他去中国。伊斯坦布尔将有一个重要的时刻等待着她……过后她就马上回家……必须回去……必须回去。她不断说服着自己，然后渐渐睡去了……但是整个晚上，查尔斯出现在她的梦中。她梦到自己在寻找他，却到处都不见他的影子，半夜里惊醒之后，就依偎着他哭泣，却又不敢诉说一旦离开他之后自己的孤独感。如果告诉了他，她就永远走不掉了，现在她已经不再有任何疑虑了，她必须离去。

十

他们进入伊斯坦布尔是极其不同寻常的,他早早把她叫醒,不让她错过任何一个时刻。海滩和火车一起向前延伸,海鸟从他们头上盘旋而过,海水则点点闪光。伊斯坦布尔一边是海,另一边则是黄金角。奥德丽从未见过如此辉煌的金色尖顶和尖塔的清真寺。最后,他们踱步到宫殿时,苏丹、妻妾、幻想和神话传说相继进入他们的脑海中。这是一个奇妙离奇的城市,奥德丽突然感到自己已经受到东方感染力的影响了,这个地方和她以前认识的所有地方都不同,她被在前往旅馆时查尔斯指给她看的景物吸引住了,兴奋之情终于冲淡了即将别离的悲伤。她的照相机不停地闪烁着,他直接把她带到一个迷人的旅馆里。

他预订了一座自己最喜欢的旅馆。她和查尔斯走进预订的房间时,很多侍者为他们卸下行李。这是由一间巨大起居室连接起两间卧室的套房。房间里到处都是十英时黑色镶板镀金的框架,洛可可式的爱神雕塑,甚至旅馆的门厅里也都是同样的装饰,而且不知为什么这种装饰与周围狂热的气氛十分协调,或许在别的地方就会产生庸俗的感觉,但是这儿的一切是如此的与众不同,它迷人而且充满浓烈的异国情调。她随着查尔斯到大市场后拍下了一卷又一卷的照片,并被景象、气味、蜿蜒的小径、小贩的吆喝声所吸引。查尔斯兴高采烈地看着她不停地拍照,就好似要让空气跟她一起疯狂。中午他把她带进一家小餐馆,她没有被土耳其式的食物吓坏,她喜欢每件东西。

她似乎天生就适合于过这种生活。当他们手牵着手漫步在海滩上遥望城市时，她闪动着一双眼睛，形容这是一种"流浪的生活"。

只有回到旅馆时，悲伤才又一次占据了她的心，甚至做爱也没能使他们感到快乐。不必再躲避现实了。明天一早她就要乘船离开，他们短暂却浪漫的插曲也将随即结束。如果生活从此不再厚爱他们，这种生活也许就永远结束了。她静静地躺在他的身边，用一根修长的手指在他胸前划着小圆圈，他则在猜想她此刻的感受。

"你什么时候去中国？"回避这个话题是没有道理的，因为迟早要面对它，而且对他们来说现在面对它已经晚了。

"明天晚上。"他十分不快地望着她。

"到那儿要多长时间？"

"几个星期，主要取决于我如何换车。"

她冲着他一笑："听起来很有意思。"

他笑了："只有你会这么说，很多女人听了之后都浑身颤栗……"实际上很多男人也如此。这是一次艰难的旅行，从这个方面来说，相反他有些高兴，但自私一点，他仍然十分希望她能同行。"想想看，当你喝着香槟和一些漂亮男人跳舞的时候，"他的胃部一阵痉挛，"我却穿梭在冷得能冻掉屁股的西藏山顶上。"

她望着他，脸上不再有笑容："我不会和任何人跳舞，查尔斯。"

"会的，你会的。"他低声地说道，眼睛中流露出悲伤："我没有权力要求你。"

"你忘了一件事。"

"什么？"

　　"我不愿意。我爱的是你，查尔斯。"然后她直直地看着他说，"在我心里，我们已经结婚了。"她不知道他听了是否会吓一跳，但是她必须这么说。

　　"是的。"他严肃的神情让她吃惊。更使她惊奇的是，他把自己左手小手指上的金戒指套到奥德丽那只本该戴结婚戒指的手指上："我要你保留着它，奥德丽，永远。"

　　任何言语都表达不了她此刻的心情。当她被抱着的时候，眼泪溢了出来。夹杂着苦涩与甜蜜，他们又一次做爱，同时她握紧了那只戴着戒指的手。她知道自己永远不会摘下它。

　　他们在黄昏时分起床后，查尔斯提议出去吃晚饭，然而她边摇头边转过身面对他说："我不饿。"

　　"你应该吃些东西。"她的回答仍是摇摇头。她的脑子里已经装得满满的，她长时间地背对着他，望着窗外寺院的尖塔、集市和清真寺。她似乎被伊斯坦布尔所吸引，而实际上眼前是一片空白。她正在窥探自己的内心，然后作出一个与他们有关的重大决定。

　　他让她单独留了一段时间后，走过来轻轻搂住她的肩膀。她转过身，那张满是创痕的脸使他大大震惊。

　　"哦，亲爱的……"他伸出手，但她仍没有反应。她别无选择，在威尼斯时，她就应该明白这一点，那时她的命运早就已经决定了。

　　"我不走了。"她仿佛在宣读一项判决，事实对她而言这确是一种判决。她并非一定要过这样的生活，但她自己选择了这样的生活。她唯一的遗憾就是这个决定会给其他人带去痛苦。

　　查尔斯静静地站着，无法确定自己是否真正听懂了她的话："你是什么意思？"

　　"我是说我将跟着你。"她似乎在刚才的一个小时里，身体蜷缩起来而变小了许多。

　　"去中国？"

　　她点点头。他非常意外："你肯定吗，奥德丽？"他突然担心她会后悔。一旦出发后，就没有回头的余地了。她将跟随他直到上海，他曾不止一次地告诉过她，这不是一次简单的旅行。

　　"十分肯定。"

　　"那你祖父怎么办？"她不清楚祖父是否会让她这么做。他注意到了她那双痛苦的眼睛："我只是不愿你在半路上改变主意。"

　　"你是指在西藏的山顶上？"她破涕为笑了。

　　"正是。"

　　"我不会改变主意的。我会发电报告诉祖父在圣诞节回家。他给我的信有地方可寄吗？"查尔斯想了一想后就摇摇头。

　　"他可以寄到南京或者上海。我把那儿旅馆的名字写给你，他给你的信可以由我转交。"他意识到这是个不明智的做法就大笑起来，"就告诉他我是一个旅途上遇到的一个女人。"

　　她朝这个自己深爱着的男人温顺地笑着："别笑，我会照办的。"

　　他握着她的手，深情地望着她："奥德丽，你真的决定了吗？这真的是你所期望的吗？我会陪伴你直到生命的终止，但是我不会因此而失去任何东西，而你会，我知道你的责任对你意味着什么……你的家庭……你的祖父……安娜贝尔……"

　　"这次轮到我自己了，仅有的一次，也许他们永远不会记恨我这样做。"

　　他犹豫了片刻后又继续说："以后呢? 我们会怎样? "如果他们现在不分手, 离开中国后会怎么样?

　　"我无法回答你, 因为我不知道, 我迟早会回到他们身边。"

　　他苦笑着："有时我真像爱上了一个结了婚的女人。"

　　她带着苦涩的笑容, 却无力反驳。

　　"当你作出决定时, 我并没有如释重负的感觉。"

　　"也许这就是我爱你的地方。"她紧紧地依偎着他, 感觉到手上的戒指。她把自己交给了他, 而在同时, 她又觉得自己无比自由, 比以前任何一个时刻都要自由, 这种自由将给她带来快乐。

十一

电话铃响起时，祖父爱德华·特雷斯科尔正专心致志在听丘吉尔讲话。女仆准备敲他书房的门，显然对靠近他有些慌张。他比一两个月前更容易发脾气，而且她知道他十分讨厌别人打扰了他。

"对不起，先生……"她的膝盖在抖动，而且她可以感觉到自己每晚戴着的这顶花边帽子正从她的耳边慢慢往下滑。他讨厌别人打扰他，也一样讨厌她这顶歪斜着的帽子。实际上，这些日子里他恨身边每个人，每件事。他就像一个警察期望在夜幕降临前抓个人一样徘徊在这幢房子里。"对不起，先生……"她又试了一遍。他对第一声没有反应。

"什么事？"他冲着这个女孩大叫一声，她明显地惊跳了一下，"别这样，你让我紧张。"

"有你的电话，先生。"

"让他留个口信。我不想在晚上这个时间里再和人说话。快到晚饭时间了，一定不是什么重要的事，没有人会给我来电话。"

"接线员说是个长途电话。"

他立刻显得很紧张。也许她发生了什么意外，他尖锐的眼光又一次盯住那个女孩问道："哪里来的？"

"土耳其的伊斯坦布尔，先生。"

"土耳其？"他如同在把每个字扔在她的脸上，"那里我谁也不认识，一定是弄错了……或者是个恶作剧，挂上它。不要让一个胡闹的人浪费你的时间。"如果是法国、英国或意大利,他就会冲到电话机前。他收到过她从罗马寄出的一张明信片。但是土耳其……突然间他有一种不安的感觉,于是慢慢站起身来,在女仆走出房间前叫住了她:"挂上前先问问是谁打来的?"

"是,先生。"一分钟后她回来了,她瞪大了眼睛,帽子比刚才更歪了,却没有引起他的注意:"是特雷斯科尔小姐,先生,从土耳其打来的。"

他忘了拿手杖,一路几乎奔到了电话机前。放电话机的房间不大,又有回声,里面只有一只窄小不舒服的椅子,"喂?"他对着话筒大叫。"喂?"他听不到一点声音。他兴奋地忘了坐下,年轻的女仆徘徊在一旁,以免他过度兴奋。

"是特雷斯科尔先生吗?"

"是的,是的!"

"有你土耳其的一个长途。"

"我知道,你这笨蛋,她在哪儿?"就在他说这句话的同时,传来了她的声音,听到这声音,连他的腿也变得软弱无力了。

"爷爷,你听得见吗?"

"听不清楚,奥德丽,你究竟在什么地方?"

"我在伊斯坦布尔,和朋友乘东方快车来的。"

"那不是你该去的地方,什么时候回来?"

听到他的声音,她感到他是多么脆弱,自己又离开他这么遥远,她不知所措,几乎要放弃和查尔斯一起去中国的计划了。但是她还不准备这么做,所以不得不告诉他实话。"圣诞节前我不会回来的。"出现了一个致命的沉默,她还以为是断线了,"爷爷,爷爷……"

他重重地坐在那只极不舒服的椅上，女仆跑出去倒了一杯水。他脸色苍白，这样的年纪承受不起任何打击。"你究竟在那儿干什么？和谁一起旅行？"

"我在路上遇到了一对可爱的夫妇，是英国人。我和他们在法国南部。"她希望他也能认为自己是和他们一起在土耳其。

"他们为什么不把你带回英国？"

"但我预备去中国。"

"你说什么？"女仆递上了一杯水，又马上被他推开了，"你疯了吗？日本已经侵入了满洲，你立即回家！"

"爷爷，我保证一定会平安无事，我计划去上海和北京。"她想最好还是别告诉他自己准备见蒋介石，以免他担心，"再从那里直接回家。"

"你现在也可以乘东方快车回巴黎，在那儿乘船，两个星期后就可以到家了，这种做法对我更有意义。"十足的傻瓜，他对自己咕哝道，但这句话没有传到在土耳其的奥德丽的耳朵里。她和她父亲完全一样。

"爷爷，求你……这是我期望的。我会回家的，我发誓。"

他情不自禁地流出了眼泪："你就像你那该死的父亲。你就没有感情吗？中国不是一个女人该去的地方！除了中国人，没有人能在那个地方生存，你究竟怎么去？"他觉得这是个疯狂的计划，但是又恰恰和过去的罗兰德一样，那该死的人……

"我们准备乘火车。"

"从伊斯坦布尔一路乘车到中国？你对路途的遥远到底有没有概念？"

"有……我会顺利的。"

"和你一起旅行的那些人正派吗？你安全吗？"

“非常安全，我保证。”

“把这些该死的保证留给你自己吧！”他对她大发脾气，但相隔这么远又对着话筒，这顿脾气发得很难尽兴的。

“你好吗？”

“如果你还关心的话，我很好。”

“安妮怎么样？”

“她又有了一个孩子，三月出世。”

“我知道，那时我早就到家了。”

“这样最好，否则就别打扰了。”

“爷爷……我很抱歉……”

“别这样说，你只是和你的父亲一样。我知道你是个傻瓜，现在不要再成为一个骗子，你不用道歉。你只是对你喜爱的东西有股狂热。”

“我爱你。”她哭了，却听不见他的哭泣声。

“什么？”

“我爱你。”

“我听不见。”

她太了解他的伎俩了：“不，你听得见，我说我爱你！我很快会回家的。现在我必须走了，爷爷，到中国后我再把通讯地址寄给你。”

“别指望我会写信给你。”

“我只是想让你知道我的去处。”

他竟对着电话皱起了眉头，然后说道：“好的。”

“告诉安妮，我爱她。”

“要小心，奥德丽，也告诉那些人要小心。”

“我会的，多保重自己，爷爷。”

“我只能这么办了，没人照顾我。”听了这些话后，她破涕为笑了。片刻之后，就对他说再见。

查尔斯站在旁边搂着她，她一挂上电话就倒在他怀里大哭起来。她觉得自己伤害祖父并产生一种犯罪感，如果她看见了他挂断电话后的脸色，她的这种感觉一定会加重的。

祖父坐在小房间里面对墙壁出了神，好像比二十分钟前老了二十岁。当他又坐在书房里时，从头到脚仍在不停地颤抖。

门铃在这时响了起来，他一跃而起对女仆大声叫道："那又是什么鬼东西？"他脸苍白得像一个魔鬼，管家赶快开门，让安娜贝尔和哈考特进来，他们是被请来晚餐的。"你们在这里干什么？"他对他们大叫，安娜贝尔看来也被激怒了。整个夏天她的心情糟透了，他的叫喊令她更加紧张不安。

"别对我大声吼叫，爷爷。今晚是你邀请我们来的，你难道不记得了？"

"不，我不记得了。你能肯定你不是打算让我免费招待你们一顿吗？"他瞪着她，就在她几乎拔腿出门的时候，哈考特及时阻止了她，低声对她说着话："他并没有恶意……该了解他……他的年纪……"

"别在背后对我指手画脚，太粗野了，安娜贝尔，"他仍在叫，"我刚才和你姐姐通过电话，她要到圣诞节才能回来。"

他们朝饭厅走去时，听到了这句话。不等他们俩坐定前，他拒绝继续讲话。

"但她原来计划几个星期就回来的……发生什么事了？"安娜贝尔害怕奥德丽遇上了一个男人后就嫁给他。她一直在计算她回家的日子，她的家务事一团糟，而且她和哈考特正在打算出去度一次假。奥德丽必须回家。"她在那里做些什么事？她在哪儿？巴黎还是伦敦？"

他突然间换上了一副死气沉沉的面孔，实际上，却在欣赏安娜贝尔听到消息后这副惊慌不知所措的模样："不，她在土耳其。"

哈考特惊呆了："她究竟在那儿干什么？"

"和一些朋友乘坐东方快车，现在她又准备去中国。"

"她去干什么？"安娜贝尔几乎是在尖叫，哈考特目瞪口呆地注视着她的祖父，立即开始发表他的看法，在祖父看来，他的口张得太快了。

"她太自行其是了。想想别人会怎么说，这个年龄的姑娘一个人去中国，这是我听到过的最荒唐的一件事。"

"不，不对。"祖父一拳敲在桌子上，"你在这里用这种口气议论我的孙女才更为荒唐。她的大脚趾比你整个身体还要有思想，而安娜贝尔连一点思想都没有，从未有过，也永远不会有。所以别告诉我奥德丽是怎样的人，甚至别打搅我吃晚饭。看看你们这些拉长了的脸，"他对张大着嘴的安娜贝尔打着手势说道，"害我消化不良。"他从桌旁站起身，拿起手杖朝书房走去，随后是"砰"的一声门响。

安娜贝尔边哭边冲出去收拾东西，哈考特还来不及追上，她就一口气跑到门外。回柏林格姆的路上，她不停地哭着，还指责哈考特在祖父面前无能保护自己，又训斥奥德丽不回家帮助她。

听着安娜贝尔的一番唠叨，哈考特没有诅咒，一把她送回家，他就赶到波罗奥多。他在那儿藏着一个热情似火的美人。他在她那里度过了整个夏天，安娜贝尔对此全然无知。

祖父也不知道。他也不会关心这些事。哈考特和安娜贝尔回家后他还是一动不动地坐在书房里，其实他在那儿已经坐了几个小时，想着奥德丽，他有些分不清是奥德丽还是罗兰德……她在中国……这一点他记得……中国……但是她是和罗

兰德一起还是独身一人……突然他忘记了所有的细节。唯一的
思想就是他非常思念她。

十二

　　上海距离伊斯坦布尔远不止五千英里。查尔斯估计如果行程顺利的话，他们大概需要十四天的时间。查尔斯被授命执笔的这篇文章主要是关于南京的蒋介石政府，其中还有一段有关上海军管地区和一段有关北京的内容。他还被期望能收集到一些关于一九二八年在井冈山上发生的共产党革命的材料。他已经拥有了详尽的素材，他的证明也相当过得硬。但这个题目是否会被接受还很难说。和共产党取得联系的可能性也很小，但与蒋介石见上一面还是很有希望的。查尔斯将引诱他讲出各种随意的想法，这些想法都将出现在今后的文章中。他总是细心地做笔记，而随身带着一只装满了笔记和纸的箱子。当晚他们乘车去安卡拉时，他把自己的计划告诉了奥德丽。她感觉自己正随着这个男人，揭开了生活的崭新一页。在安卡拉换车时她更加确信这一点。

　　这辆从安卡拉出发的邮车两天后才把他们送到伊朗边境，越过山后他们才到达了德黑兰。德黑兰车站繁忙而拥挤，到处是唠唠叨叨的人。奥德丽饶有兴致地看着这些人并拿着她的照相机不停地拍照，查尔斯则去买了两张去东北角的马什哈德的车票，那儿离阿富汗边境只有一百英里，马什哈德是个圣城，人们甚至在火车上也会跪下来祈祷。

　　德黑兰车站上的女人长相有趣，有些人则非常漂亮。即使她们穿着最普通的衣服，在奥德丽看来也是如此迷人。但是她们却盯着她看，面纱后面还传出咯咯咯的笑声。对于她来说，这是一个崭新的世界，但突然间成为别人迷惑的目标，而且并不因为她没有像当地妇女那样蒙上面纱而遭到非议。

他们连夜赶往马什哈德，再向南进入阿富汗。这时他们已经走了两千英里，在火车里也呆了一个星期。如果再不见到另一列火车，奥德丽觉得自己一定会发疯的。她看看四周，太阳落山时一幕宁静的美景笼罩着她。那些旅客离站时用羊皮袋装满他们他们自己的小杂物，她感到从未有过的快乐。沐浴着余晖，她看了看查尔斯，他正对着她微笑。他们已经四天没洗澡了，而且非常疲倦，但谁也不在意。他一只手搂住她，另一只递给她一只包。当她玩弄着一个星期没有碰过的粉盒时，她就大哭起来。

"我想你现在不会在想这个东西，是不是，亲爱的？"他不时担心自己是否对她要求得太多了，但她看来十分愉快，即使是在火车过关口出了轨，他们不得不步行十英里时，她也没抱怨什么。他不能想象世上还会有哪个女人和他作一次这样的旅行。

"你后悔吗？"

"一点也不。"她微笑着说。这正是她向往的生活，不舒适却奔放美好。上帝正领着她走在通向这种生活的路途上，这条路上看不到摩天大楼和林荫道，听不到汽鸣声。晚上他们躺在狭小床上时，查尔斯感觉到所有的一切都是如此美好。

现在他们与伊斯坦布尔的洛可可式建筑已经相隔遥远，而昂蒂布、霍桑夫妇和他们的朋友们似乎属于另一段时光。奥德丽除这以外，她不想再拥有更多的东西。奥德丽只想晚上空房子里有一张小床，能让她躺在自己所爱的人的身边，探寻身外一个陌生的世界。

"查尔斯……"她蜷缩在他的怀里，两人都处在半梦半醒之中。

"嗨?"

"我从未这样幸福过。"这句话她已经说了一千次了,但她还想重复。

他笑着轻声说:"疯狂的女孩,现在该睡了……"

第二天,他们就起床了,匆匆吃了些羊奶和几片奶酪后就去赶另一辆开往伊斯兰堡的火车,然后再直奔克什米尔。中午时分,他们到达了克什米尔,尽管车很破旧,但这次旅行还不错。他们到达拉达关口时,已经是清晨四点。奥德丽早已倒在查尔斯的怀中睡着了。他仰望天空中的星星,感觉四周一片祥和。一路上,火车两次发生故障,而且他们被禁止下车。虽然他们最后到了西藏,但休息了一天之后,他们还要赶路到达拉萨。查理十分了解这样的旅行。他们从拉达关口到拉萨还需要艰难的两天路程,经过十天的长途跋涉,他们离上海只剩下最后三分之一的路程了。但如果维持目前的状况,每个人都会丧失继续前行的信心。查尔斯把她带到位于山顶上他常光顾的一家小客栈里,到处可见身穿黄袍的僧侣肩并肩地慢慢往前走,或者吟诵经文,或者沉默不语。很难想象在如此遥远的地方还有另外一个世界。能够到达这里几乎是一次神奇的经历。奥德丽站在窗前许久,她不知道自己的父亲是否也曾来过这里。过后她对查尔斯提起自己的疑问,当时他们正在烛光下吃着一顿以米饭和土豆汤做成的简易晚餐,而且她还吃得挺饱。她太饿了,以至根本不去注意饭菜,后来她才得知汤中的那几片银色的肉原来是蛇肉。她倒在床上表现出的恐怖样子让查尔斯觉得十分好笑,然后她就望着他若有所思起来。

"我有时候总感到疑惑不解,是否有这个地方的图片,或者它是否在我钟爱的相册中出现过呢?突然之间一切变得如此模糊，但它却又是真实的。"前天她给祖父写了一封信，信中向他解释了自己此行和到这里来的原因，但现在似乎又没什么可说的了。这个世界如此真实而那个世界却遥远得可怕。她认识到这是自己有生以来第一次让他们失望，为此她有些担心。在她印象中，安娜贝尔的预产期是在三月，那时她到家已有一段时间了，能够为她准备好一切。尽管如此，她还不时地感到内疚，她决心回家后尽力弥补。查尔斯说得也没错，回家后他们很可能会严厉地惩罚她，但是他们现在就可以对她提出任何要求，而此刻对他们的牵挂就好似一种惩罚。当她骑在骡背上离开拉萨时，眼泪止不住地流了下来。他们然后再改乘一辆老式的小火车行进了一千英里，足足用了三十小时才穿过太行山到达重庆。一到那儿，奥德丽就感到那里阴湿的气候。人们的相貌、穿着、举止都非常特别。使她惊奇的是有这么多人抽烟，甚至包括好多女人，她和查尔斯在烟雾中穿梭而行。这里的人似乎不如他们在旅途中遇到的人友好。当地人的目光不断地投向她，她仍以独特的视角拍下了一卷又一卷的照片。就在他们登上开往武汉的火车时，一群女孩子跑过来摸摸她的衣袖，她立刻把镜头对准她们。当她对她们露出笑容时，她们却尖叫着跑开了。在火车上度过许多夜晚之后，他们极其疲倦，所以当他一在那辆新车上坐定之后，就立即倒在她的肩上睡着了，发出轻柔的鼾声。车厢里另外五个人的惊诧不已的目光公然盯住了她。这里更加拥挤，人们更加忙碌。此刻她有着与一种在土耳其和西藏时完全不同的感受，那就是破陋、原始、自然、人口稠密，而且从某些方面来说，更具异国情调。这些感受激发起了她浓厚的兴致。查尔斯好不容易醒来后，她便急不可待地向他打听这里的一切。

　　从重庆到武汉需要整整一天时间，路上还要经过一个大型水库。奥德丽睡着时，查尔斯就忙他的笔记本。还有一天多才能到达南京，他期望能在那儿与蒋介石会面。他想了很多，包括将要提出的问题和此行的任务，只要能见到他就不枉此行了。他们也可能叫他等三个星期，或许出版商提供的证件不合要求，或许他们早已听说过他的书，但是查尔斯没有过高期望，他愿意等上一个星期再去上海，那儿还有许多事等待他去处理，并且他也喜欢去上海。

　　到达武汉后，他们住进了一家查尔斯曾住过的只有三个房间的小旅馆。他们仅仅用米饭和绿茶招待了他们。奥德丽沮丧地看着饭碗，然后对他咧嘴笑了笑，又耸了耸肩，她从未像现在这样渴望一顿西餐。她的肚子在临睡前咕咕直叫，她梦想能拥有一杯巧克力牛奶。

　　"你还有糖果条吗？"她满怀着希望转身问查尔斯，她已经有好几个月没有尝过莫斯凯特三号牌的糖果条了，查尔斯离开意大利时为她找了些不新鲜的糖果条，但是这时他只能摇头。

　　"恐怕没有了，亲爱的。还要饭吗？我会想办法再弄些来，我可以说你怀孕了或别的什么。"他笑了，而她则举起了手。

　　"亲爱的勋爵，不要绝望到这种地步，尽管我饿昏了，但我还是会活下去的。"她再一次沮丧地望着他，晚上他们就置身于一片漆黑之中，轻声交谈，他讲述着神话故事和他们即将到达的那个城市的几段历史，他喜欢上海和北京远胜过南京。

　　"上海是如此不可思议，奥德丽，那里有英国人、法国人、俄国人，现在又有日本人，那确实是一个国际性的城市，同时又是中国的地方。我觉得它是个聚集世界风采的大都会。"日

飘流的情侣　美国文学经典

本的入侵并没有对它产生太大的影响。日本人早在两年前的一九三二年就已经入侵并占据了大部分地方，但他们军管区的影响却很微薄。蒋介石早已退到南京，十九路军虽然顽强抵抗，但最后仍然失败了。

当他们第二天上车去南京时，她感到一阵阵兴奋之情掠过她的全身。他们即将到达那里。他们的目的地就是南京、上海和北京，现在离目标地只有几个小时的路程了。她实在等不及了。他俩先在南京的一家旅馆中美美地睡了一觉，就在当天的傍晚，查尔斯带着它的证件、名片和一封措辞客气的信去蒋介石的住所请求他的接见。在得知今年早春时，萧伯纳在前往上海的路上也住在这家旅馆中时，奥德丽又是一阵兴奋。她喜爱眼前的景象，随处可见的人群、服饰、食物和气味。他们在饭店中品尝了一顿皇家式的盛宴，而不再只是米饭和绿茶。查尔斯发现她瘦了许多，五千英里的路程花费了他们两个星期的时间，全是因为她的梦想和他的工作，她想失去此，从此不会再有接近这些人的机会，也不可能悠闲散步在旅馆前的大街上看着来往的黄包车和一些零落的轿车。奥德丽在后面的几条街上，无意中看到了一间闪着昏暗灯火的小屋，从里面传出一股怪味。她停住了脚步，对悬滞在空气中的这种浓烈的气味产生了好奇，一边询问着查尔斯，一边拖他进屋去。

"我想我们不能进去。"他笑着对她说。

"为什么？"她对他这样缺乏热情而失望，而他则大笑她的天真。

"那是鸦片烟馆，奥德丽。"

"是吗？"她睁着一双好奇的眼睛，现在她的兴致反而更高了。

"你不能进去，奥德丽，他们会把我们都扔出来的，我也许可以进去试试，而你绝对不能。"

"为什么？我们只看看也不行吗？"她把它想象成了类似酒吧的地方，他摇摇头。

"那里是只供男人消遣的地方。"

"多愚蠢啊！"她只能怒气冲冲地继续往前走。查尔斯又对她讲述了一些中国的历史，中国凭其艺术成就创造过辉煌的历史。从旅馆门口的散步直到坐在房间里，他们滔滔不绝地谈了好几个小时。过了整整一个星期，查尔斯才获准与蒋介石见面，这次见面正是查尔斯期待中的，他认为这篇文章也将获得巨大的成功。

会见一结束，他就买回了一架打字机，在旅店中开始了写作。奥德丽发现他工作非常勤奋。他搬了张椅子坐在房间的一个角落，她坐下时他完全没察觉。

奥德丽给安娜贝尔写信，向她说明以前一段时间里的所见所闻。但她又感到对自己妹妹讲述这些她根本不关心的事，就十分泄气，同时她也怀疑究竟谁会关心这些事，她担心对祖父讲述更是徒劳。

一个小时后，查尔斯抬起头才发现她的存在，她走过去吻了他的脖子，他搂住了她的腰。

"我知道，你非常专心。会面进行得怎么样？"

"妙极了。要知道他必将会失败，尽管我认为他还没有意识到这一点。苏联人急于要支持毛泽东和他的红军，蒋介石认为他会赢，但我觉得他不会。他正在对毛泽东的部队发动一次大进攻。"

"这就是你这篇文章的内容吗？一场失败的事业？"

"差不多，但不能写得太直截了当，当然这仅仅是我的观点。我希望你能见见他的夫人，一个美丽而且魅力十足的女人。"

　　然而，她却跟着查尔斯见到了孙逸仙的遗孀，在得到允许后替她拍了几张照片。查尔斯答应在《泰晤士报》上发表这些照片。

　　"你当真？"她一阵激动。

　　"当然。你不亚于和我工作过的那个职业摄影师，也许更出色。"

　　她若有所思地望着他："你当真有一天和我一起工作吗？"

　　他突然大笑起来："恐怕我已经这么做了。"

　　下午她已经替孙逸仙的遗孀拍过照了。她爱和他一起工作，而且希望到上海后能再有这样的机会。她得知了第二天去上海的时间后，就再也等不及了。形形色色的人、刺激、商业、投机、妓女和狂热的气息构成了这个城市，听起来就像土耳其的集市一般。奥德丽急不可待地盼望早一天见到它。

　　在一家看门人介绍的饭馆中饱餐了一顿回到房间之后，奥德丽就依偎在查尔斯的怀中。这次依旧是一张晃晃悠悠的小床，但不同的是，现在每个人都叫她帕克·斯考特夫人。

　　"你介意吗，查尔斯？让我假扮你的妻子，我是说……"

　　"一点也不。"其实他挺高兴的，她因此更惊讶了。每个人都把他们当作一对结了婚的夫妻，他们也乐意人们这样认为。她把自己许诺给他，并且出于信任才跟着他来到这里。没有别的男人能使她这样做。她每晚临睡前总要吻他，又对他一笑，然后就在他身边睡去。在寒夜里的拥抱，使他们产生了无限的满足感。

　　"我爱你，查尔斯……胜于一切。"她微笑着抚摸着他的头发。

　　"我也是，奥德丽……我也是。"

十三

从南京出发的车拥挤不堪，而且足足行使了七个小时，奥德丽觉得他们可能永远到不了目的地了。查尔斯不时把自己的想法草草地记在笔记本上。她手里捧着书，注意力却投向了列车的乘客身上。当车驶进上海时，她的照相机镜头一直对准窗外。一切并没有因为他们的到来而有任何改变。一群流氓站在车站上，还有朝四周散去的人、刚刚到达的人、乞丐、流浪的小孩、妓女、洋人，在你推我挤的人群中每个人的声音都想盖过混杂的喧嚣声。许多乞讨的孩子拉住奥德丽的裙子，其中有一个被截去手臂的麻风孩子。不断有人推她挤她，她几乎听不见查尔斯在说什么，只能紧紧抱住查尔斯让她看管的粉盒和手提包，他则背着旅行包奋力前行。

他们最后才可怜地找到一个搬运工。他忙着帮他们搬行李，并把他们带到一排出租车前，司机很快把他们送到查尔斯常住的上海饭店，美国人和英国人是这里的常客。旅客登记本上写着帕克·斯考特夫妇，奥德丽如今已对这个称呼习惯了。

"如果听到别人叫奥德丽·斯考特，我一定觉得非常奇怪的。"说这话时那一段时光已成过去，奥德丽·斯考特早就属于另一个世界，属于安娜贝尔和她的祖父，还有旧金山。这是确确实实的事。

她望着窗外迷人的上海和街上密密的人群，回头才觉察到查尔斯正在注意自己，他无法想象失去她后的生活。在一起游历了半个世界，最后一同回家，然后呢? 他不敢想，他不能给任何人带来安定的生活, 他也不能忍受失去奥德丽的痛苦, 庆幸的是暂时还不必面对这个问题。

他想在临睡前让她对上海有个粗略的认识。他们乘着一辆出租车, 先去欧洲房屋和商店集中的外滩兜了一圈, 又驶回了拥挤的上海街头。她看到处是一群群徘徊在街上的妓女, 还有乞丐和洋人。外国人随处可见, 意大利人、法国人、英国人、美国人, 现在又加上了日本人。饭店、赌场、鸦片烟馆全都灯火通明。这里没有秘密可言, 每一样东西都可以用钱买到。古代中国的雍容高贵在这里荡然无存, 这决不是奥德丽期望见到的样子, 而且她还不知道有哪个地方能像这里促使人的血液加速流动。

"这里确实不一般, 是不是? "

"令人惊异, 查尔斯。这儿一直是这样的吗? "他们一直保持着令人难以置信的兴致。这个人山人海的城市涌现出白天和黑夜。查尔斯朝着她大笑。

"是的, 它一直是这样, 奥德丽, 有时候, 回去相比的惊讶感才让我想起它的颓废。"和西藏、阿富汗、中国别的沉睡村庄相比, 它竟如此大相径庭。

"不知我的父亲见到的上海是不是这个样子。"

"很可能是的, 恐怕它一直是这副模样。如果说真有改变, 那就是日本入侵后, 这里平静了一些。而且只是微乎其微的变化。"

他们手牵手慢慢走进旅馆的门厅, 她一路说着话, 因此没有注意楼梯上的一对夫妇。他们却看到她, 还有一旁的查尔斯。

那个男的刚过七十, 女的五十五岁左右, 她穿着典雅, 配戴昂贵的珠宝, 做工精良的帽子后露出光溜溜的一个发髻, 耳朵上佩戴着一对钻石耳环。她盯着奥德丽看了片刻，就对一旁穿英国西装、戴眼镜的男人说了几句话。他回过头望了一眼正准备上楼的奥德丽后，就对他的妻子点点头，却没有制止她的叫唤声。

"特雷斯科尔小姐？"奥德丽反射一般地带着惊奇的眼光回过头，朝下寻找着叫声的来处，很快就发现他们站在那里看着查尔斯和自己。

"我……天哪……真没想到你们也在这里……"她的脸红到了耳朵根，却又极力装出随意的样子，拉着查尔斯的手走下楼梯，她打着手势把自己的朋友——查尔斯·帕克·斯考特介绍给他们。

"当然认识，"女的给人的印象深刻，"我读过你所有的书。"

"你是说帕克·斯考特？"男的点点头，对他兴趣更高了，"有关尼泊尔的那本书简直棒极了。你是否在那里生活过一段时间？"

"是的，住过三年，那本书是我的处女作。"

"真是太棒了。"

他妻子此刻的注意力正集中在奥德丽身上，一双疑惑的眼睛从她身上又移到查尔斯身上。他们俩是她祖父的朋友：菲利普·布朗和缪丽·布朗。这位夫人十分忙碌，她又负责着红十字志愿者协会，还因为对一次大战的贡献而接受了法国政府的勋章。她结过一次婚，后来又成了寡妇。一些人说菲利普·布朗是为了她的财产才娶她的，但很少有人对他们说长道短，他们显然十分受人尊敬。她和她祖父一样，也参加了太平洋联合俱乐部，而且是波士顿银行的老板。他们每年都到东方来，所以就成了奥德丽在这里最有可能遇见的人。毫无疑问，她的祖父将会知道查尔斯，所以她决定要尽力隐瞒她的行踪。

"祖父没告诉我，你们也在这里。"

"我们在日本住了六个星期，但我们更喜欢游览上海和香港。"她亲切地望着奥德丽和英俊的查尔斯，猜想是否是这对情人在这里旧情复燃，或许她一直不结婚的原因就在此，尽管她从不觉得奥德丽漂亮，但这个问题时常出现在她的脑子里。奥德丽似乎变漂亮了，卷曲的长发增添了几丝温柔，眼睛也从未这样闪亮过，至少和她祖父在一起时，布朗夫妇没有看到过这副模样。她的妹妹才是个美人儿……缪丽在回忆着。"你是和朋友们来这儿的吗？"缪丽直直地盯着奥德丽的眼睛。

"是的，从伦敦来，但他们今晚都很忙。帕克·斯考特先生好心带着我四处逛逛。这个地方挺迷人，是吗？"她尽量不露出破绽，但她知道缪丽也不是傻瓜。

"你住在哪里，帕克·斯考特先生？"这个问题完全出乎查尔斯的意料，他还不知道奥德丽正打算把他们从这里甩掉。

"我经常住这里，我喜欢这个地方。"

"我也是。"菲利普·布朗插嘴道。他非常高兴像查尔斯这样一个权威人物能够支持他。他本想提醒缪丽这个事实，她整个下午都在抱怨，但帕克·斯考特的话证明他是正确的。

缪丽打断了他的话："我们临走前一定要再见上一面，一起午餐好吗，奥德丽？当然我们也希望见到你，帕克·斯考特先生。"

"恐怕我们没有时间了，我想一两天后我们就要去北京。"她对查尔斯温和地笑笑，试图用眼神对他示意，"帕克先生正忙于写一篇文章……"

"是的，我在为《泰晤士报》写一篇文章。"

"真有意思！"她拍拍奥德丽的手。奥德丽这会儿真想掐死她。因为她所谓的"有意思"无非是指看到自己和查尔斯走进一家旅馆的房间。奥德丽清楚自己正被怀疑着，虽然这个怀疑是正确的。现在的问题就是如何不让她告诉自己的祖父。奥德丽也清楚，她一到旧金山后这件事马上会散布开来。

"帕克·斯考特先生在南京拜访了蒋介石，"奥德丽知道这样做一定使查尔斯十分尴尬，但这会儿，她只想分散这个老女人的注意力，而这句话显然引起了菲利普·布朗的兴趣。这时，奥德丽回过头去对查尔斯笑笑说："你真的不必陪我上楼。"她又对缪丽笑笑说："这里的人都害怕土匪，我像一个五岁的孩子一样被朋友们托付给查尔斯。"她向他伸出了手，"我和布朗夫妇一起没事，我知道你和朋友们还有个约会。"她说话的语气，就好像有二十个女人正在街角等他。他愣了一下，很快便明白了她的用心，他马上就进入了奥德丽导演的这场戏里。他先握了握她的手，再与布朗夫妇握手道别，然后煞有其事地走到问讯台边，询问是否有人给他留下了口信，临走前，还对他们挥了挥手。缪丽呆呆地看着他，完全是一副失望的神情。他们把她送到房间前握手道别后，她看着他们走上楼，才大大地松了口气。

如果她听到缪丽上楼时说的话，她就再也不会轻松了："她的话我一个字也不相信……"

奥德丽在她的房间里确实感到惊慌失措，所以她冲下楼，以查尔斯的名义在另一层楼另外登记了一个房间，半个小时后，查尔斯在她的房间里听完了她的叙述后就大笑起来。

她忧郁地坐在床边看了他一眼："查尔斯，我希望他们是我在这里最后遇见的人。"

"我承认自己开始反应迟钝，但后来还是领会了你的意

115

思。亲爱的布朗夫人的嗅觉一定非常灵敏,我说对了吗?"

"敏锐而阴险,她会把我们在一起旅行的事告诉整个旧金山的。"

他皱起眉坐在她的身边:"你真的要我住到另一间去吗?"他会为她做任何事。他不愿做出任何令她不快的事,特别是在自己无法保护她的情况下。"实在抱歉,奥德丽。我真的没想到会在这里碰到什么人,特别是你认识的人。"

她露出一丝苦笑:"如今世界已经变得很小了,而我的回答是:不,我不要你住到别的地方。我只是不想让她伤害我的祖父,但我不会因为他们而改变自己的生活,查尔斯。他们对我并不是那么重要。"

"会有重要的一天的,在你回家的时候……"他的声音轻了下去。他讨厌她有家庭,除非是和他组成的家庭。"我不想让你受到任何伤害。"

"开始时,我已经考虑过这个问题,我把自己的命运交给了你。如果我害怕,我还会躲在家里,或者立刻回美国去。这是我愿意的。"她有一种和他在一起的自豪感,"你是我钟爱的男人,查尔斯·帕克,别人怎么想那是他们的事。只要我们努力使每个人不受到伤害,剩下的事就是除了我们自己而不必多顾虑别人。"他轻轻地抱住了她。这正是他如此爱她的原因。她的勇气和坚定,她可以跟任何人证明自己是正确的,对这一点他尤为欣赏。他从未像对她这样尊敬过一个人。

他们像往常一样很快在对方的怀抱里睡着了。奥德丽梦见了祖父,然而第二天醒来,她的担忧便一扫而光。如果实在不得已,她就对祖父说:查尔斯是詹姆士和维奥莱特的朋友,是自己恰巧在上海碰到的。她已经准备好对祖父撒谎了,其实他也不需要知道自己爱上了查尔斯。这样做只会惊吓他,但是很久以前，奥德丽就决定自己永远不会离开他。

　　五千英里的跋涉给他们带来的疲倦正在慢慢地消失。她热切地伸出手，被他一双修长有力的手紧紧抱住了。她轻轻地呼唤他的名字，她轻唤着他的名字睡去。她不可能再爱上别人。她应该嫁给这个男人，献上自己整颗的心，长久而永恒，是爱情给予了她走遍两块大陆的力量。她会为了跟随他而去任何地方，他能够感觉到，所以他抱紧了她，然后闭上眼睛聆听上海街头的喧闹声。

十四

在上海住了一个星期后，他们就乘船经青岛去北京。船上的夜晚浪漫动人，他们倾听海浪与船舷的撞击声。奥德丽真不愿意离开永远在发生着奇迹的上海；况且查尔斯在那里的会见也十分顺利。他们计划在北京逗留几天后就返回伊斯坦布尔，然后再回到巴黎和伦敦，他的工作只能在伦敦进行。合同要求他在年末完成这篇文章，工作使他急于回去，但是此刻睡在开往青岛的船上，他的脑子里只有奥德丽，一个热情地给予了他从未感受过的巨大鼓舞的女人。他爱她沉思的模样，观望的模样，呼吸的模样。他的手无法从她晶莹的皮肤和浓密的红发上移去，他的目光也无法从她的眼睛上移去，还有他的嘴唇更是离不开她的嘴唇……她的每一寸肌肤都能使他兴奋，他会为她赴汤蹈火。

"你真的要到旧金山见我的祖父吗？"晚上她轻轻地问。早些时候他提过这件事，而她早已在担心回家了，她无法忍受与他的离别。

"有机会我一定会来的……完成工作后……"但他要她和自己一起留在伦敦，回伦敦写完这篇文章之后，他希望能空闲些。虽然他知道这是不可能的，却仍不止一次地向她暗示过。

"你明白我不能这么做。我必须回去了解祖父是否还安好，安娜贝尔的孩子也要在三月出世。"这正是她家的原因，"你为什么不能来旧金山写文章呢？起码可以在你的文章通过之后来。"她不明白为什么审查一篇文章要花好几个星期，她更不明白为什么一定要在伦敦写作。

"文章通过之后我还有一本书要完成，奥德丽。我决不能放弃我喜欢的工作。"对此，他同样十分沮丧。他不愿到最后非要离开她。但他又必须考虑他的工作，必须履行合同。回到伦敦后，再和他的出版商商量这件事也许更有意义。回去时，他也决定郑重地考虑这个问题，但此时此刻北京对他们才是最重要的，它没有上海的无耻与颓废，而是历史的象征，它曾经作为中国八百年的首都。站在天安门广场上时，他们为它的宽广赞叹不已。当她看到紫禁城里那些琉璃瓦屋顶时，眼泪又止不住流了下来。紫禁城曾是明王朝和清王朝的皇宫。她一连几个小时都流连在紫禁城和完全用砖瓦砌成没有一根铁钉的天坛里。离天安门广场只有五条街道之遥的天坛，给她留下了最深刻的印象。她漫无目的地走在街上，尽量以夸张的手法摄下见到的每个人，每件东西。但她拍照时仍显得小心翼翼，因为那里的孩子竟把照相机当作一个魔盒。

在上海购买的胶卷几乎都被她用完了，在避暑胜地颐和园里，她拍得更多了。奥德丽有股凉飕飕的感觉，但她的注意力却被柔和月夜下的大理石游艇和后面载着乐师和演员的小游艇吸引住了。

他们又去了明王墓。通往墓穴的路旁全是一排排巨大的动物雕像：跪着的骆驼、咆哮的狮子、腾跃而起的豹，还有十二个明朝的将军。看到那些大规模的工程，令人神往的壮观景色和精细雕刻，奥德丽出奇的沉默，而且不止一次地流出了眼泪。但最令她不能自己的莫过于长城。他们登上了离北京城二十五英里的八达岭。这是完全靠人类的双手建造而成的绵延了一千五百英里，并且把蒙古从中原隔离了出去的伟大工程。这个能同时通过四辆马车，并用作守望企图进入中原的蒙古游牧民族的建筑经历了两千余年。它最壮丽之处就在于它的蜿蜒不绝，似乎要把一个世界一分为二。她激动得把一双闪动着奇异光芒的眼睛投向查尔斯。

"真是奇迹，查尔斯……上帝，这是人类最伟大的创造。"他也有这种感觉，特别是和她一起站在这个地方。他到这里曾经不下五六次，每次都感到历史的巨掌在他的脚下延伸出去，每次都盼望能与人分享这种感受。而她是如此喜爱这一切，也如此能理解他。他兴致勃勃地在长城上为她拍了一张照片。夜幕降临时，他们才依依不舍地乘着火车回到了北京城。路上的一个多小时里她安静得出奇，直到火车驶进北京站时，她才抬起头。

"我永远也不会忘记这一天。我的生命里永远会记住长城，几百里，几百里……延伸出去的长城。"她想要感谢他把自己带来，却不知如何表达。他给予她的是一次永生难忘的经历。他们真希望毕生就沉醉于旅行之中。相比之下，法国南部的夏天竟是如此无聊。在一家餐馆里，饱食了一顿从未品尝过的北京烤鸭回到旅馆后，奥德丽就想对他讲述自己的感受。

"这世界上存在供我们生活的空间，奥德丽，比如昂蒂布和这里。有时候，我喜欢这两种生活兼而有之。"她不能确定自己是否也是如此，但她肯定的是她更喜欢这里。她是她父亲的孩子，她知道这一点，特别是置身于此的时候。这天晚上，脑子中翻腾着的种种感想使她无法入睡。她回想起长城，两旁田园般的景色，荒无人烟的土地上只有两千多年前的残迹，整齐的石块，并排着的四辆马车……这些东西似乎已经刻在她的心上了。他动了一下，这时她已经醒了。哈尔滨是她的另一个梦想。她曾经在父亲留下的一本书上读到过这个地方。"我们能去哈尔滨吗？"她在一片漆黑之中问道。她记起了父亲年轻时在哈尔滨留下的照片，还记起了他说过，他爱哈尔滨甚于上海，所以她很想自己亲自去探个究竟。这是她的另一个梦想，也是父亲留给她的一份遗产。

"你真的想这么做吗，奥德丽？"查尔斯似乎并不激动，"我们应该回去了。"他的话好像表明她已经决定去伦敦了。事实上，真的快点回去，她就应该从上海独自一人回伦敦去，但是她还没有作出最后的决定，况且他们希望两人能一起回伦敦。去哈尔滨就会使他的希望化为泡影。他如实把自己担心延误的想法告诉了她："这样做是不明智的。"她听了后沮丧极了。

"你知道我能有机会再回到这儿吗，查尔斯？哈尔滨对我意味着许多。"

"为什么要去？就因为你的父亲也去过？奥德丽，亲爱的，求你，理智一些吧！"但她还是止不住流出了泪水，他恨自己让她感到了失望。他尽量向她说明原因："那里已经结冰了。我在两年前的十一月到过那里，那时气温已经低于零度，而且我们也没有足够的冬衣。"这些牵强附会的解释不会让她轻易放弃。

"衣服可以在这里添购，有上帝保佑，天气不至于那样冷的，查尔斯，我只想去看看。"她恳求的眼光好似一个朝圣者。

"哈尔滨离这里有七百英里，亲爱的，理智一点吧！"

但她还是坚持："我们已经走了六千英里，而我离家有一万多英里，所以七百英里对我来说并不算什么。"她认定了的事就再也不肯回头。

"你太不讲理了，奥德丽，明天我们就回上海。"

"查尔斯，求求你……"她乞求似的眼光叫他不忍心再说

"不"，但是他只答应在哈尔滨停留一天，逛一圈之后马上乘火车回北京，第二天再回上海。他们当即在下午买了一些衬得厚厚的暖和的衣服。这里很少有适合西方人身材的衣服。奥德丽买来的裤子太短了，但皮毛的夹克衫还可以，而皮靴只有男式的。查尔斯的衣服也不合身，但他觉得这样一次短暂的旅行多穿一些单件的衣服就足够了。

第二天早晨，他们乘上了一辆日本人管理的中国东方铁路局的列车，列车向北行驶了七百英里，穿过了满洲的平原。十八小时的路程，因为无数次的停车而花费了二十六个小时，每个车站都有日本人在搜查。他们在沈阳、双辽站停了很长时间后，终于在第二天中午时分到达了哈尔滨车站。站台上一群苏联女人首先映入他们的眼帘。三个体态丰满的女人牵着几个脸蛋红润的孩子，几只狗在雪地上嗅来嗅去，一群满洲人打扮的男人在附近的一堆篝火旁一边抽烟，一边在议论着当地的新闻。查尔斯说得没错，这里确实冰天雪地。他们下车时，看到地面上全是汽车和人力车的痕迹。奥德丽看到一辆老式的汽车把他们送到旅馆时感到喜出望外，查尔斯却不如她来得兴奋。他在想现在应该在开往上海的列车上，那才是回西方的第一步，但她的固执令他不得不依着她。她总有自己的想法，这就是一个例子。

他们找到了一家温暖舒适的小旅馆，熊火燃烧的炉火，把起居室照耀得像一间休息室。这家旅馆几个月来一直没有顾客光顾，所以柜台上的老人一见到他们就显得格外高兴。他描述了一九三二年的水灾后，就把他们带进两间客房里。奥德丽擦着手看看四周，又幸福地望着查尔斯。"是不是妙极了？"她微笑着说，"就像来到了苏联。"他们在一路上遇见了许多讲俄语的人，这个离苏联边境只有两百英里的地方，同时也居住着许多苏联人。

他不如她这样高兴。"我想下一站你就该去莫斯科。"

"不，我不会去。现在该你理智一点了，查尔斯。你会想念这里的，是吗？承认吧，不必害羞。"这里就像圣诞卡上描绘得那样，但查尔斯并没有过节的那种愉悦的感觉。

他对正在炉火旁烘手的奥德丽摇动着手指说："我们明天回北京，清楚了吗？"

"好的，但如果听你的，那我今天就要出去，你带了我的照相机吗？"他把装上了胶卷的照相机递给她，她穿上了那件足够暖和的夹克衫。

"我们在哪里？"他假装露出一丝苦痛，"我想你已经为我安排了一个叫我痛苦的计划。"她对自己想做的事总是十分确定。柜台上的人向他们介绍了十二英里以外的湖泊。他们可以雇车去。查尔斯听她讲完后却皱起了眉头："我们为什么就不能留在这里？那么远的路一天来回能行吗？"

她看看他，马上生气地拿起了自己的夹克衫和照相机："你可以留在这里，我会赶回来吃晚饭的。"

"那午饭怎么办？"他就像个哀伤的小孩跟着她走出房间，租给他们房间的那个男人的妻子立刻从厨房门口向他们招招手，还递上了热腾腾的食物。查尔斯看到曾经送他们来这里的那辆车正停在门口时，才稍稍息了怒。

汽车驶上了哈尔滨街头后，奥德丽露出了笑容。她看到印着中文和俄语的标语时，觉得这个地方更像欧洲的城镇。哈尔滨如同上海一样，马路上混合着法语、俄语、少量的英语、满洲地方语甚至还有广东话。人们的服饰、皮毛的帽子、奇怪的小外衣也吸引着她。和中国大部分地方一样，这里很少有不会抽烟的人。

他们走的是一条积满了雪的小道，两边是风雪如画的小村庄和村舍。他还向他们解释什么叫黄豆。半小时后他们路过一座石头教室时，奥德丽从司机那里得知这是法国人的教堂。就在说话的当口，一个穿着薄薄的丝绸裙子的小女孩跑到马路中间，挥舞着旗帜示意他们停下，起初他们以为她赤着脚，开近了，才看清她原来穿着一双薄薄的蓝色棉拖鞋，她激动地用查尔斯和奥德丽听不懂的方言对司机说着什么，同时又用手指着远处一幢木楼。

"她要干什么？"奥德丽斜过身去问道。看起来那个女孩遭到了危险，司机回过头来对她耸了耸肩。

"她说匪徒杀死了孤儿院里的两个修女，他们想藏进孤儿院里，但修女们不让他们进去。"他努力用英语叙述着。这个女孩一直在号啕大哭，一边激动地指向教堂和旁边那幢楼："应该把她们埋起来，天气却实在太冷了，还得有人照顾这群孩子。"

"其他人呢？"奥德丽马上问道，"那儿有多少修女？"

司机又回过头去问女孩，并很快得到了回答。

"她说孤儿院里只有两个修女，上个月走了两个，但下个月会再来两个的。现在只有这些孤儿了。"

"有多少孩子？"

他又回过头去，得到的是伴随着哭泣声的回答："她说有二十一个，大多数都还小，她和她的妹妹最大。她十四岁，她妹妹十一岁。修女们死在教堂里。"司机有些进退两难，奥德丽惊慌失措地开门走下车去，查尔斯一把抓住了她的手臂。

"你去哪里？"

"你准备怎样？把她们留给那两个死去的修女？上帝保佑，查尔斯。我们至少可以帮她们解决一些事，别人可以去叫政府人员来。"

"奥德丽，这里不是旧金山或纽约，你在中国，更确切地说在满洲。日本人占领后，就叫它满洲国。你现在站立的是正在发生战争的土地，这个国家到处秩序混乱，土匪横行，到处有孤儿和饥饿交迫的孩子，每天都有孩子和修女死去，这绝不是你有能力管的事。"

她愤怒地盯着他，然后一把甩开了他，走进厚厚的雪地里，望着那个浑身颤抖的女孩。"你会说英语吗？"她尽力清晰地说出每个字。那个女孩起初茫然地望着她，然后使劲朝教堂那边指去。"我知道，我知道发生了什么。"上帝啊，她该怎样才能让女孩明白呢？突然间，她想起了司机说过的话，那些修女是法国人。她曾在学校里学过法语。女孩立刻用半生不熟的法语回答了她。奥德丽也一字一句地对她保证尽量帮助他们。但她走进教堂时毫无心理准备。

两个修女赤裸裸地躺在地上，显然她们是遭到强暴后才被砍去头的。看到一条条血河时，奥德丽立刻觉得浑身乏力，一双有力的臂膀从后面及时扶住了她。她回头看见查尔斯苍白的脸和紧闭着的嘴唇，他本能地把她和女孩往外推。

"你们两个都出去，我叫人来帮忙。"奥德丽抓住了女孩的手臂，把她拉到教堂门外。但女孩又领她走进另一幢房子里。对即将出现的另一幕情景，奥德丽更是没有心理准备了。门一开，她就看到四周全是中国孩子那一张张甜甜的脸。他们都沉默却焦急地望着她。有几个孩子在轻轻哭泣。其中有很多是四五岁的孩子，只有几个在六七岁左右，至少有六七个是蹒跚学步的婴孩。奥德丽惊异地望着她们，不知道今后会有怎样的命运等待着他们。这个十四岁的孩子和她的妹妹显然不可能照顾他们。如今修女们又死了，除了一个基督教卫理公会的牧师，再没有人可以照顾他们，可是他现在远在千里之外。她回头问还可以叫来什么人时，从朝她们挥旗的女孩那里得到的回答，只是一双受惊吓的眼睛和拼命地摇着的头。

"但应该有人。"她执著的声音俨然是一个管理了二十年祖父房产的人，女孩又重复了她的回答，并解释说那两个修女要下个月才来。出于怜悯，奥德丽才想到不知她们是否吃过东西了。果然，从前天起，她们就一直没有吃过，但竟没有一个女孩子抱怨的。"厨房在哪儿？"孩子把她带到一间寒冷却井井有条的小厨房，里面用具都很落后，却有一只炉子。她们有两头可以供奶的奶牛、一只山羊、很多鸡和大米，还有一些夏天时储藏着的干瘪的水果，一块肉保存得很好，修女们在秋天还做了些罐头。奥德丽一会儿就煎好了蛋，每人还有一片涂了奶酪的烤面包。他们显然很长时间没有见过如此丰盛的菜肴了，所以每个人都瞪大眼睛望着她。晚餐时，她穿了修女的一条长裙，替他们每人舀了一杯牛奶。只有发现了死去修女的两姐妹没有吃，她们显然吓坏了。在奥德丽的劝说下，她们才勉强吃了些鸡蛋和乳酪。正在她打扫厨房时，查尔斯走了进来，他面无表情，手上裤子上全是血迹。"我把她们装进麻袋，放到后面的小棚屋里，司机去叫政府的人把她们搬走，回哈尔滨后我再与法国驻哈尔滨领事馆联系。"他显得十分疲倦，而且对刚才的事仍心有余悸。奥德丽默默地递给他几片面包和奶酪，还为他煮了一壶茶，但他更想喝些刺激的东西，至少是白兰地之类的烈性酒。

"他们必须派人照顾这些孩子，查尔斯，两个修女上个月去了日本，顶替的另外两个要十一月才到。所以现在，这里没有一个人可以照顾这群孩子。"

他指着两姐妹说："她们可以暂时应付一下。"

"开玩笑？她们只有十四、十一岁，这里却是十九个从昨天起什么也没吃过的孩子。"

突然查尔斯感到一阵恐慌："你究竟说些什么，奥德丽？"

她不但不回避他注视的目光，而且流露出坚定的神情，"我是说必须有人照顾这群孩子。"

"这个我听得很清楚了，同时还有呢？"

"你去和领事馆联系，通知他们派些人来。"她尽量注意说话的态度，却仍然使查尔斯产生了一种不安的感觉。片刻之后，他便证实了自己的预感是正确的。

"那你呢？"

"留在这里，和他们在一起，我们不能撇下她们不管，查尔斯，只要瞧瞧这些两三岁的孩子，你一定也不忍心吧！"

"哦，上帝啊，"他砰地放下盘子，在房间里大步地走来走去，"我早料到了，这里正在发生战争，况且又受着日本人的统治。你是美国人，而我是英国公民，即使那两个修女被土匪杀了，我们对今后的事也没有丝毫的关系，本来我们就不该来。如果你还有一丝理智，我们已经到上海了，明天一早就在回家的路上了。"

"是的，那确实不是我们该做的事。但不论你是否情愿，我们已经在哈尔滨了，在这座被遗弃了的孤儿院里，还有二十一个孤苦伶仃的孩子，我不会轻易离开的。他们饿了却不知道要烧东西，他们会死在这里的，查尔斯。"

"谁让你来照料这些孩子？"

"谁？我不知道。上帝啊，难道要求我上车后忘掉这些孩子吗？"

"也许是这样。让我告诉你，中国到处都是饥肠辘辘的孩子。她们多的就像印度、波斯的苍蝇一样往下掉……你准备怎么样，奥德丽? 拯救所有的孩子?"

"不。"她咬紧牙关回答道。几个星期以来，这样的孩子一直出现在她的面前，她却无法给予她们帮助，所以这次她不能再回头了，不能。一直等到有人来接她的班。这是他不曾了解的另一面，他简直要发疯了。"我要等到有人来，你还是回哈尔滨和领事馆联系吧。"

他走后，奥德丽就开始安排一部分孩子睡觉，给另一些孩子弄了点吃的。收拾完厨房后，又在看两个孩子挤牛奶。

每件事都安排妥当之后，她就满心喜悦地等六点回来的查尔斯。她不知道领事对他说了什么，但是看到他下车时不很高兴的样子，便急着想知道结果，他进屋后砰地一下关上门，奥德丽发现他的嘴唇绷得紧紧的。

"嗯?"他度过了一个从搬运工到和领事争执的苦涩的下午。

"他说他无权管辖天主教教堂，更不必对这些修女的死负责。修女们以前一定给他惹了许多麻烦，他早在两年前就要求她们离开。他明天会派人处理尸体，但不会对孤儿负任何责任，他认为孤儿院应该解散。"

"解散? 这究竟是什么意思? 难道把他们推到雪地上，让他们受冻挨饿吗?"她对他没有这样生气过。

"也许是吧，我也不知道，把他们送给当地人。你想干什么? 收养他们?"

"看在上帝分上，不要蛮不讲理，查尔斯，我只是不想就这么遗弃他们。"

"为什么不能?"他彻底绝望地叫道，"你必须现实些，奥德丽，必须! 我们应该回家去，我要完成我的文章而你要回美国……在哈尔滨和二十一个孤儿一起干什么？"他的声音非常绝望。她笑着靠近他，献上了这一天里的第一个吻。她的怒气突然间消失了，她只为孤儿院里的二十一个孩子担忧。

"我爱你，查尔斯，我很抱歉我们被卷了进来，但我现在还不能离开，我们必须安置这些孩子，我们必须这么做。我们应该回去问问旅店里的人，是否有愿意收养他们的当地人。"如果可以的话，修女们早就离开了，因此这种办法显然是行不通的。孩子们全在一旁看着他们争吵。

面对她的目光，查尔斯简直想不出任何回答的话，他还从未见过她如此独立和固执的表情。他发现自己不曾了解她，另一方面也使他不安起来："你是建议今晚就在这里住下吗？"整个下午和法国官员的一场毫无结果的争论，加上他完全不知道该如何解决眼前这件棘手的事，使他显得更加丧气了。

"你暗示我做什么？查尔斯？"

"我有个主意。我另找个教堂把他们送到那儿去，哈尔滨一定有别的教堂。"他完全绝望于这种进退两难的境地，他越来越觉得他们不应该来这里。面对着周围吵吵闹闹的一群孩子，她觉得自己有义务按他的话去做。

"好主意，你去找教堂，我留在这里，如果你能领什么人来，我们就可以回去了，我们也可以让他们上出租车和我们一起找。"把那辆老爷车叫做出租车真是一种委婉的称呼。听了她的建议后，查尔斯几乎又皱起了眉头。现在是该由他找一所肯收留二十一个孤儿的教堂的时候了，这样做在费城的市中心可能会成为一个不小的功绩，但在哈尔滨是完全没有指望的。一整天以来，他一直在咒骂自己不该同意来哈尔滨。一口喝完一杯绿茶后，他就上车去寻找愿意收留这些孩儿的教堂。

他一走，奥德丽就开始换尿布，又给他们准备了一顿干肉和米饭、肉汤的晚饭，而且还尽量把这间小屋子收拾得整整齐齐。自修女前天被杀之后，并没有出现特别的混乱。令人意外的是那两姐妹除了不会做饭，竟把那群孩子照料得十分周全。这个叫林蔚的女孩用生硬的法语向奥德丽诉说日本人是如何杀害她的父母和三个弟弟的。她和妹妹沈瑜是家中唯一幸存下来的两个人，是修女把她们俩接去和别的孩子一起生活的。那时，他们中好多人染上了霍乱，不断有大批的孤儿被送往育婴堂里，还有中国南部的一个孤儿院里。林蔚和她的妹妹都不愿离开哈尔滨，修女们也十分乐意留下这两个懂事能干的孩子。

"在哈尔滨还有别的教堂吗？"奥德丽用法语问道，女孩摇了摇头。这里大多数是俄国东正教的教堂，而且都由年纪大的男人掌管着，奥德丽知道这便是查尔斯回来后能带回的结果。

正如她所预料的，他很晚才回来，孩子们已经入睡，只有两姐妹还在墙角边窃窃私语。查尔斯显然累垮了，眼睛中流露出彻底失望的神情。

"一个也没有，奥德丽，我走遍了这里的每家教堂，也问过了旅店中的那对夫妇。他们不愿来照料或领去这些孩子，甚至收留一个也没有。我试过了所有的方法，走遍了所有的地方，俄国牧师让我离开这里，他说他们自己会找到出路的。"他悲哀地望着奥德丽，是否她已有了荒谬的想法，她的大声咆哮证实了他的猜测。他已经在想是否要把她拖回去："他还说，流浪儿在中国遍地都是，对他们来说，这不会是一条好出路。"查尔斯也感到自己这样说很残忍。他们曾经见过马路边流浪儿的种种惨景，于是就在这间小厨房里奥德丽激动地对他大吼起来。

"你说什么？把他们推进雪地里？亏你想得出让一个两岁的孩子到处流浪。大孩子勉强还行。"其实，查尔斯也和她一样不忍心看着这些三四岁的孩子沿路乞讨，他只是在如此遥远的地方，对怎样逃离厄运感到束手无策。他目光呆滞，一整天没吃东西，又使他感到又冷又饿。

"我不知道该说些什么，奥德丽。"他一屁股坐在长凳上，见她逐渐柔和的神情，就轻轻地握住了她的手。

"谢谢你的努力，查尔斯。"这的确是一个进退两难的境地，他们所有的尝试都成了泡影，"把他们安置在上海怎么样？"

"如果还是没有人愿意收留她们呢？那里的马路上不是同样有许多被遗弃的孩子吗？你不过是一厢情愿，上海和这里根本没有区别，除了那里的天气不如这里寒冷。但是这里至少还有一个避难的地方，还有可维持一段时间的食物，这个地方也是他们所熟悉的。除此之外，一路上照看这二十一个孩子也是一个大问题。"他觉得这次自己是大错特错了，"我不知道官方是否会让我们把她们带上火车，日本人对这样一大群人一定会非常敏感的。"

她的眼睛一下子亮了起来："他们既然如此敏感，为什么不自己来照看这些孩子呢？"她突然想起了林蔚描绘日本人如何杀害他父母的情景。她意识到这些孩子最好还是不要被他们带走，日本人也许会杀了这些孩子，因为对他们来说这是最简单的办法。她长叹一声坐在查尔斯的旁边，对此她完全束手无策。"我们打电话给这些与修女有联系的育婴堂怎么样？我们也许会得到帮助的。"

"如果她们能及时地答复我们，这倒是个好办法。也许她们能提供一些临时性的解决办法，或者可以派人来。"这时他

131

的眼睛亮了起来，"我们明天一早去车站发个电报。"他们在修女卧室里的书桌搜寻了一番后，很快就在圣米切尔的汇单上找到了地址和电话号码，奥德丽倾向于打电话，而查尔斯认为发电报要比拨一个声音模糊的电话顺利得多。于是他们在烛光下起草完电文之后就肩并肩地躺在修女的狭小冰冷的小床上，查尔斯心里祈祷这件事能够快点了结。

他们最后还是收到了回音。他赶回孤儿院把电报交给奥德丽时，满脸晦气，他明白自己将会面临着什么，他不能再次顺从她，他们要离开。

查尔斯读着电报便一拳打在墙壁上。他的法语知识让他了解了一件他最不愿见到的事实。

"现在我们怎么办，查尔斯？"她极其忧虑，这确实是个难解决的问题。

他回答前先叹了一口气，因为他明白一场争吵在所难免："我想你应当放弃这件你并不情愿做的事。"

他的眉头锁得更深了，他已经预料到她的回答，也准备好了对付她的词句。

"你什么意思？"

"我的意思是不论喜欢还是不喜欢，你必须离开这里了，奥德丽。她们有地方住，她们的食物还可以维持一段时间，也有人会同情他们，况且还有一个多月就有修女来了。"

"如果她们在路上耽搁了呢？如果她们不来了呢？如果她们也和别的修女一样在路上被杀死了呢？"

"那不可能。"

望着眼前这个自己深爱的男人，她说："我不会走。"

他又叹气，最近几天，他不但疲倦而且十分不快。

"你应该讲道理，奥德丽，我必须回去，我们不能在这儿做傻事。"

"我们不是在这儿做傻事,我们在照料这些孩子。"

"我为刚才的话道歉。"他脖子上的青筋都扭歪了,"事实是我们必须离开。"

"不是我们,是你。"

"当然是我,奥德丽。"他站起来面对她,用一种挑战似的口气说道,"跟我走。"

"我决不离开这些孩子。"

"那个大孩子可以照顾他们。"他绝望地说道,害怕看到奥德丽脸上固执得惊人的表情。他实在不可能把她一个人留在日本人占领下的满洲。一想到那两个法国修女,他就会浑身发抖。当他把这件事提醒了她之后却起不到作用。

"我比她们懂得保护自己。我从十一岁起就独立了,查尔斯。"

"你疯了吗?那是在文明的美国城市,在你祖父家里受到宠爱。"更使他气愤的是她甚至以为自己有能力对付这些问题。他知道这全是她以前从未想过的。她的脑子里只有探险和她父亲那些该死的照片,但是现实毕竟是现实。在这所荒弃了的小教堂里有,两个被砍了头的修女,这件事非常非常的现实,他不愿让这样的事再次发生在奥德丽的身上。她却只想着这些孩子,而不是她自己,如同此刻她面对孩子而背对着他。

"你有什么理由说,我们离开后,孩子们有能力对付这些问题呢?"她的眼睛又湿润了。几天以来,她已经爱上了这些孩子,有两个竟争吵着要坐到她的腿上,还有一个晚上还要和她一起睡,弄得查尔斯很生气。而林蔚和她妹妹则是如此乖巧和令人信任。她如今怎么能遗弃他们?她又把饱含痛苦的眼神转向查尔斯。

"我懂……亲爱的，现在遗弃他们是残忍的，但我们必须走了。这个国家的每一个角落都是被抛弃的饥寒交迫的孩子，但是你无力安置所有的人，现在也同样如此。"

然而现在不一样，对她就不一样。她已经认识这些孩子了。尽管不知道他们的名字，就像多年前在夏威夷她不能遗弃自己的妹妹安娜贝尔一样，她不能遗弃他们。安娜贝尔在她的保护和照顾下生活了十五年。

"我不能离开他们，查尔斯，我做不到。即使意味着我要在这里住上一个多月等候修女的到来，我仍然决定留下。"

他的心猛然间沉了下去。从她的表情来看，她是认真的，况且她已经不是一个能凭他任意命令的十八岁女孩了。她有自己的想法。正是这个才使他担心。如果她拒绝离开中国呢？

"如果六个月都没有人来怎么办，奥德丽？这极有可能发生。他们之所以放弃了孤儿院就因为这里的政治形势十分不妙。你有可能就此被困在这里几年。"

她也感到害怕，但她已经决定不离开身边一张张小巧的脸和一双双依赖自己的手。她不能让他们自己去面对今后的厄运。

"我想不得不冒这个险，是不是？"她提高音量是为了给自己壮胆，消除内心的恐惧。但是他悲伤地望着她，预料到他们之间将要发生一些可怕的事。

"奥德丽，求你……"他伸出手抱紧她颤抖的身体，他知道把她一个人留下，一定会使她感到恐惧，但他不愿自己一个月、两个月、三个月，甚至十二个月都被拖着，他必须在几个星期后到达伦敦。他已经在担心会比约定的时间晚到，他从未有过如此尴尬的进退两难的境地。他不能在她极其需要帮助的时候离开她，但他也不能无限期地待在这里。他对她解释的时候，孩子们就在她身边吵吵闹闹。

　　"我要回去了，奥德丽，我有工作要完成，其实你也不用留在这儿，你曾对我说起过的那些责任呢？"

　　"对我而言，眼前的责任更为重要。"她的话伤害了他的感情，为什么她宁愿留在这些孩子的身边而离开自己呢？

　　"我们呢？"他忧虑地望着她，"你不在乎吗？"

　　"我当然在乎。"他的话让她感到痛心。"你知道我爱你。"她低着头沙哑地说道，然后她的目光又慢慢落在他的脸上，"但是我们也应该信任对方，有时候我们不得不分开一段时间。如果你非走不可，那么分手的时间就到了。是的，是时候了，我现在不能离开这些孩子，就像多年前我不能离开安娜贝尔和你不能离开肖恩一样。"

　　提起他深爱的小弟弟，就像给了他重重的一击，她感觉到他在后退。

　　"我很抱歉，我并不是想伤害你……我只是……"她望着他，眼中充满着哀伤，"我们不会有所改变，我只是回家前在这里住上一段时间。"就像在威尼斯和伊斯坦布尔不离开他一样，现在她也离不开这些孩子。她几乎感到这是对自己的一次考验，就好似父母去世后的存活……和安娜贝尔相依为命……和祖父并肩生活……

　　"如果我现在和你结婚，你会怎么办，奥德丽？"她大吃一惊，他似乎深受创伤一般。

　　"你是认真的吗？"她惊讶地问道。

　　"假如你能离开这里，那么我是认真的。"

　　她带着平和感人却迷惑的声音说道："这简直不是结婚的理由，查尔斯。"

　　"还有我的爱。"

"我也爱你，这你清楚。但是离开哈尔滨以后呢？以后又会怎么样呢？我不可能永远离开我的祖父。"

"现在你却显得若无其事。"她又一次伤了他的心，她感到这是她生命中最糟糕的时刻。

"目前只是暂时情况，我最终会回家的，你来旧金山好吗？"

他叹着气，低头瞧瞧自己的手，想了一会儿，抬起头坦白地说道："你明白我做不到，老待在一个地方无法完成我的工作。一年中有十个月我要在世界各地跑，你可以跟着我，否则的话，结婚对我们就毫无意义了，你说是不是？"但是他们深深相爱着才是最有意义的事。然而他们似乎无法逾越遇到的第一个障碍。

她带着颤抖的声音又提了一个问题："你能原谅我留下来吗？"

"问题是我是否能原谅我自己？我不能把你一个人留在哈尔滨，奥德丽，我做不到。"他痛苦地握紧拳头，"你能理解吗？我爱你。我不能就这么把你遗留在这里，但是我又不能老待在这里。我有合同和三个月期限，那对我是件大事。"

"孩子们也很重要，查尔斯，我们正在讨论的是他们的生命，如果土匪杀了他们呢？"

"土匪不杀孤儿。"其实他们都清楚在中国，这条规矩是不成立的。

"日本人也会伤害他们。在这里任何事都有可能发生。现实就是如果你不能留下就必须离开我。但是查尔斯，你能理解这也是我为自己而作出的选择吗？我已经是个成熟的女人了，我有权力自己作决定……这和我在威尼斯跟你上火车、去伊斯坦布尔、到中国是一样的，这次也是我自己的选择，就像我最终要回到祖父身边一样，我必须听从于命运的安排……"
她转过头去，"我只希望……"她开始哭起来，"我只希望我
的命运能跟你连在一起，现在看来却不太可能。"她睁着一双
大大的充满哀伤的眼睛望着他。"你应该走，查尔斯，为孩子
们。"她接下去的话让他感到从未有过的震惊，"如果其中有
一个是我们自己的孩子呢？如果有人愿意或不愿意救我们的
孩子呢？"拥有孩子的愿望使他们俩靠得更紧了。

　　"如果我们有自己的孩子，我决不让你从我面前消失片
刻。"听了他强烈坚决的话语，她笑了，但他突然间担心起来，
"你是不是现在就有孩子了？"在伊斯坦布尔时他已经在担心
这件事。当他们做爱时，她总是事先告诫他。他们都不希望一
个没有准备的孩子出世，但是他还是突然有些担心，因为她的
话使他觉得自己的担心并非多余，而且他这样的担心已经不止
一次了。

　　"不，"她摇摇头，"我想没有，我只想……想这些中国孩
子如果是我们的呢？如果我遗弃了他们，你还会尊敬我吗？"

　　他笑她竟如此理想化。她一点儿不了解东方，或许还是不
了解得好。

　　"这是中国，奥德丽，他们大多数都是被遗弃的孩子，或
者是父母用他们来换回一袋大米。养活他们还不如遗弃他们，
或者让他们死去。"

　　她感到十分恶心，于是她摇了摇头，她要否定他听说的事
实："我决不让这些事发生在他们身上。"

　　"但是我不能留下，我们该怎么办？"

　　"你回家去，查尔斯，回到伦敦。我在这里等修女，然后再
经上海和横滨回家。如果一切顺利的话，我到家时，你就可以
来旧金山了。"

"你想得太简单了。如果你出了什么事呢？"他几乎是不敢想一下。

"不会有事的，上帝会保佑我。"

他有些被她的话感动，但是一想到他曾对亲爱的肖恩所做的事……

"我不像你如此肯定。"

"你应该相信。"她出乎意料地平静。

"你的家庭呢？你不回家就不愧对你的家庭吗？"他尽可能地搬出所有的理由，但都遭失败。

"我一定会幸运的，在年底前我会到家的，如果十一月修女们到了之后，我就可以在家过圣诞节。"

"你疯了吗，奥德丽？"他一直在担心，"你完全失去理智了，这是中国，不是纽约，这里什么稀奇古怪的事都可能发生。我告诉你，修女起码要几个月后才可能到。"

"我无能为力，查尔斯。"她的眼眶里又充满了泪水。她已经不想再争论下去了，"但我还是不能离开这里。"面对他注视的目光，她被感动了、软化了，她在他的怀抱中不停地哭泣着。

"奥德丽，求你……亲爱的……我爱你……"他是爱着她，却不能留下。他要完成工作，要履行责任，却又害怕她独自一人留在这里。

"求你……我亲爱的，理智一点……跟我走……"

"我不会离开。"他从她一双湿润的眼睛中看到了她的决心。

"你是认真的，是不是？"他的心又一次往下沉。她是认真的，什么也改变不了她的决定，她留下了。

他又住了整整一个星期，谈了许多的话，她却丝毫不为所动。她已经完全醉心于照料这些孩子，而且每件事都做得井井有条。林蔚姐妹也帮了她许多忙，她甚至要查尔斯在她挤牛奶时，帮她照看孩子、烧饭，或给孩子们穿上皮毛衣服和帽子后带他们到雪地上玩耍、呼吸新鲜空气，修女们曾替他们编织了手套。

查尔斯对眼前的她感到十分满意，只有一个女人才能把一切处理得如此完美，还不被沉重的责任所压垮。他崇敬她，爱她的一切，所以他才会害怕分手。

这是一个他们永生难忘的夜晚。奥德丽用一只凳子顶住房门后，他们就在冰冷的小房间睁眼到天亮，最后他们相拥而哭。他们彼此都不愿离开对方，但为了自己的事却不得不离开对方。他感到自己应该回去工作，她感到自己应该留下来照料这些孩子，这个决定伤透了他们的心，但矛盾和遗憾更坚定了彼此的决心。她悲伤胜于害怕，第二天，她交代过林蔚之后就送查尔斯到车站。她穿着在北京买的奇怪的衣服站在他身旁。他用一双湿润的眼睛望着她，无法忍受火车进站时发出的嘎嘎声，这列火车经北京开往青岛，他再乘船回上海，然后就前往西方。最后一次亲吻时，他们脑子里都空空的，只有他感觉到她呼唤自己名字时的呼吸声。他们最后还是要分别，她却少不了他的陪伴。

"我爱你，查尔斯，永远。"她泣不成声，"我们很快会见面的。"但是在此刻，就连她自己也觉得这是一个空洞的承诺。

他的心都要碎了，他对她是如此渴望。他不能留下她……不能……两个全副武装的日本人正在车站上巡逻。他又望着奥德丽说："奥德丽，如果你同意我可以乘下次列车，和我一起走吗？"但她依然摇头，怀着不忍见到他离去的痛苦而闭上了眼睛。她突然怀疑自己能否再见到他，突然间，她觉得从此自己将再也见不到他了，而他也完全能了解她此时的想法。

"替我向维奥莱特和詹姆士问好！"

没有回答。他的喉咙好像被一团东西堵住了，他只是拥抱着她，直到站长嘹亮的声音响起时，他们知道这声音意味着什么。就在那一瞬间，他们都感到全身掠过一阵恐慌、遗憾和忧虑。她无法忍受他即将离去的现实，却不能不忍受。她感到束手无策，但又不能一走了之。他们的弱小无助才会令她放弃一切而留下来，放弃了这个自己深爱的男人。就在他转身的一霎那，她的心彻底地碎了，他奔跑了几步才跳上正在启动的火车。他伸出手只想把她拖上车，可以不要任何行李，但她站着一动未动，泪流满面。他探出头去看到朝自己挥着手的奥德丽时，眼泪止不住地哗哗流了下来。

十五

哈尔滨的气温越来越低，牛奶和水都不能放在室外，要不然马上就结成冰。孩子们也无法到室外去玩耍了。迎来十二月份时，奥德丽从未感到如此寒冷过，修女还没有来，查尔斯是对的。这里没有美国那样正常的生活，每一件事都不朝它应该进行的方向发展。

有好几次日本人来查看她的照片，并问她会逗留多久，每次她都给予相同的回答："直到有修女来。"他们似乎对她挺放心，便就随她去了。其中一个日本人曾注视了林蔚好长时间，他的伙伴用日语大声说了一番话后，他们就再也没有出现过。奥德丽警告怒气冲冲的林蔚，今后要多加小心。奥德丽发现自从自己来了之后，林蔚一直穿着宽松的衣服，现在她的身体变得圆鼓鼓的。到了十二月，她才低着头泪汪汪地求奥德丽别把她瞒了很久的这件事告诉她的妹妹。她说她曾在六月被一个日本兵奸污过。她想了想后又说，也有可能是五月，这就表示她的孩子将在明年二月或三月间出世。奥德丽听后叹了一口气，她希望那个时候自己已经回去了。两个月来，她给查尔斯写了半打的信，又向祖父叙述了漫长的冒险经历，乞求他能原谅自己长久在外逗留，还答应他今后不再这么做了，并感谢他最终能接纳自己回家。她感到自己对他灵魂的一种渴望。她虽然答应了祖父，但何时能与查尔斯相聚又令她疑惑。她相信同样的经历今后不会再有第二次，她庆幸自己拥有了一段这样的历程。从某种程度上讲，她的行为令人心悸，一旦布朗夫妇把这件事传了出去，就会从此玷污了她的名声。但她现在牵挂的不是这些事，而是查尔斯。她对过去发生的事从未后悔过，不论面临什么难以解决的问题，他仍是她唯一至爱的男人，他们的命运最终将会连在一起。虽然身处荒凉寒冷的满洲，只要一想到他，她的心就会笑，就会歌唱，她的手指上依旧戴着他送的戒指。奥德丽突然记起还有两天就是圣诞节了。

在圣诞之夜，她给孩子们唱起了颂歌，大多数孩子只懂得法语，林蔚姐妹知道一首叫《寂静的夜晚》的歌。她的歌声把所有的孩子都迷住了。夜深了，奥德丽把他们都塞进被窝，又吻别了他们。因为没有药品和暖气，有三个孩子已经咳嗽了好几个星期，奥德丽因此十分担心。她让其中两个孩子和自己一起睡，他们总是不停地咳，整个晚上她一直抱着他们。第二天，一个孩子好多了，但另一个孩子却红肿着眼睛，目光呆滞。林蔚问他话，他什么也不回答，于是她马上把这件事告诉了奥德丽。

"他恐怕病得十分厉害，我们叫医生好吗？"

"好的……好的……"她非常感谢林蔚的帮助，这个女孩完全不像个孩子，她对这些孩子和奥德丽献上了自己无限的爱。她把自己珍藏着的唯一一件宝贝——她母亲留下的精致的绣花手帕作为圣诞礼物送给了奥德丽。奥德丽拿着手帕激动得泪流不止，她紧紧地拥抱着林蔚。这里的生活给予她快乐，何况现在她不能再回头了，她和这些孩子的命运已经联系在一起。如果救援的人不来，她已准备和他们共生死。现在唯一让她担忧的是那孩子的喘气和苍白。她把两块浸了雪水的毛巾放在他发烧的额头上后，就一直等候去请医生的沈瑜。她没有叫林蔚去是怕伤着她和怀着的孩子。

几小时后，沈瑜才领着一个瘦小的留着长须的男人回来。

奥德丽听不懂他的当地话，沈瑜和林蔚一直低着头不敢正视他一眼。等他一走，她们便大哭起来，奥德丽坚持要她们把医生的话告诉她。

他说"他活不过明天"。她气愤地指责他根本不配做医生。她穿上了衣服就冲了出去，她要找一个当地最好的苏联医生，可是他不在，她被提醒说今天是圣诞节，她只能请求他们，一旦医生回来务必请他到孤儿院来一次。但是他没有来。那时候除了父母亲之外，没有谁会在意一个中国孩子的生死。就在当天晚上，当那孩子在奥德丽的怀中死去的时候，林蔚、沈瑜、奥德丽和一些较大的孩子都真正明白了这个道理。接下来的两个星期里，又有四个孩子相继死去。奥德丽怀疑是染上了喉头炎，她为自己的无能为力而觉得愚蠢。

现在只剩下十六个孩子，实际上只有十四个孩子，因为林蔚和沈瑜不但不需要照顾，相反还是好帮手。自从另外的两个男孩和女孩死后，她们俩一直心事重重，这五个孩子都不到五岁。奥德丽抱着其中一个刚满一岁的最小孩子时，心中不停地诅咒上帝的无能，而现在她又开始为林蔚的孩子担心了。林蔚自己还是个孩子，纤细消瘦，薄薄的嘴唇，还有一双细嫩的手。她现在已经能稍许听懂奥德丽的话了。她喜欢开玩笑，别的孩子饥饿或悲伤的时候逗他们笑，还努力向奥德丽学习英语。她显然在语言方面很有天才，从修女那儿学会了法语后，现在又学习英语，她还能说好几种地方语言。自从日本人来了之后，她又掌握了他们的语言。查尔斯至今杳无音讯。虽然路途遥远，但奥德丽认为应该能收到他的回信了。最近祖父倒是有封来信，虽然他明显表示出对她所做的事气愤异常，却没有禁止她回家。他不敢这么写，因为他生怕她会把他的话当真。奥德丽读信时似乎见到了他暴躁的样子和握笔颤抖的手。但有一点奥德丽可以肯定，那就是他是因为激动不是出于健康状况才造成笔迹抖动的。她回了一封充满悔恨之意的信，她答应等修女们一到就回家，并且确信她们一定会来的。圣诞节后，她又给法国发了份电报，询问她们处理这件事的进展情况，但是一直没有得到答复。她简直无法忍受满洲的冬天。她不再允许林蔚外出的理由是寒冷不利于她的孩子。现在林蔚挺着的肚子再也瞒不过她的妹妹了。

有时候，她因自己没有怀上查尔斯的孩子而羡慕林蔚。当她生活在这个处处受到限制的遥远陌生的国家时，是多么思念他啊！她日复一日地躺在修女的小床上，回忆起他们共同拥有的白天夜晚和笑声……无止境的火车旅程，北京的奇观，东方快车上的陶醉的日子……还有他们曾经热烈的爱……奥德丽感到失去他之后，自己是如此孤寥寂寞。

十六

圣诞之夜奥德丽写的信，四个星期后才到达查尔斯的手中，晚上他坐在伦敦家中的客厅里读着她的来信。他在点燃的炉火旁，一边喝着白兰地，一边反复读着关于那孩子的死和林蔚这孩子。他已经责怪了自己一百万次了……不该不强迫她回来而把她留在哈尔滨……不该不和她结婚……不该把她留给日本人……不该……他从未有过一刻的安静。最后，他绝望地把这个令人震惊的故事告诉了詹姆士。

"这太出乎意料了，维奥莱特两个月来非常担心。她太莽撞了，这个姑娘有时候真叫我感到惊奇。"他笑了，"她几乎总是正确的，如果我是你，我就什么也不告诉她，这会令她很为难的。"查尔斯笑了，笑维奥莱特的无所不知。

"离开她是个极大的错误。我简直连想都不敢想一下她可能面临的困境，我离开上海时才完全清楚了，我是疯了。"

"你还有你自己的生活，查尔斯。"詹姆士总是充满同情心，"你不能期望自己明年去满洲照顾那些孩子。虽然我承认自己很敬佩她，但这件事不该由她负责。如果你告诉我她留在那里为了拍照，我还能相信，但是她……"他对老朋友笑笑。

但詹姆士对妻子讲述了这件事之后，她转变了对查尔斯的赞赏。

"他做了什么？"她的尖叫声引起了詹姆士的惊讶，"他把她留在那里？在被占领的满洲？他疯了吗？"

"亲爱的，她毕竟是个成熟的女人，她有权决定的事，所以她才这么做。"

"那么他为什么要离开她? 是他把她带走的, 他有义务留在她的身边。"

"去哈尔滨显然是她的主意, 而且她决意不离开那些孩子。"

"但愿如此。"维奥莱特心里十分明白, 她早就把奥德丽看作一个高尚的人。

"他也不能违背合同的规定, 完全放弃他的职责。"尽管他已经原谅了查尔斯, 查尔斯却仍把自己视作一个极端自私的人。虽然她的来信中毫无责怪之意, 但他没有一天不自责自己, 特别是圣诞之夜的这封信表明她非常脆弱, 渴望着他的爱, 而且焦急地等待修女的到来。她已经在那里住了两个多月, 一定十分急于回家。

查尔斯尽量多给她写信, 但每次又觉得无话可说。作为一个作家, 他一贯善于措辞, 但每当他静下来写上"我亲爱的奥德丽……"之后, 脑中就是一片空白。他能说些什么呢? 对她无尽的歉意? 最新一本书获得的巨大成功? 还是春天被邀请去印度、秋天去埃及? ……维奥莱特夫人和詹姆士希望他明年夏季再去他们那里? 全都是些愚蠢、毫无意义的事, 他只有无尽的思念。他一直在回忆着临走前她的话:"如果那些是我们的孩子……"对林蔚孩子的叙述, 使他明白她向往着他们的孩子。他目前的苦恼就是他也希望他的孩子。现在让她嫁给自己, 或叫她跟随自己去印度、埃及都是毫无意义的事。她不能去, 她要回家。他暗暗埋怨安娜贝尔要奥德丽抚养她的孩子, 照料家庭, 为她做一切。奥德丽还有什么时间安排自己的生活呢? 他何时才能见到她? 这种想法时刻折磨着他, 使他每天喝完一瓶白兰地后才能入睡。他回想起在威尼斯和南京, 还有上海的夜晚，他便无法忍受寂寞。他的时间只用来工作和思念她。他几乎是足不出户，维奥莱特不再责怪他把奥德丽独身留在哈尔滨。他瘦了许多，眼睛陷了下去，詹姆士非常担心。

维奥莱特最后自己给奥德丽写了封信，奥德丽收到后十分激动。因为她的朋友毫不怀疑她对查尔斯的爱，以后，她又常常给奥德丽去信。一收到奥德丽的回信后，她又马上打电话给查尔斯。

"她说了些什么？"已经是二月中旬了，他的声音在电话里显得很可怕。

"她写信时，修女还没有到。不过现在她们应该到了。我真心希望如此，可怜的姑娘，她是我见到过的最勇敢的人。"维奥莱特举办了一次晚宴，并邀请了查尔斯和他的出版商，著名的亨利·比尔兹利。她曾经见过他，也颇为喜欢他。他是一个有权势、脾气暴躁但头脑敏锐的男人，举止有些粗鲁。他在餐桌上的一番讲话，使詹姆士感到和这样的人结交十分有趣，在他们贵族的圈子里，他可谓是"新鲜的血液"。这次令比尔兹利惊讶的是，他们竟也邀请了他的女儿夏洛特，她是个二十多岁的迷人姑娘，穿着最新式的时装。尽管这些时髦衣服比不上古典的服装漂亮，但她看来仍因精心打扮而显得光芒四射。她在美国的瓦萨大学取得美国文学硕士学位，这对于她父亲的事业很有帮助。她的父亲因为她而感到自豪，维奥莱特对她还待字闺中颇为惊讶。她坦白地承认自己已经二十九岁了，而她的父亲也已丧偶。

"实际上，我更喜欢上法学院。"她在餐桌上回答维奥莱特的问题时，朝查尔斯笑笑。美国的大学对她总是具有吸引力。"但是父亲反对，他说家里不需要一个小律师，而更需要一位总经理。"父女间交换了一个会意的微笑。出版界里的人都知道他在培养他的女儿。查尔斯曾经碰到过她，但更多的是她和她父亲一起处理公务，而没有像今晚这样给他留下过深刻的印象。她艳丽而且愉快，而维奥莱特看得出她对查尔斯相当感兴趣。

"哦，上帝……"晚上临睡前，詹姆士指责维奥莱特，"你总是想象出浪漫的气氛。"

他饶有兴趣地望着她，他欣赏他的这位伴侣甚于他所认识的任何人。他们的关系并不限于丈夫和妻子，他们还是多年的至交。

"坦白告诉你，亲爱的，我也不知道。如果你真想了解我的想法，我可以告诉你，我觉得她冷得像一块冰，而且看得出她喜欢查尔斯，二十九岁，异常精明，又有钱，她该有个合适的好丈夫，查尔斯是个好人选。"

"天啊，你真是不浪费时间，我希望她不要像你这样分析得头头是道。"

"不要太自信了。"她穿着粉红色的丝绸浴衣，带着一股法国香水味飘过了浴室。

两个星期后，当詹姆士偶然碰到查尔斯正和夏洛特·比尔兹利共进午餐时，他不知维奥莱特对此是否会更敏感。

"非常高兴再次见到你，比尔兹利小姐。"闲聊了一阵后，他就走到房间另一边和朋友共进午餐，但他注意到自己走后，查尔斯轻松了许多，并过得十分愉快。第二天他问起这件事时，查尔斯说成是一切归于公事。

"她很漂亮。"当他们在俱乐部的炉火前伸展双腿时，詹姆士故意这么说，查尔斯笑了。

"不要傻里傻气的，你还应该告诉维奥莱特，可以停止这场游戏了。夏洛特替她父亲处理我的合同事宜，我的工作明确而直接，和她一起处理问题我从未觉得有什么不妥，她和我的代理人、朋友的关系也十分融洽。"听了查尔斯坦荡的话语，詹姆士坚持认为这次是维奥莱特错了。但是维奥莱特还是不相信。

"不要太傻了，维奥莱特，我可以告诉你，这些天来他只想着奥德丽，最近有她的消息吗？"已经是三月，她们都在怀疑她是否还能离开哈尔滨。

而奥德丽几个星期以来也在问自己同样的问题，寒冷仍然持续着，离林蔚生产的日期却越来越近了。

十七

三月中旬的一天，正当奥德丽躺在床上回忆着和查尔斯在一起的岁月时，从楼下厨房里传出砰砰声和轻微的碰撞声。她便警惕地坐起身继续听着，猜测是否是讨厌的土匪到这里来藏身。她挺直了身体，握紧手中林蔚几个月前给她的那支枪。奥德丽不知道她是从哪儿弄来的，也没有问她，只是感到非常高兴。

又传来一记沉闷的碰撞声，然后是重物被拖拉的声音，现在可以完全肯定的是这幢房子还有别人。她披上修女留下的羊毛外套，蹑手蹑脚地走出房间，林蔚也正领着一半孩子蹑手蹑脚走出他们的房间，因为怀孕，她已失去苗条的体形。奥德丽挥手示意他们回房间去，对被砍去头颅的修女的回忆，促使她保护他们。自从她住在这里之后，没有发生过战争，日本人却加紧了对他们的控制。现在她的注意力全部集中在侵入他们住宅的那一个人身上，她轻轻走下楼去，握着子弹上了膛的手枪，准备对付任何来人。她全身的神经都绷紧了，眼睛紧紧盯住了黑糊糊的厨房。听着自己心脏剧烈的跳动声，她简直有些怀疑是否还有保护自己的能力。突然，她看到窗边的人形和他发出的沉重呼吸声，放在扳机上的手指便迟疑了一下。她知道应该毫不犹豫地杀了他，但是，他的声音恰好这时在黑暗中响了起来。他发现自己已经暴露了，以为对面是个修女，就用法语开了口。

他发出了一声痛苦的咆哮声："我不会伤害你。"奇怪却清晰的发音是她从未听到过的，但是没有人能证明他是否心怀不轨，是否在撒谎。

"你是谁？"她的声音很轻，心却在猛跳。

"常将军。"他清晰地回答她，但她仍没有放下手枪。

"你在这儿干什么？"

"我受伤了。"接着是一阵沉默。她拿起一根蜡烛，一只握枪的手仍然对着他，另一只手艰难地点燃了蜡烛。

她警告他不许乱动，就举起了蜡烛。她看见一个中等身材的男人，像是个蒙古人，他站立的地上有一堆雪水。在晃动的烛光下，奥德丽突然发现他肩膀上有一条巨大的伤口，而他裹着血淋淋的破衣服，站在那里尴尬地望着自己。他背着一管枪，身体旁是一把剑，另一边是一排子弹，自己却空着双手面对奥德丽，他只是小心谨慎地望着她，问她是否是圣·米切尔教堂的修女。她不知该如何保护自己，但还是决定说实话，便摇了摇头。听见林蔚在楼上走出房间的声音，她十分担心这个人会伤害林蔚，其实他也同样害怕拿着手枪的奥德丽。

"今晚我能住这里吗？"他用法语问道。奥德丽有一种奇怪的感觉：他曾经来过这里。他的话证明了奥德丽的猜疑。

"我可以像以前那样藏在地窖里。"他带着请求的语气，他的皮毛帽子旁有一圈圈金线，尽管血迹弄得他衣冠不整，奥德丽还是发现他的茄克衫十分考究。她觉得对他的请求应该慎重，免得孩子们遭受意外。

"你说你是个将军？"

"我是我管辖地的将军，属于国民党军队。"这么说他是蒋介石的人。正当她在想究竟什么叫管辖地时，他及时回答了她："我们是在与一些蒋介石的部下会面，不料遇上了日本部队。另外还有三个人在教堂里等我。如果你不留我，他们也可以帮助我，用不着害怕。"他出人意料地显得很有礼貌，而且法语也相当流利。"修女们以前允许我留在这儿，我一共来过两次，但我不愿给你和孩子们带来危险。如果你一定要求我离开，我会走的。"他尽量想挺直身体，但伤口的疼痛使他几乎绊了一下。

"有人看见你到这儿来吗？"她刚想作出决定，沈瑜跑下来站在了她的身后想说话，但被她及时制止了。林蔚还留在上面，使她宽慰了些。

"我想没有，小姐。"他显得十分虚弱。她看到一条很深的伤口。

"我们不会带给你们麻烦，我们只在这儿休息到深夜，而且一定走回去。"

看来他们的任务已经完成了，但奥德丽还是不放心，如果有日本人来报复怎么办？为了孩子们，她一定要维持目前安定的状况，但这个人似乎伤得十分厉害。

"放下你的武器！"

"什么？"他显然觉得十分意外，沈瑜仍想下楼，又被奥德丽制止了。

"我说放下你的武器，你的手枪、子弹，还有剑，否则我不会让你留下。"他带着深邃的目光望了她好一会儿。

"你是准备让我留下吗？"

"我不知道你究竟是什么人，我不能让你伤着了孩子。"

"我不会给你们带来麻烦的，我的人可以藏在外面的棚子里，如果你允许，我就呆在地窖里。我是个将军，小姐，我是讲信用的。"他彬彬有礼的态度与这个场面十分不和谐，但奥德丽觉得还是不能放松警惕。她只听过他一番简单的自我介绍，他可能是一个土匪，但他们也可能并没有要伤害她和孩子们的企图。

"我已经许诺过了，你和孩子都会安全的。我只需要几个小时用来恢复体力。"在他明白自己不可能赢得这场争论后，只好放下枪、剑和子弹，其实他的衣服里还藏着一支枪，袖子里还有一把锋利的刀，但他并没有加害她的意图，同时他也不能让自己完全手无寸铁。他知道一旦她再迟疑片刻，那一定是在怀疑自己是否还有别的武器。

"我如何知道你不会伤害孩子们呢？"

"我已经作出保证了，小姐，我们不会伤害你。"

"你的人呢？"她仍然记得第一次和查尔斯到那儿时看到的被砍了头的修女。

"我会命令他们尽快藏好，不会被人发现的，我保证。"说完就对她笑了笑。他有一张特别而有趣的脸，眼很小，颧骨突出，和奥德丽在这里、南京、北京、上海见到的中国人完全不同。

"我们熟悉这一切。"

她却想，要是他真的熟悉就不会受伤。

"你需要上点药吗？"她仍然警惕地站在楼梯上，叫他从扔武器的地方往后退。他侧着身子沿着墙壁走到了厨房的另一头，她的枪仍然对着他。她走过去拾起地上的武器，后又退回到楼梯口。这时她听到沈瑜的叫声，这个孩子一定是被这一幕吓坏了，她回答沈瑜说，自己仍然在这里，之后又把注意力转回到常将军的身上。

"如果你有干净的破布……"他犹豫地说，"不用了，这样也行……"他指的是已经被血湿透了的毯子。奥德丽抬高了蜡烛看了看他的伤口，她发现他没有魅力，也不知是否可靠，但他的眼光是诚实而坚定的。

"我可以告诉你，小姐，我自己也有孩子。我以前来过这里，修女们都认得我，我年轻时在格林纳堡上过学。"

她开始有些相信他了。

"我会给你干净布条，还有吃的东西，但今晚你必须离开。"她坚决地说道。

"我已经保证过了，我去跟部下说。"没等她开口，他便走了出去，她只看见一个影子直冲出去后，停在孤儿院和小教堂之间。趁此机会，她把两条毛巾撕成布条，倒了一碗水，又切了几片奶酪、面包和肉片，见他一走进屋就指了指桌上的东西。她另外烧了一壶水，是准备给他泡绿茶用的。他虚弱地在桌边坐下，然后感激地望着她："谢谢。"他迟疑地吃起了肉片和奶酪。他非常疲倦，但奥德丽不敢帮他包扎伤口。他放下毯子时露出了可怕的伤口，伤口很深，红肿而且皮开肉绽。他从口袋里拿出一罐粉末，在奥德丽递过去的湿毛巾条上洒了一些。奥德丽清洗完伤口后又帮他包扎好。

分娩持续到下午时，奥德丽一定要林蔚准许她看看孩子是否出来了。这个姑娘悲伤地哭了起来，奥德丽对自己的无能为力感到非常哀伤。现在一切都太晚了，林蔚分娩了十二个小时，可是连孩子的头都看不见。

沈瑜替奥德丽照顾了一天的孩子，晚上又安顿他们上床。她不时地想来看奥德丽和她的姐姐，都没有得到奥德丽的允许。一天来，林蔚什么也不吃，甚至连茶也不喝一口。奥德丽心情混乱，连半夜里将军走进房间的脚步声也没听见。当她看见倒映在墙上的影子时，尖叫了一声，拿枪已经来不及了，只能转过身去面对他，但是他显得非常平静。

"不要害怕，"他扫了一眼这个挣扎在痛苦中的女孩后问奥德丽，"是一个孩子？"

奥德丽点了点头，女孩一直在哭泣，已经过去十九小时了，但始终未见任何进展。"被日本人糟蹋了。"

"畜生。"他轻声骂了一句，闷热的房间里充满着林蔚的汗臭气。疼痛似乎一直没有减轻过，最后一小时里，奥德丽只好陪着她一起哭。她感到从未有过的无助，她瞥了一眼将军，后者正望着林蔚。"她太辛苦了，"他似乎能理解这件事，尽管他遵守了诺言，一直藏在地窖里，但是他们仍然不太信任他。现在不知能否帮助她一起把这个孩子生下来。

"她已经分娩了整整一天，整不多有二十四小时了。"奥德丽完全绝望了。她一直在为林蔚担惊受怕，更糟的是，除了握住她的手和等待之外，奥德丽没有丝毫能力可以减轻她的痛苦。

"你能看见孩子的头吗？"

奥德丽摇了摇头。然后他点着头说："她会死的。"他声音很轻而且十分镇静。在他四十年的生命历程中，亲眼见过无数次的出生、死亡、战争、绝望和饥饿。经过休息，他的气色好了许多，但奥德丽对他的话非常生气。

"你怎么知道？"她压低着声音。

"死亡已经写在她的脸上，我第一个孩子整整三天才出来，是个儿子。"他神情严肃，"可是她太虚弱了，而且又年轻，所以我知道。"他眯起眼睛扫了一眼这个美国女人。

"我们应该有个医生。"

他摇了摇头："他们不会来的。他们有能力救这个孩子，但是没有人愿意帮助一个日本人的私生子。"

"你什么意思？"她的目光从将军那里又移到了林蔚身上，她在怀疑他是否也希望她死去。

"需要帮忙吗？"

奥德丽对怎样分娩孩子，毫不知晓，现在她后悔当初没有听听妹妹的叙述。但是安娜贝尔分娩时使用了麻醉，因而一切顺利。这里却完全不同。她转过身，面对着常将军，他在思考下一步该怎么办。

"你可以剖腹。用一把干净的剑。这件事应该由一个女人或一个高尚的男人来干。既然你全都不懂，那我可以帮助你。"

"你能吗？"

"我看过一次，是在我妻子生第二个儿子时。"

"她被救活了吗？"奥德丽的唯一的目的就是要拯救这个女孩，帮助她把这个带给她这么多痛苦的孩子尽早生出来。沈瑜又轻轻地敲着门，奥德丽不想让她见到将军和在痛苦中挣扎的姐姐，所以又把她打发走了。

"是的。"他点着头回答说，"她活过来了，孩子也活了。如果我们快点行动，也许这个女孩也会安然无恙的。"他走到林蔚身边，轻轻对她说了几句话，又看看她隆起的腹部。突然，又一次阵痛开始了，他一阵叫喊之后使劲按了下去，女孩竭力反抗着，并起手打他，但他又重复了两次。奥德丽担心他这样用力会把林蔚压死的，但不久，她看见了婴儿长着黑头发的脑袋。

"我看见了。"

他没吭声，又按了两次，孩子圆圆的脑袋开始露了出来。

他退后一步对奥德丽说："我们需要一些干净的毛巾、床单和布条。"

当她捧着满手的东西回来时，看见他把一把刀在蜡烛火焰上来来回回地烧，这样能起到消毒的作用。她明白了他并没有交出全部的武器，可是这时她没说什么。他遵守了自己的诺言，而且帮助了林蔚，她觉得自己永远欠了他的情。他高高地举起了刀口，奥德丽不知道用刀干什么。

"看看头是否又出来了。"

自从他停止了挤压之后，情况并没有进展，这个可怜的姑娘却哭得更厉害了。"夹紧你的腿。"他坚决严厉地说道，事实已经使奥德丽相信眼前的这个男人，何况现在除了他，没有人可以帮助自己。

"你准备对她做什么？"奥德丽又害怕起来，但他的目光使她感到安心。

"我试着开个口子好让孩子的头先出来。快点，别让刀子冷下来。"奥德丽迟疑了一下，就在林蔚身边坐下，背对着她的头，把她的腿用力朝后拉。林蔚反抗不过他们两个人。奥德丽看着他熟练地操着刀。原先没有血，然后一刹那间，大量的血喷在准备好的毛巾上，他又要求奥德丽重复刚才挤压的动作。奥德丽还因为轻手轻脚遭到了他的斥骂。只有上帝才知道这个男人究竟杀了多少人，现在却和奥德丽一起在为一个新生命而奋斗，奥德丽屏住气使出了全身的力量。他加热了刀片后又切了一刀。伴随着林蔚凄惨的叫声，慢慢地孩子的耳朵、鼻子和嘴巴，然后整个头都出来了。奥德丽惊奇地望着眼前的情景，在他的命令下继续推着。大量的流血和剧烈的疼痛才让林蔚安静下来，她还不知道自己的女孩已经降临了，将军胜利地举着刀，仿佛刚才接生的是自己的孩子，并宽容地朝奥德丽笑笑。他们迅速用毯子把孩子包起来，用干净的毛巾把她擦净，当孩子发出第一声哭声时，眼泪顺着奥德丽的脸颊渐渐流了下来，窗外已经露出了微弱的几缕晨光，从午夜一直辛苦到现在，是将军拯救了林蔚和她的孩子。但他仍然紧锁着眉头，检查林蔚的伤口。他望了一眼奥德丽，没有把自己的担心告诉她。孩子是救活了，这个姑娘血流得太多了，活下来的希望十分渺茫。

"你必须把伤口缝好。"他静静地告诉她，奥德丽很快把仅有的一根针和一团粗粗的白线拿来。照他的办法在蜡烛上烧针头，这是她有生以来做过的最艰难的一件事。她颤抖着手，每缝一针都在为这个姑娘祈祷。世间竟是如此不公平。她不能死去，眼泪完全湿润了奥德丽的眼睛。她花了好长时间才做完必要的准备，然后她用冷水把孩子洗净，再用一块干净的布擦干。将军好像在抱自己的孩子，没人把她看作一个日本孩子，她只是一个新的生命，是他们的孩子，是他们辛劳了一个通宵才拯救的生命。"你干得非常好。"他和善地望着奥德丽说道。林蔚的脸色非常苍白，奥德丽充满忧虑。

"她太苍白了。"

"血流得太多了。"他的肩膀也曾流了不少血，但他毕竟是个男人。他低头望着手中的孩子，想起他自己的孩子出世时怀抱他们的情景。那是很久以前的事了，他十八岁的大儿子已经去打仗了，可是感觉依然如昔，依然害怕一个新生儿从母体中诞生时可能出现的如同今天的情况。

"你会好起来吗？"奥德丽熄灭蜡烛时发出了噼里啪啦的响声，天已经完全放亮了。

"我不知道。"他看了看孩子，"如果母亲不能喂，她必须喝些牛奶。"奥德丽便叫沈瑜去拿些牛奶来。将军却认为羊奶更易被吸收。但是，他们没有可用来哺乳她的瓶子，于是一个奇迹很快便出现了。他们找到了修女的一只皮手套，奥德丽把它放在水中煮沸后，就往里倒入羊奶，孩子快活地吮吸起来，过了一会儿就入睡了。奥德丽望着林蔚，知道经过这场折磨她再也不可能醒来了。

天亮了，将军只好又回到地窖里呆了一天，这件事只有沈瑜一个人知道。奥德丽每隔几小时就为孩子喂一次奶，并一直照看着呼吸微弱昏迷不醒的林蔚。将军夜里再回到房间，替奥德丽照顾孩子，并看着林蔚在奥德丽的怀中咽下最后一口气。奥德丽就这么一直抱着她，她感到自己拥有一个可爱的孩子，并替这个失去母亲的孩子而痛苦。她想到了自己的母亲和林蔚这个无依无靠的孩子就感到悲痛欲绝。在这个世界上没有一个人再会爱她，这个世界的女孩子只可以换得一袋黄豆或一袋米。奥德丽流着泪掩埋了林蔚后，紧紧地依偎着她的孩子。将军走下楼去为她们烧了一壶茶。破晓时她才把事情告诉了沈瑜，这个女孩立刻扑倒在她的怀中哭了起来，这不禁使奥德丽想起安娜贝尔在父母去世后的样子。常将军一直注视着她们。他已经停留两晚了，每当他要走之际，总有事阻碍他，当他再次准备离开时，就简短却急切地对奥德丽说道：

"我必须在夜幕降临时离开，我的人会不耐烦的。"她曾为他们送去了一些食物，但没有看见他们。既然他实现了自己的诺言，她就不必再担心他，不只因为他提供的帮助，而且他们之间建立了谁也忘不掉的联系。这种联系在他们之间产生了特殊的东西。

"谢谢你的帮助。"她深深地望着他，向他致谢。

"这孩子怎么办？"他面带奇怪的目光，对她产生了好奇。从很多方面讲，她是个不同寻常的女人，况且他还不清楚她究竟是怎样来的，为何千里迢迢来到这里，而且负起了照看这些孩子的责任。"你会抚养她吗？"

奥德丽探寻着他的目光："我想她会成为他们中的一员，在这个孤儿院里，她和别的孩子没有区别。"

"但是你呢？你没有不同的感觉吗？你不是看着她降临人世的吗？"奥德丽慢慢点了点头，他是正确的。孩子出世后的感觉是不一样了。她祈祷的一部分已经实现了，然而林蔚已不能拥有这个孩子。

"或许有一天你可以带上她，给她一种更美好的生活。"他这么希望着，他不愿奥德丽离开中国时把这个孩子单独留下。

她叹息着，因为这是不可能的事。"我也希望如此，但是我不能，修女一到我必须走。"她的眼光是在乞求他的谅解。

"你会把她推入这个饥饿和愚昧的世界，小姐，如果你带上她，她会走运的。"他的一双大眼睛竟如此吸引人。尽管他来自另一个世界，但她仍有一种相识多年的感觉。他悲哀地笑着："我希望看得到这个孩子的将来。"他实在太清楚，如果奥德丽放弃这个孩子，那她将来会有怎样的命运。

"你还会回来吗？"

"这是我的职责，但是这个孩子在这里一个亲人也没有，况且她是半个日本人，所以没有人愿意收留她。"她刚刚诞生，他就已经看到了两条不同的人生之路。"也许有一天人们还会为此而杀了她。救救她，小姐，在你走的时候带上她。"他的逼迫惹烦了她。她现在根本不愿涉及这个问题。林蔚刚死。她还有别的孩子，不只是眼前这个。

"其他孩子呢？"

"以后你还可以找到他们，但是她不同，或许她现在就是你的孩子了。"这天晚上，奥德丽一直把孩子抱在胸前回想他的话，她发觉自己已经离不开这个孩子了。他们应该把林蔚的死告诉政府。于是她用毯子裹起孩子，把她放在棚子外面。她准备明天等他们走后一个人去报告。但是一整天她一直被常将军的话弄得恍恍惚惚。晚上孩子们都睡着后，常将军轻手轻脚地走进她的房间，他要回了他的枪和剑之后，便长时间地注视着她。他敬重这个女人，又不知他们何时才能再相见。她比他在格林纳堡时遇到过的所有女人都要美丽。他年轻时曾经渴望过这样的一个女人，而面前的她似乎在提醒着这已经是不可能的事了。

"我们也许有再相见的一天。"他不可能期望更多，他要回到一个永远不适合她的世界去。

"你现在去哪里？"她的眼光中充满着担忧、关怀、敬意和感动。

"回到山那边。我们还会回来的，但那时恐怕你已经不在了，已经回到了你自己的国家了。"他们相互凝视了许久。

"小心你的肩膀，将军。"

他笑了笑，又低头望了一眼她怀抱中的那个孩子，她满足而温暖地躺在那里，活像个小天使。

"小心照料我们的孩子。"他低声说道，抚摸着她的脸颊，用自己的目光拥抱着她，然后一转身离去了。奥德丽听见雪地上微弱的嘎吱嘎吱声，随后便消失了。她躺下来在寒冷中怀抱这个孩子，回想着他刚才的话……小心照料我们的孩子……我们的孩子……想到这些，她心中涌起了一股从未有过的爱，对臂弯中这个熟睡的孩子的爱，对拯救了孩子生命的将军的回忆。奥德丽在枕头上睡去了……胡乱地梦见了祖父、孩子、查尔斯……还有将军。

十八

莫利两个月大的时候，那个曾为他们开过车的司机带着两个穿着厚厚藏青色宗教衣服、抱着黑色袍子、头戴白帽的修女来到了孤儿院。她们不是来自法国或日本，更不是来自中国的其他地方，而是从比利时经过长途跋涉才来到这里。一个月前的电报说，她们正在赶路，但那时只有上帝知道她们何时能到。她们只看见奥德丽而不见自己的姐妹时感到十分惊奇。

当修女得知奥德丽是如何来到这里后，便被她的正直行为感动。她该走了，但一想到即将别离，她就忍受不了。沈瑜已经开始教她学习中文，她用生疏的中文向她讲述了自己遗憾的心情，这个女孩面带着悲伤的目光，她已经失去了所有她爱着的人，父母、兄弟、姐姐，现在又是像守护天使般的奥德丽。

"莫利会在这儿陪你的，沈瑜。"但是沈瑜很快摇摇头，脸上露出可怕的神情，她已经满十二岁了，自从奥德丽来后，她又成熟了好多。

"莫利，坏孩子……坏孩子！"

"你怎么能这么说？"奥德丽用法语说道。对于沈瑜的反应她十分惊讶。

"她不是中国孩子，也不是上帝的孩子，她是日本人，就因为林蔚怀了日本人的孩子，上帝才惩罚她，让她去死的。"

"谁告诉你的？"奥德丽对她的说法感到震惊。

"我自己看出来的，莫利不像中国人，她是日本人。"她凄惨的眼光就像是自己做了什么不光彩的事。

"所有的孩子都是上帝的，你的姐姐非常爱你，沈瑜。"沈瑜没有回答，奥德丽想起了常将军的话，这个孩子会被蔑视或抛弃。奥德丽在收拾行李，沉重的心情在逐渐加深。

下午，她去邮电局发了两份电报。一份给查尔斯，她想告诉他现在自己已经自由了，而且不久就会回到旧金山，为了让他的心情早日舒畅起来，她不想写一封需要好几个星期才能寄到他手中的信。

电报十分直截了当：修女最终到了。很快离开哈尔滨。经横滨回到旧金山。一切平安。永远爱你，奥德丽。给她祖父的电报内容相似，另外还告知说，一旦得知到家的确切日期，会再通知他的。

但是两天后，一个邮电局的男子给她送来了一份电报，她顿时十分紧张。颤抖着手打开了这张薄薄的纸，她担心是否因为在哈尔滨住得时间太长了，祖父出了什么意外。突然她的眼睛湿润了，转过身避开了修女注视的目光。一个修女小声问她：

"是坏消息吗，小姐？"

奥德丽摇摇头，脸上还挂着泪却笑了。"不……不……不是……我原以为是祖父，结果不是。完全是另一件事，我只是太意外了。"她竭力制止泪水，显得非常感动。她拿着查尔斯的电报，回到自己的房间再次读了一遍，然后又散了好长时间的步。她知道应该马上答复他，可是信件太慢了，他应该马上得到消息，她完全沉浸在这个电报中。

"感谢上帝，你回家时能途经伦敦吗？有要事与你商量。能嫁给我吗？我爱你，查尔斯。"这些全是奥德丽希望听到的话，但她还不能嫁给他，至少现在不行。她一遍遍地读着祖父的来信。他的笔迹抖动得厉害，而且他显然已经丧失了对她回家的信心。她绝不可能去伦敦，但是又难以在电报中向他解释这些原因。只要他同意让她尽快回家，她就能解决目前的困境。安娜贝尔对她没能在他们的女儿出生前赶回家极为生气。然而安娜贝尔有丈夫、佣人和婆婆，虽说哈考特的母亲帮不上大忙，相比之下，这里的孩子却没有一个人可以照料他们，安娜贝尔全不理解这一点，其实真正关心自己的并不是安娜贝尔而是祖父。第二天一早，她就给查尔斯发了电报，努力向他说清情况。

"亲爱的，我也想来伦敦，但我不能。祖父需要我，我必须马上回旧金山。你能原谅我吗？我一回到家马上与你电话联络，谈谈你的建议，一个美妙的建议，你能来旧金山看我吗？真诚的奥德丽。"这样的回答显然不会让他满意，她担心他会因此而伤心，但是她又别无他法，她没有一个结婚而不舍弃祖父的两全其美的办法。从现实的方面来说，他希望她留在家里，至少住上一段时间。尽管她最盼望的事莫过于嫁给查尔斯，所以作出这个选择是痛苦的，并且别人会因他的选择而痛苦。

常将军有关这个他们共同接生的孩子的一番话回荡在她的耳边："带上她，小姐。"但是如今她不知道该怎么办。她曾打算带上沈瑜，但沈瑜不愿离开中国，她只熟悉哈尔滨和周围的这个环境，她要和这里的人在一起。她和别的孩子一样已经习惯孤儿院的生活了。奥德丽打电报到上海大厦预订房间。比利时修女到达两个星期后，她准备好一切行李，还有一个晚上就要离开了。

"我们会为你祈祷的，奥德丽小姐。"他们为她准备了一顿丰富的晚餐，孩子们唱起了歌。两个年轻的修女崇敬奥德丽所做的一切。想必第二天一定有一场泪汪汪的告别仪式，因为大家都要去车站送行。

临睡之前，奥德丽告诉两个修女，如果常将军来，她们不必害怕。她第一次把莫利的睡篮放到别的孩子的屋里，这样如果她半夜醒来，修女便会赶来喂她喜欢的羊奶，奥德丽不必再哺养她了。整个晚上，她不得不克制自己不去理会传来的哭声，她知道孩子是在哭着要她。两个月以来，她整日整夜把她抱在怀里，她已经是孩子唯一认识的母亲，如今却要失去她。奥德丽失眠了一整夜，一直在想孩子丝绸般的黑发、大大的眼睛，一看见自己，就张开没有一个牙齿的嘴朝自己笑，一幕幕的回忆撕痛了她的心。

第二天，她鼓起勇气轻声走到莫利的睡篮旁，孩子睁着一双充满疑惑的眼睛望着她，奥德丽再也忍受不了，紧紧地把她抱在怀里，眼泪唰唰地流了下来。此刻，她只想着手中这个自己赋予她生命的可爱的孩子。沉浸在激动之中的奥德丽连修女进房间的脚步声也没有听到。她看着奥德丽哭了一会儿，就走过去搂住了她。

"带上她，小姐，带上她……你离不开她。"

"我知道。"奥德丽转身面对修女时说了这句满怀痛苦的话。修女的眼睛也湿润了，她温柔地望着奥德丽。

"你离不开你如此深爱的人，这个既不是中国人又不是日本人的孩子，在这里的生活根本得不到保障。但是她是属于你的，她在你的心中，这是最重要的。"

"到旧金山？"她早在修女来之前就这样问自己，此刻她的耳边全是将军的声音："走的时候带上她……走的时候带上她……"

祖父呢？安娜贝尔呢？……还有哈考特？……还有查尔斯？他会理解吗？但她只想到这个自己深爱着的小孩，他们是对的，这小孩离不开她。她泪流满面地望着修女，紧紧地依偎着莫利："我该怎么办? 我怎么能带着她? "

淌着泪的修女笑了。奥德丽是她们见到过的最奇特的女人。

"我们收拾好她的衣服, 你就带上, 睡篮、足够的羊奶, 还有你的爱。"

"是不是要为她准备什么文件? 一份护照? "还有两个小时她就要走了, 她突然想带上沈瑜和所有的孩子, 但是她知道自己做不到。莫利不同, 从一开始她就属于自己的, 如果自己就此离开她, 可能再也不会有人爱她了。修女看看奥德丽悲痛欲绝的样子。

"我们会给你一份证明, 证明她是这个孤儿院的孤儿, 你离开上海时向当地政府出示, 他们不会加以阻拦的。如果有你的保护, 答应收养她, 你的国家会让她进去的, 这比你越过这么多国家的边境要容易得多了。"听完了她的话, 奥德丽装点行李的动作也轻快起来。

不到一小时, 他们已经到达了车站, 没有一个人不是两眼泪汪汪的。她在哈尔滨的美国银行里给修女们留了一大笔钱。她还告诉沈瑜, 如果她改变主意, 自己还会来接她的。但是沈瑜拉紧修女的手哭着摇了摇头, 她要留在这里, 她不肯吻莫利, 别的孩子向哭成泪人的奥德丽吻别, 沈瑜是最后一个。当火车慢慢驶进车站时, 奥德丽抱着孩子仍在哽咽。

她知道自己不会再回来了, 也没有这个可能性, 她要远远地离开他们……一群照顾了八个月的亲爱的孩子, 对林蔚的思念……常将军……她看了看手中熟睡着的孩子, 慢慢闭上了眼睛。漫长的旅程开始了, 她即将离开这一群人, 而将回到另一群人中间, 她不知怎样才能在自己的生命中架起这座联系两个世界的桥梁。

十九

奥德丽在上海只住了一夜就登上了"柯利芝总统"号轮船。她从哈尔滨到北京后乘的是一列新卧车直奔上海，她不想浪费时间。上海只令她想到查尔斯，想到他们在这里度过的时光。自从她发出那份不能去伦敦的电报后，就再也没得到过查尔斯的回音。然而她现在还有别的事要操心。修女办到了她们答应的事，她们在哈尔滨出具的莫利的出生证明使当地政府感到满意。奥德丽顺利地把她带出了国境，甚至日本人也放过了她们，一切进行得如此顺利，是她没有料到的。登上"柯利芝总统"号之后，她才轻松地吐了一口气。快到六月了，她离开家已将近一年。她发了份电报，把船名告诉了他们。船停靠在夏威夷后，她准备再发一次电报。

船离开上海两天后，第一站停靠在神户，在横滨再次停靠后，就直驶夏威夷。奥德丽和莫利在船舱里安顿下来，她有在家的感觉。一路上她几乎没有遇见过什么人，而总是和莫利留在船舱里。她走出船舱呼吸新鲜空气时才和人闲聊一会儿。为了莫利，她甚至连三餐饭都在船舱里吃，她不想让一个陌生的护士来照看她。所以这次旅行显得极平静，大多数时间里她放任自己的思绪，要不就是埋首于船上图书馆丰富的藏书中，阅读了许多去年出版的新书。十二天后，他们到达了夏威夷，她们在船上住了一个晚上之后，第二天船又出发了。船在六天后慢慢驶进旧金山港湾时，她怀疑眼前的一切只是幻影。当她站在船坞上朝四周观望时，她的心都快蹦出来了。在夏威夷给祖父打的电话没有接通，她只得发了一个电报。突然，她的眼眶里涌出泪水，她看见一个满头银发的熟悉的身影孤独地站在码头上，他正流着泪水盯住船，但是等她走近时，他的眼睛已经不再湿润了。

她颤抖着走下跳板，紧紧抱住手中像个小包裹似的莫利，没有人知道里面有个孩子。她在他面前停住了，眼泪又一次流淌下来。他比一年前更加虚弱，却依然是那个奥德丽永生爱着的高贵挺拔的祖父，她想搂住他的脖子，却又有些害怕。她知道离家这么久，给他带去多深的伤害，他是否能原谅她？他此刻的出现就足够证明他已经原谅了她。不像她父亲，她毕竟回来了。正因为她父亲过去的一切，才让她十分清醒地意识到这一点。她感到自己对他的亏欠，她决心要弥补一切。她又想起自己拒绝去伦敦，查尔斯会有什么样的反应？先是坚持留在哈尔滨，继而离开时又直奔家里，却不去伦敦。然而当她站在码头上看到祖父时，她觉得自己的决心是正确的。她抱着莫利渐渐朝他走去，眼睛盯着他皱着眉头的可怕面容。他没有一句话，他们只是长时间地对望着。她抖动着嘴唇，一把搂住了他的脖子，她就这么抱着他泪流不止。当她放手时，他竟未流一滴泪。

他面带高贵的神情低头望着她时，几乎说不出话。"我本来以为再也见不到你了，奥德丽。"

"真抱歉，我离开你这么久，祖父。"

他点着头，竭力控制住自己，她发现他严重地依赖着手杖。他的目光正停在她手中的那团包裹，里面是仍在熟睡的莫利。

"那是什么？"他皱起眉头，举起手杖朝她指去。

奥德丽迟疑地笑着，发现自己的心在怦怦直跳，但是她只能解开外面的丝绸带子:"这是莫利,爷爷。"

他战栗地望着奥德丽,感到天昏地转。

"你最好还是别回家。"他从喉咙口憋出这句话。奥德丽忽然觉得可能在码头上他就会昏倒。

"你让全家丢了脸! 缪丽·布朗说得对……我还不相信她的话……那些被杀的修女和被遗弃的孩子全是些垃圾!"他从未这样动过怒。她只是摇着头,对自己听到的话惊呆了。她从未料到他会把莫利当成自己的孩子,但是她听到了缪丽·布朗这名字。

"是布朗夫人告诉你的吗?"她眼睛里燃烧起两团烈火。

"你和一个男人在一起。"他怒气冲冲地望着奥德丽,"你太不体面,太不知羞耻了,奥德丽,而且把这个……这个杂种带回家……"他说不下去了,"你竟敢这样。"

"我爱这个孩子,爷爷,这是罪过吗? 不,她不是我的孩子。她的母亲只是孤儿院里的孤儿。如果我把她留在中国,人们会杀了她,或让她病死、饿死。如果她侥幸能活下去,她会被卖掉当童养媳。她有一半日本血统,一半中国血统,我是因为爱她才把她抱回家。"她哭了。

"我不知道……我以为……"眼泪慢慢从他的眼眶中涌出,他从她身上发现了以前他从不知的东西,一颗隐藏着的爱心,一股激昂的热情,对孩子油然而生的爱,使他想起当初她从夏威夷回来后自己的感受。"我……"他转过身,悲伤和宽慰同时涌上他的心头。能够又见到她是一件多好的事啊! 他原以为将永远失去她,现在她却带着一个孩子回家来了,他还以为……他转过身看见她年轻而自豪地站在那儿,手中抱着这个孩子,他的心又像过去一样飞到了她的身边。他凝视着她的眼睛:"欢迎你回家,奥德丽。"

她面带泪水却笑了,慢慢走到他跟前:"我也是,爷爷。我也是……"

他搂着她的肩膀向停在码头上的汽车走去。因为她在船上已经验过关了,所以手续十分顺利。移民局很快验清了有关莫利的一切证件。奥德丽叹了一口气,便靠在豪华的皮椅上望着祖父。距离上次身处此地就好像已经整整度过了一生。她发现祖父也在望着自己,好像不相信她坐在自己身边似的。

"她还好吗?"他想看清孩子的脸,但心中又十分矛盾。奥德丽被他的关怀所感动。

"她很好。"她笑了笑,侧过身在他脸颊上吻了一下,他感觉到她柔软的皮肤,便欣慰地闭上了眼睛。

"你究竟被什么缠住了,才带回这个孩子?"

"我已经说了,爷爷,我离不开她,她留在中国会被杀死的。"

他听后沉默不语。这时孩子动了起来,从包裹里传出轻微沉闷的声音。奥德丽轻轻把她翻过来,以便让他看见她一张漂亮的小脸蛋。他入神地看了她一会儿,又把眼光移向了他的孙女。

"你肯定他不是你的孩子吗,奥德丽?"

她有足够的时间生下她,而且缪丽·布朗还说……

奥德丽笑了:"绝对肯定,我却希望她是我的孩子呢!"看到他一副惊讶的神情,她大笑起来:"这样布朗夫人有更多的话题了。"

他没有回答,叹了口气望着窗外停在那里的轮船,稍后又转过头面对着她:"有一段时间,我相信过她的话。听说他是一名知名的作家。"她流露出的眼光令他感到疑惑。

"她说的是我的一位英国朋友,查尔斯·帕克·斯考特。"

说出他的名字时，她的心一阵惊悸。祖父紧紧盯住她的眼睛，却没有发觉什么。他只好又往下瞥了一眼她手中的孩子。

"你说她叫什么名字？"这个孩子比安娜贝尔的孩子更让他感兴趣，尽管两人一样大。

奥德丽笑了笑："我给她取名叫莫利，爷爷。"她觉得又和他并排坐着真是件怪事，特别是手中还抱着林蔚的女儿。

他伸出一双苍老虚弱的手，握住了奥德丽的一双年轻有力的手。他今年已经八十二岁了。

"再不要离开我，奥德丽。"他鼓足勇气说出了这句话，甚至还带点怒气，但是这是一声从心底里发出的恳求，奥德丽的眼泪又一次流了出来，她吻了吻他的脸颊。

"我答应你，爷爷……我答应……"说这句话时，她强迫自己不去想查尔斯。

二十

"她做了什么？"在伦敦，维奥莱特惊奇地望着詹姆士。他把本不应告诉的事告诉了她，但是替查尔斯痛心的感觉使他不得不这么做。

"她拒绝了他。他曾发过一份电报希望能和她结婚，并让她回家时到伦敦来一趟，但她回电说她不能。"

"不能嫁给他还是不能来伦敦？"

"也许都不能吧，我没有详细地问过。他告诉我这些时已经喝得烂醉了，可怜的家伙，他完全不成人样。我想自从修女来了以后，他对她回到自己身边已经完全绝望了，恐怕这才是造成今天局面的原因。"

"但她还有祖父，也许她必须先回家去看看他，很有可能就是这么一回事。"维奥莱特的话完全切中要害。可詹姆士摇了摇头。昨天晚上他听到了查尔斯酒后的一番话。几个星期以来，他一直是醉醺醺的，为了他们俩共同的朋友——奥德丽，詹姆士才去公寓探望他。

"我认为查尔斯并不那么想，他认为这是一种拒绝。事实上，他认为事情还要严重，对他而言，这次恋爱已成为过去。"

"哦，上帝。"维奥莱特很容易想象出奥德丽的反应，"他准备去美国看她吗？"

"我想不会，但我们有些怀疑，他和印度方面签了书约，为此他得马上启程。"

"现在我敢说这次跟他去的会是谁了……"她自信地说

道，但詹姆士竖起一只手指对她摇了摇。

"好了，维奥莱特，夏洛特和你想的可不一样，但目前这样一个漂亮、有情趣的女人会对查尔斯有好处的。"虽然维奥莱特并不同意他的看法，却恰是夏洛特自己所期望的。

夏洛特终于勇敢地带着早餐饼、水果、橘子水、煎蛋、烤饼和咖啡走进了查尔斯的公寓。她盼望他能对自己吐露心事，他的书使他们成为好朋友，他几乎把她看成一个男人。她是一个聪明、有头脑、非凡的女商人，也是说话的好对象，而且她和奥德丽截然相反。

"每件事都是从她开始……从她开始……"他第一次强迫自己把奥德丽与过去联系起来。他已经有九个月没有见到她了，不该欺骗自己说有再次见到她的可能。他见不到她，除非去旧金山，但他不想去，何况已经没有时间去了。夏洛特和她父亲都认为他应该立即去印度，把这一本书的基调定下来。他在秋天去埃及前，必须先完成这本书。夏洛特为他计划了一大堆事，但不包括去看奥德丽的旅程。

"临走前，你会好起来的。"夏洛特又给他倒了一杯酒，一边实事求是地说道。查尔斯感激地望着她，她正是他目前需要的温柔、满怀爱意的关心和敏锐的头脑。她早就安排好所有的事，她完全了解一个作家的需求。除了写作，她从不要求他更多，所以她才会让他获得安宁的写作环境。如果他需要，她还随时愿意提供自己在乡间的别墅。现在她又提到了这件事：

"要知道，那个地方十分不错。该换换环境，空气……"她朝他笑笑，他叹了口气往后靠在椅子上。

"我如何报答呢？"在他眼里，这一切与奥德丽的拒绝是如此的截然不同。

"你是我们拥有的最重要的作家之一，好好照顾你是我们的职责，是不是？"她送给他一辆比尔兹利的罗伊斯牌汽车，并开着车把他带到自己的猎区。但是一到那儿，对奥德丽的思念立即涌上了他的心头。日落时，他独自一人散了好久的步，认为自己来到这里是个错误。他只想着他们在哈尔滨最后相聚的日子，他真希望自己留了下来，希望她仍然在自己身边。

天黑以后，他慢慢地走着，后悔自己不该跑这么远。突然间他产生了强烈的回家的愿望。他感谢夏洛特所做的一切，但他不属于这里，他要回家去，回到他自己的公寓里。他想打电话给詹姆士和维奥莱特，邀请他们明天到他家去。他打开房门，看到壁炉里面正燃烧着熊熊的炉火。他踱进客厅就感觉到一种异样的气氛，后面传来的声音吓了他一大跳。

"你好，查尔斯。"他转过身，看见穿着合体的丝绸灰裙子的夏洛特正递给自己一杯香槟，这一幕酷似他最近在一部电影中的镜头。他笑着朝她走去，用异样的眼神望着眼前这位嗓子有些沙哑的迷人的女人。

"我不知道这是你的安排，夏洛特。"他接过酒杯，凝视着她的眼睛，这是一双灰色的大眼睛，也是一双狡猾的眼睛。

"不是。"她的声音柔软，他注意到自己出去散步时她作了记录，"我下来只是想知道你进展如何。"

他们心里都清楚并不完全是这样，但他突然感到需要她，他孤独太久了，而且也疲倦于对奥德丽的伤心。

他坐在她身边，喝完了半瓶香槟后，他们就走进了一间宽敞舒适的卧室，是夏洛特替他解开衣服，温柔地抚摸他，送上令他发狂的吻。当他完全陷进去的时候，夏洛特满足地叫喊着，并一次次地引诱他。她耗尽了他的欲望，而她还是不满足。但是从许多方面来讲，她正是他需要的女人，而且她懂得如何才能办到，如今她做到了。他从未这样激动过，除了……

但是此刻他克制自己的思想。对他来说，一切都过去了。

二十一

与安娜贝尔的重逢和奥德丽料想的不一样。因为自己离家太久妹妹会生气，这是她知道的，但没有想到程度会这么严重。过去一年里，情况发生了变化，而且比奥德丽想象的要严重。哈考特在保罗安图的事被揭穿了，此外他和安娜贝尔两个亲近的朋友也有过暧昧关系，他们现在已经公开交战。她也和别人私通过，这是她喝了酒后，在祖父的客厅里告诉奥德丽的。禁酒令已经废除了，现在每个人都可以公开喝酒。安娜贝尔喜欢和朋友们上饭店喝酒，进行午餐，有时候一喝就是四杯，这使奥德丽十分惊讶，她就像一只激动的小猫一样，捧着酒杯谈论着和她睡过觉的男人。

"发生了什么事，安娜贝尔？我并没有离开多久，你和哈考特一起不幸福吗？"这是件令人心碎的事。对他，奥德丽从来没有过自私的想法，这个男人是安娜贝尔自己选中的，而且他们已有了两个孩子。

"你认为这样的局面会有所改变吗？"

她年轻的妹妹也不在意地耸耸肩："可能吧。"她穿着一件时髦的衣服，奥德丽知道这件衣服非常昂贵，挥霍哈考特的钱是她报复的一种手段，从目前的情景看，她是做到了。

"孩子怎么样？"

"整天就是哭。"安娜贝尔的眼光中有一种奥德丽不喜欢的神情，但她没有为此哭泣。过去一年中，安娜贝尔变化巨大，完全成了一个被宠坏的俗气的姑娘。奥德丽心痛地发现她年轻时代所有的甜美柔情，如今都消失了。

"我很抱歉没有及时回来帮助你，安娜贝尔。"她的声音温馨而诚恳，但是安娜贝尔不相信。

"你是该道歉。"她对她姐姐说，"听说你在那里的日子非常愉快。"

"你什么意思？"奥德丽对她刻薄的言语感到震惊。

"缪丽·布朗说你在上海和一些人同居。"

"她真是个正派人，居然说出这种话。"奥德丽生气了。

"是真的吗？"安娜贝尔的眼睛中闪出卑鄙的神情，奥德丽摇摇头。人们传说的不是实情，她不是"和一些人同居"，而是她和爱的人在一起。

"不，不是的。"

"你在那里一定干了什么事，我可不愿为一个孤儿对别人撒谎。"

"够了，安娜贝尔，因为那件事恰恰是我干的。"

"是吗？"她眯着眼睛望着她的姐姐，"也许你不想被这里的责任缠住，所以就把我们全都抛弃了。你可能希望爷爷快点死，回家就可以发财了。真是倒霉，他还健在，我也是。你也别梦想让我照顾他。"奥德丽简直不相信自己的耳朵。

"你怎么啦？过去一年里发生了什么事？我认识的安娜贝尔怎么啦？"她走过去，克制自己不去摇晃她。

"我成熟了，就这样。"安娜贝尔冷漠地望着她的姐姐。她认为奥德丽遗弃了自己，在得到了十四年的生活照顾之后，她还想得到更多，但奥德丽没有给她。现在是该让她靠自己双脚独立行走的时候了，但是奥德丽完全被她的所作所为吓坏了。她变成了一个高级妓女，一个坏妻子，一个糟糕的母亲和一个忘恩负义的人。

"我不把这种言行叫做成熟，这真令我作呕。你最好对自己的前途多加考虑，安娜贝尔，这样做会毁了你的婚姻，可能还会毁了你孩子的生活。"

"你究竟了解多少，不朽的处女小姐。可能现在情况已经发生变化了呢？"奥德丽正想掐住她的脖子，祖父恰巧走进屋，奥德丽只得克制住自己。祖父显然觉察到了，为了缓和一下房间里沉闷的空气，他问莫利在哪儿。

"她是谁？"安娜贝尔疑惑地看着奥德丽。奥德丽站起身，眼中隐藏不住满腔的怒火。

"我的女儿。"

"什么？"这句话响遍了整幢楼，祖父掩不住笑容。

"我可不会这样说，奥德丽。"

"她是的。"她的声音和神情表明她决不让步，她看着祖父和妹妹。

"她在哪里？"安娜贝尔简直不相信自己的耳朵，她奔上楼直冲进奥德丽的房间，找到了那个杏眼的小女孩。过了一会儿，安娜贝尔下楼来了："缪丽·布朗是对的……这么说，他是个中国人。"安娜贝尔幸灾乐祸地望着一脸茫然的奥德丽。

"缪丽·布朗说得不对，安娜贝尔，莫利是我照顾许多婴儿中的一个。"安娜贝尔不怀好意地大笑起来，她让她姐姐丢尽了脸后，就对着镜子整理起帽子。

"你为什么突然间这么恨我，安娜贝尔？我对你干了些什么？"她的话语充满了哀伤。她的妹妹转动着高跟鞋面对着她。

"你遗弃了我，这就是你干的事。你把什么事都推到我头上，房子、孩子、佣人，你毁了我的度假，我的生活……你甚至毁了我的婚姻……"安娜贝尔显然就是这么想的。

"我怎么会这样做？"

"你把每件事都推给我，然后就一走了之，整整一年。我怀孕需要你的时候，你也根本不在乎……"她耸耸肩。

祖父一直在望着她们俩。奥德丽悲哀地说："我离开的时候，我有个妹妹，但现在没有了。作为朋友，你该理解我需要离开一段时间。你提起的责任并不是我的，而是你的。"但是安娜贝尔却不这么认为。

"过去不是。"

"说得对，你该学会照顾自己了……哈考特需要你……"

"让哈考特见鬼去吧！"她把杯中的酒一饮而尽，向门口走去，又回过头来瞥了奥德丽一眼，"想想我的话吧。你走的时候对我毫不在乎，现在也轮到我对你不在乎了。"当门"砰"的一声在她身后关上时，奥德丽开始怀疑自己是否关心过她。她在祖父的目光下慢慢朝莫利的房间走去。

二十二

回家后的第一天，奥德丽不时觉得自己就像个陌生人。她临走前替祖父雇用的佣人在她走后没多久就走了，他的老管家也退休了。真正使她震惊的并不是家务的变化，而是世界的变迁。她觉得过去一年里，自己似乎是住在另一个星球上，而这里的每件事都在飞速运转着。在哈尔滨，她只听说过屈指可数的几件国际大事，有关美国的却一件也没有。

经济最终还是发展起来了，整个旧金山情绪高涨。祖父仍旧埋怨罗斯福，并认为他的"炉边谈话"是荒谬的。当她坚持认为这个国家正在走上正轨时，他只是皱皱眉头叫她"等待"，他显然认为罗斯福会坏事。

她回来几天后，德国发生了纳粹血洗事件，即所有被指控与暗杀希特勒有关的人都遭到清查，将近一百人有罪，整个世界都对他们被迅速处死感到震惊。七月十六日，一个同情国际码头装卸工人的罢工在美国爆发了。九天后，奥地利首相道尔菲斯被杀，柏林否认与此事有关。八月二日，德国总统艾登堡去世。两个星期后，阿道夫·希特勒当选总理。在美国，美国和大陆航空公司也出现了，好几辆火车投入运营，但它们都及不上东方快车。总的来说，奥德丽的脑子一直在激烈地转动着，她要弥补过去一年的损失。

她自身的变化却比任何事都剧烈，她很少积极地投入到生活中，旧金山突然间显得极端孤立粗俗。人们到处传播流言蜚语，谈的是每个人的衣橱、丈夫和晚宴之类。奥德丽不愿卷入其中，她甚至不愿在那种场合出现，她只思念着查尔斯。查尔斯在收到奥德丽两封信后却坚决不作答复。

以前她还勉强地去参加一些社交活动，而现在，她只希望留在家里陪伴祖父和孩子。起先他以为是因为旅行太劳累了，但是观察到七月底，他才发现原因并不在此。回家一个多月了，她连一个好友也没去拜访过。他怀疑是否她在旅途中堕入了情网，如是的话，他就保佑对方不是个东方人才好。他还经常怀疑这个孩子，她不像欧亚混血儿，而是一个标准的东方人，不得不承认那孩子很逗人爱。她是个快乐的、笑盈盈的小东西，奥德丽不让她在自己面前消失一秒钟。

使奥德丽惊讶的是，竟有这么多人怀疑莫利是她的孩子，对此她却不在意。那些狭窄的头脑认为她是为生这个中国人的私生子才离开的。这些流言是在她回家以来从未考虑过的。

自从奥德丽回家之后，安娜贝尔再也没有来过，从报上她才得知她已经和朋友去了加拿大。祖父尽管知道她们之间出现了不和，但没有问过这件事。奥德丽也没有向他诉说，她正忙着为祖父而把家暂时迁移到湖边。祖父只想今年到那里住几个星期，他十分容易疲倦，八十二岁的年龄使他的行动迟钝了许多，但他的观点依然强劲有力。一天早上，他们在早餐桌上一边喝着茶，一边在激烈地争论着。随后奥德丽靠在椅靠上大笑起来，她比前几个星期快乐了许多。

"就像回到了从前，是不是，爷爷？"她记得在临走前有关罗斯福的一场争论，她心平气和地望着他。

"你并不比——一年前聪明，像个傻瓜一样走遍了全世界，也和罗兰德一样一事无成，但至少他比你聪明，因为他没有把一个外国小家伙带回家。"他并无恶意，要是在几个星期

181

前听到这句话，她一定会控制不住自己的。四处没人时，他就会逗孩子玩，听见她发出的咕咕声他也很高兴，还坚持说她已经会叫自己了。"她会说爷爷，奥德丽，我知道她会说的……聪明的小东西……"他原本认为奥德丽背上了沉重的负担，但当他听完奥德丽的讲述自己一旦离开她后，她可能遭到的命运时，他就开始同情奥德丽和这个永远不会被美国人接受的孩子。

"她会像我一样长大的，爷爷。"但是这正是他担心的。

所以当他们俩在湖上谈到这件事时，他摇了摇头："你们不同，就算她长大后，也没有一个男人敢娶你，他们会把她当成你的孩子。"

"如果她是我的孩子，我真会遇到如此可怕的事吗？"她乏力地说道。在这里生活，非得与偏见、自私，还有传遍每个角落的流言蜚语作斗争。在中国需要操心的只是土匪、洪水、短缺的食物和饮用水。这里的生活复杂了许多。但她已经开始遗忘在哈尔滨的艰苦生活、恐怖和无望的挣扎……对林蔚的悲伤。她现在只记得那一张张可爱的小脸……那些小孩子……还有沈瑜，她一直在想他们现在怎么样了。她到家后，又向哈尔滨的美国银行汇了一笔钱，寄去了他们可能需要的所有东西，但还是觉得不够。

"我会随时保护她的，爷爷。"就像对安娜贝尔，尽量地保护她。

他拍了拍她的头："我知道你会的，孩子，像对我、你妹妹和每个人，你对我们所有的人都太好了。"这是他第一次这么说，她十分感动，"你的心地宽阔，现在你应该替自己想想了，奥德丽。"

她的笑声飘扬在山间清新的空气中。他们坐在走廊的石凳上仰望星星。

"你肯定也在担心我会成为一个老处女。"

他笑了。他太了解她了，她只做自己希望做的事。等他死了之后她更会如此，还有哪个能拥有如此开放的思想、宽阔的心胸和高尚的精神的男人能配得上她？他看了她一眼，发觉她比去年更美了，还不仅仅是美，而是有闪闪发光的东西。她充满魅力，而且非常、非常的迷人。

"你是个漂亮的姑娘，奥德丽，有一天你该找个合适的丈夫。"

她几乎想把查尔斯告诉他，但又不想使他担心。他已经非常衰老和虚弱，再不能让他操心了。她亏欠他太多了。

"我们进去好吗，爷爷？"

"我想也应该进去了，亲爱的。"他慈祥地望着她，完全了解她对自己的关怀。

这里的一切和他们以前来的时候相比，并没有多大变化。道尔夫妇依然盛情邀请他们，德姆斯夫妇和艾伦夫妇还在那里。但是奥德丽很少出去，也从不和朋友们约会。她在家陪祖父和莫利。这个六个月大的孩子整天都在笑，回家时她已经会爬行了。这天下午，奥德丽在逗莫利玩，管家过来告诉她有个电话。管家不认识这个男人。奥德丽把莫利托付给一个女佣后，就跟着他走到电话机旁。

"喂？"当她皱起疑惑的眉头拿起话筒，"是谁？"

短暂的停顿之后响起了一个声音。她的心似乎停止了，是查尔斯。

二十三

"奥德丽？"听到这个声音，她的耳朵边响起了心跳声，嘴唇似乎也干燥得说不出话来。

"是的。"他的声音听起来并不远，"你在哪里？"根本不用问对方是谁，在任何地方她都听得出他的声音。每晚这个声音都会在她梦里出现，现在却是真实的，它和她心脏跳动声一样响亮。

"我在加利福尼亚，确切地说在洛杉矶。"他说话的腔调更像英国人了，"你回来多久了？"自从收到她发自哈尔滨的第二份电报后，他们就没有再联系，自从她拒绝了有关结婚的提议后，他就觉得没什么可说的了。拨这个电话也是长时间矛盾的结果，是他想了两天才作出的决定。在两天痛苦的日子里，他一直强忍住不打电话给她，到最后他还是忍受不了。他冲进自己的房间里，颤抖的手拿着话筒，把她的电话号码告诉了接线员，现在她在那里，听见的仍是他记忆中的声音。

"我六月回来的。"

"你的祖父还好吗？"

"去年他变得非常虚弱。"她叹着气又加了一句，"我回家时他非常高兴。"此刻查尔斯只是点着头……他在回忆他们过去关于她祖父、妹妹和在旧金山职责的谈话。

"你妹妹呢？"

奥德丽叹了一口气："我走了之后她过得并不幸福。实际上……"她在寻找合适的词："她变了……我认为她的未来并不乐观。"

他并不感到惊讶,听上去她妹妹一直是个被宠坏的小孩子,只不过现在由于距离的拉近,奥德丽看得更清楚了。

"你怎么样? 来了多久了? "

"只有几天,他们正在商讨准备把我的一本书改编后拍成电影,实际上他们太恭维我了。"

她笑了,闭上眼睛似乎看到了一张轮廓深刻而漂亮的脸:"你参加演出吗,查尔斯? "

他大笑起来:"上帝,不,多奇怪的想法。"

"那太好了。"她温柔润滑的声音令他心痛,他十分急切地想见到她。

"你呢? 平时做什么? "曾几何时,他们是世界上最亲切的两个人。但是,现在他已经有十一个多月没有见过她了。

"我总是做这些事,照顾爷爷和……"她正想说出莫利,又意识到既然他不知道这件事,就很难在电话中说清楚。她突然改变了主意。

"和你的妹妹? "

"可以这么说。"这太难理解清楚。沉默之中他在考虑是否要开口问她一件事,接着他就决定不再顾虑什么,他已经走了这么远的路,他也许会……

"你要我来吗? "

她点头时感到心脏似乎正在受到挤压,她没有否定的力量。即使只有片刻时间,即使希望多么渺茫,即使在旧金山陷入怎样的困境,她也想见到他。"是的……我想……"她有些害怕让他发现自己对他的爱情,"你办得到吗? "

"我想可以。明天我就能办完事,我可以乘明晚的一班飞机。你有空吗? "

"我可以安排时间。"

她的声音一如既往。她和夏洛特是完全不同的女人。夏洛特是个可以与之玩耍、谈话、合作的人……但是奥德丽……奥德丽是他精神的一部分，血肉的一部分，是他生命中最重要的部分。

"我能到机场去接你吗？"

"你想去吗？"

"当然。"

"我会告诉你到达的时间。"

她的心已经飞到了他的身边，挂上电话后她像个学生一样异常高兴。

第二天，她和祖父一起下楼，又带莫利去医生那儿种牛痘。她穿了一套崭新的灰色羊毛套裙，戴上珠宝，古铜色的头发照他喜欢的式样披在肩上。

在机场外停好车后，她又拿了一件狐狸皮外套，然后朝里走去。

无意中她触到这戒指，它仍套在她的手指上，祖父也曾注意到这只戒指，但没有问她是从哪儿来的。她比飞机早到了十分钟，来回踱步时回想他们最后一次见面的情景。在哈尔滨火车驶离车站时他的脸，他脸颊上的眼泪，他注视的目光……当广播里报出他乘坐的飞机时，她感到全身好像被电流击了一下。

她站在那里，看着出现的人群从飞机向大门走去，当几个男人从她身边经过时，她几乎屏住了呼吸……突然间，他就站在了那里，乌黑发亮的头发和深陷的眼睛，那两片吻过她无数次的嘴唇。她呆呆地望着他，当她还没有意识过来时，他已经把她抱在怀中吻她。他如同一年前一样紧紧地抱着她。他们就这样长久地默默无言地站立着，回忆起过去共同度过的那一段岁月。

"你好。"他带着一丝男孩似的笑容低头望着她。

"你好，查尔斯，欢迎回到……"回到什么地方？回到她的生活？而且他会待多长？一天？两天？三天？就在他们刚刚重聚的这一时刻，她几乎可以预想出再次分手时那种甜酸苦辣交融的滋味。他望着她，跟着她走向停在机场外的汽车。他随身只携带了一件雨衣，一个装着过夜衣服的手提箱。

"电影进展如何？"

"我也不能肯定，我们签了个合同，但是那些人真像疯子一样，我简直难以相信他们是在做生意。"

她笑了。他获得成功真是件好事，这是她欣赏他的一个方面。"你感到兴奋吗？"她坐到驾驶员的位子上，他就坐到了她的旁边。

"是的。"但是见到她更叫他兴奋。他私下里自责自己竟同意了拍电影这件事，但只有这样做，他才有机会来到加利福尼亚，否则他绝不会同意夏洛特的决定的。她可以容忍他一切，除了听他谈论奥德丽。在她眼里，这是一种不可原谅的罪过。如今，他又发觉自己将她们俩作着比较。奥德丽把车倒出停车场，在开往城中的路上，她发觉他在望着自己。他们交换了一个眼光，然后就沉默下来。

"我不知道该说什么，查尔斯。"

"关于什么？"其实他知道。她说话总是直截了当，所以她自己会说出来的。

"关于发生的……那个电报……"

"还用说什么呢？你的回答已经十分清楚了。"

"但是我的理由呢？"她总认为他不理解，事实上他也不全理解，"要知道，我会献上我的全身心，并且放弃一切嫁给你。但是，我不能因为去伦敦而再次离开祖父，我已经走了一年了……他如此衰老，查尔斯，而且还非常衰弱……"

"我真是不理解你的牺牲。"他望着窗外，想起了自己遭到拒绝后承受的痛苦，"这已经是你第二次拒绝我了。"

但是她不同意："第一次的提议并不严肃，你只是急于要把我带出哈尔滨，而且你应该和我结婚后一起留下。"她朝他笑笑，他无法否认，她太了解他了，胜过夏洛特。她了解的是他的另一面，是夏洛特不曾了解的温柔的一面。他喜欢奥德丽给自己带来的感觉，精神上的从容、正直、仁慈，他忽然面带笑容地回过头去。

"要知道，你是我遇见过的最固执的女人，奥德丽。"

她张开嘴笑了，瞥了他一眼，马上把视线转回到路上："是赞扬还是仅仅是个声明？"他大笑，并摇了摇头。

"都不是，是谴责。"突然间他又大笑起来，"你是个坏女人。你……一个坏女人。"他抓起一撮她的头发，又吻着她的脖子，"你知道吗，收到那份该死的电报后我喝了整整一个月的酒，一个月！"但是他没有提起是夏洛特解救了他和用何种方式解救了他。他对奥德丽的感情与她无关。

"我也不容易，查尔斯，这是我所做的最艰难的一件事。"

"那并不困难，对于你认为必须做的事，你总是有强烈的愿望。我不认为你会有什么遗憾！"

"你的话当真吗？在那里住了八个月，你会认为我没有遗憾吗？你疯了，但是我觉得我做对了，尽管付出了极大的代价，是不是？"但她也获得了一份丰厚的奖赏……莫利……她忧郁地望着他。

"顺便问一句，你住在哪里？"

"制片厂替我在圣弗朗西斯饭店订了个房间。怎么样？"他略有所思地望着她，"今晚和我一起吃饭，好吗，奥德丽？"

她点了点头。在经过那几个月的旅行之后再和他约会，似乎是一件怪事。他们曾经就像结了婚的两个人，而如今他们又退回到了在昂蒂布第一次相见时的情景，而且谁也不知道对方在想什么，他注意到了她手指上的戒指。

"你愿意先见见我的祖父吗？"

"当然。"他希望见到这个令自己失去她的老人。把他送到旅馆后，他温柔地吻着她的嘴唇。她知道该怎么办，她不想让自己再次堕入他的情网……他只停留几天……一切都是毫无意义的……但是她感情的潮流并未因此堵住，这种感情一如既往。

祖父看见她走进门，便放下了手中的报纸："去哪儿了，奥德丽？"

她一时不知该如何回答，但还是决定说实话，至少先说一部分。

"去机场接一个朋友。"

"哦？"他皱紧了眉头。

"一个在欧洲认识的朋友，他在这儿住几天。"

"谁？我认识吗？"

"不，"她笑了，"但很快就会认识了。一个小时后他来这里喝杯茶。他说愿意见见你。"

"显然是个傻小子。"他假装生气。她知道他喜欢结识自己的朋友，还鼓励自己多出去走走，但是没有一个人让她感兴趣。没有人能与查尔斯相比，她认识的男人和查尔斯相比都相形见绌。她看了看表，准备在吃饭前先上楼看看莫利。

他明白了她的意思，于是拿着报纸对她说："她今天长了一颗新牙。"

奥德丽大笑起来："已经六个月了，她有好几颗。"看到他为自己收养的孩子而骄傲，奥德丽非常感动。他对这个孩子的关心超过了对安娜贝尔亲生孩子的关心，而且他根本不在乎这是个中国孩子。他时常和奥德丽一起出去散步，还帮助她推童车。

"我一会儿就下来，爷爷。"

当她下楼时，已经换上了一套在雷索霍夫店购买的从未穿过的晚礼服。黑色丝绸的面料裁剪出合身的宽宽的肩膀，后背则是一种钻石形状。精工细制的衣服极其适合她。

祖父感觉到了这件衣服的漂亮程度，而且她的头发也梳理得极为精细，他立即猜测他们等待的将是一位重要的客人——对奥德丽而言是如此。

"你说他是谁？"他的话音刚落，门铃就响了起来。

"查尔斯·帕克·斯考特，一个作家。"

"我以前是否听到过这个名字？"他皱起眉头回忆着，奥德丽走进大厅时，管家已经打开了门，查尔斯走了进来。他们目光立即相遇了，显然看得出他被她的美丽所打动，这使他回想起他们共同度过的时光。但是他不知道今晚她是否较那个晚上更漂亮。

"你好，奥德丽。"他感觉到自己如同个年轻的小伙子，在她脸颊上亲吻了一下，她带着他走进客厅去见祖父。

"这是查尔斯·帕克。这是我的爷爷，爱德华·特雷斯科尔。"两个男人相互握了握手，并打量着对方，他们都出乎意料地给对方留下了好印象。特别是查尔斯，他原本以为在见面的一瞬那间，自己一定会讨厌这个阻碍奥德丽去伦敦的男人。

"晚上好，先生，你好吗？"

"很好。我为什么会知道你的名字？"他实在想不起是奥德丽对自己提起过他的名字还是因为他很著名的缘故。他记不得了，也许两者兼而有之，但是查尔斯显得十分恭敬。

"查尔斯是个作家，爷爷，他的旅游书棒极了。"

这个老人皱起眉头然后点点头，但他还是没能回想起来。奥德丽便松了一口气。她确信缪丽·布朗一定提到了他的名字。但此刻奥德丽还不想对祖父提起这件事，这样他才可以自己判断查尔斯的重要性。祖父不是傻瓜，她知道他曾怀疑自己是和一个男人一起去国外，尽管他从没问过。

"他刚刚把一本书卖给了制片厂，所以来了加利福尼亚。"查尔斯轻松地和这位老人聊着天，望着他一双尖锐的眼睛。他拿酒杯的手有些颤抖，但是当他站起来带查尔斯参观他的书房时，查尔斯发现他并不如奥德丽所讲的那么虚弱。也许她只是不想结婚，但是他相信她不会不愿意结婚。他跟随特雷斯科尔先生走到书架前，上面存放着他收集了一生的旧书、精装皮封书和初版本。查尔斯对这些珍贵的收集留下了深刻的印象。整幢房子也非常美丽，大多数古玩珍宝都是奥德丽的父亲在旅途中收集的，其余的一些则由她的祖父和祖母，或者曾祖父收集的。他从未料到她竟来自这样一个家庭，她是如此文静，有教养而且谦逊有礼。

"你的收藏精美极了，先生。"他们坐下来后，查尔斯笑了。他喜欢眼前这个老人，特雷斯科尔先生随后也笑了。他曾因为家里没有男人的来访而替奥德丽遗憾，能够常见到年青人是件多好的事啊，可以让他回想起年青时代的罗兰德……他望着查尔斯说道：

"要知道，你非常像我的儿子，奥德丽对你说起过吗？"

"没有提过……我们只谈论我们都酷爱的旅游。"

"该死的傻瓜……"祖父的眉毛聚拢来，查尔斯担心刚才的回答是否触到了他的伤处。老人抬起头，宽慰地望了奥德丽一眼。"她还算理智地回家了，你知道她去了中国吗？"查尔斯笑了一下，沉默地点点头。

"她在一个叫哈尔滨的地方待了一年……甚至还带回一个孩子。"听到这里，奥德丽真怕查尔斯会从椅子上掉下来。望着他苍白的脸，奥德丽急于想解释，但是祖父没有给她机会。

"一个逗人喜爱的小家伙，我们叫她莫利。"

"我知道。"查尔斯的嘴唇也发白了。奥德丽真想走过去，握住他的手，但她此刻唯一能做的就是力图解释这件事，但解释的效果可能会微乎其微。

"她是一个孤儿，……实际上是一个孩子的……一个年龄大的……生下了她……但是她在分娩后死去……"

"奥德丽！"祖父生气了，"讲得太详细会使你朋友感到厌烦的。"

于是当她再也无话可说时，便只能用绝望的眼光望了一眼查尔斯："你想看看她吗？"她知道他想退却。面对她恳求的眼光，查尔斯只得尴尬地点点头。

"好吧。"他跟随她走上楼梯。刚走到第二级，他马上压低着苦涩的声音说："这就是原因了。为什么你不告诉我，却让我把自己当作一个傻瓜呢？她是谁？半个中国人？"

"是的。"

"他说得对。"他咬紧牙关，走到卧室门前时一把抓住她的手臂，"你是个十足的傻瓜，你怎么能这么做？离开中国前为什么不丢弃她？"

她哭了，她知道他的想法，但她没有为自己辩护。

"你说什么? 要我杀了她? 我把她带回家只因为我爱她,我不是个十足的傻瓜, 你才是。"她走进房间抱起了孩子, 照料莫利的女佣人马上退了出去。奥德丽怀抱着孩子, 立即听到一阵咯咯咯的笑声。她有一张美丽的东方人的脸, 很难一下子辨认出究竟是中国人还是日本人, 她只是非常、非常的可爱。但是查尔斯看了看奥德丽, 又看了看孩子的脸, 他被弄糊涂了。

"她不是⋯⋯"一时间他感到自己非常可笑, 也为自己的武断而羞愧⋯⋯他因此对她拒绝去伦敦而宽容了许多, 他随时都能原谅她, "奥德丽⋯⋯我很抱歉⋯⋯她不是你的孩子, 是不是? 我的意思是, 不是像我所想的⋯⋯"

奥德丽悲哀地摇摇头, 直到今天, 她仍然希望这是自己的孩子。"是林蔚的, 她分娩时死了。孩子的父亲是日本人⋯⋯一个士兵⋯⋯我不能把她留在那里。那样的话, 你清楚今后会有什么事发生。"

他点点头, 他太清楚了:"我明白了, 你为什么不告诉我真相? "

"我是应该告诉你, 但是电报发出后, 我一直没有收到你的回信, 而且我不知道你会怎样看待这件事。"

他笑着望着安稳地躺在奥德丽怀中的那个幸福的孩子:"她真可爱, 多大了? "

"六个月, 大家叫她莫利。"他们都笑了。她似乎是他们在中国度过的岁月的纪念品。他的手指轻轻擦过胖乎乎的小脸蛋, 当他碰到她的牙齿时, 她竟想含住他的手指。他大笑起来, 搔痒她, 于是她咯咯咯地笑了。"想抱抱她吗? "他有些犹豫, 但是她已经把孩子递了过去。莫利发出一声高兴的尖叫声。他把那张柔软的小脸蛋贴在自己的脸上, 又亲了亲她, 一股肥皂和婴儿粉的气味从她身上散发出来，她看上去如此清爽和可爱，由此可以证明回家后奥德丽为她付出的辛劳。他看看婴儿室，四周全是奥德丽为她拍摄的照片。

"她是不是很漂亮，查尔斯？"

他把孩子放到床上，他们都笑起来，然后和以前一样相互注视着对方。这时，奥德丽鼓起勇气对他诉说自己的感受："我真的希望她是你的孩子，查尔斯。"

"我也是。"他追寻着她的目光，他爱她一如既往，也许爱得更深了，看到她带着一个孩子颇有感慨。他更加替她心痛，但此刻他们必须下楼到她的祖父那里。祖父开始讲述莫利的各种滑稽动作和她的每件事，还有对奥德丽出色工作的赞赏。

"她是世界上最出色的孩子。"然后他朝奥德丽笑笑，"这个孩子也不错，只是有一段时间……"他怜爱地望着她。最后他们站起身时，查尔斯形容了自己遇到她后的愉快心情。他们在"蓝狐狸"餐厅预订了晚餐，她向他倾吐了一切，她在哈尔滨的最后时刻，莫利的出生，甚至那个常将军。

"上帝啊，说不定你会被强奸。"或者被谋杀，但他没有说出口。

"回顾那八个月，我想我可能做了许多事……但是我不知道，查尔斯……那个时候觉得一切似乎都是正确的，然而我还是把莫利带了出来。"他笑了，见到她和这个孩子不但令他感慨万千，而且重新点燃了对她曾有过的渴望。

"现在怎么样，奥德丽？今后的岁月准备干些什么？"

"我不知道，待在这里，直到爷爷去世。"

"他是个好人。"他几乎带着哀伤，随后她也笑了。

"我知道……这就是我回家的原因，我欠他一切。"

"甚至你的将来，奥德丽？从某种角度来说，这是不对的。"

"至少现在应该如此。"

"还有安娜贝尔，她也同样有亏欠他的想法吗？"

"恐怕她不这么想。"

查理悲伤地对她笑笑。甜食上过之后，他鼓起勇气说："我能把你带走一会儿吗，奥德丽？"

"多久？是去卡摩一星期还是去远东一年？"他们都微笑起来。跟随他到天涯海角的愿望是根本不可能实现的，现在她离开几天都办不到。

"我刚从印度回来，为我的下本书作准备。"

"听起来很有意思。"但是她清楚这并非唯一一件有意思的事。

"然后我又要去埃及。"他停住了，抓住她的手，"能和我一起走吗？"她的心跳又停止了，这是她最期待的。但是现在去埃及实在太荒唐了。

"你什么时候走？"

"年底或者春天，这有什么不同吗？"

她叹气说："可能没有什么不同，经过八个月在哈尔滨的生活之后，我想爷爷恐怕再不会坐视不顾了。"他突然恼火了，是否这就意味着她不能同行呢？"我不知道，查尔斯，我真是不知道该怎么办。现在我还要考虑到莫利。"

"带她一起走。"他非常认真，奥德丽笑着吻了一下他的脸颊。

"我永远爱你，查尔斯，你明白吗？"

"有时候我很难相信。"他靠到椅背上望着她，"我并没有要求你今晚就答复我，只要你再想想……想想春天的埃及，还有比这更浪漫的事吗？"她摇摇头，笑了。

"你不必说服我，查尔斯，那没用。如果我们在冲绳有个牛场，那该多幸福啊！"

"是个好主意。"他大笑。他们的情绪又高涨起来，然后他提议去他的旅馆跳舞。当他们的身体再次接触时，她又感到了魔力的作用。他们的嘴唇接触了，他们的身体也接触了，她和一年前一样需要他。他低头望着正朝自己笑着的奥德丽。

"我从来就无法抵御你的魅力，查尔斯。如果有一天你和别人结了婚，我的处境一定会糟透了。"

"防止这事发生的办法不只一个。"他一本正经地说道，一边把她带出舞厅。他把自己的房间钥匙轻轻塞进她的手心里，并向服务台另外要了一个房间，她走进电梯，镇静而美丽的神情连开电梯的人也惊叹不已。对他来说，她永远不会成为别人的妻子。走出电梯她的心开始怦怦直跳起来，但她还是不由自主地走进了查尔斯的房间。等他走进房间，发现已经穿着华丽的晚礼服的她，面带温柔的笑容站在那里了。

"如果被人发现了这些事，就会毁了我的名声，而且会被扔出这个地方。"

当他把她抱在怀中的时候，他们忘记了身外的一切。片刻之后，他们的衣服堆在一边，他们俩紧紧地依偎在一起。自从相识以后，在过去的一年时间里，他们横渡了几个大洋和大陆，她实在不知道这次离他而去之后，自己今后会有怎样的生活，而他也能想象失去她之后的空虚的生活。当她离开他的怀抱时，已经差不多四点钟了，看了一眼他床边的手表后，她不快地低声说：

"天啊，我必须回家了。"这不同于他们在中国时相处的几个月。在这个虚伪、以貌取人的地方，他们都感到很别扭。他抽着香烟看着她穿戴，然后自己也不情愿地穿上衣服，然后叫了一辆出租车送她回家。他吻别了她后，眼望她手拿钥匙溜进了家门，一会儿，楼上房间的灯亮了起来，她拉花边窗帘朝下面挥着手。一回到旅馆后，失去她陪伴的孤独感便占据了他的心头。

床上仍留有她香水和皮肤的气味，在枕上还有一小撮红色的长发，仿佛是她留下的礼物。他想打电话给她，想叫她回来，让她重新躺在自己身边。直到第二天下午，他的期待才得以实现。他们在他的房间里一直躺到十点，和他相处时的感觉非常美好，现在他的眼睛中却隐藏着一种忧郁的神情。侍者走了之后他才转过身，她预感到肯定有事要发生，她知道他已经隐瞒了一段时间。

"出了什么事，查尔斯？"她的声音仍然温柔。

"有一件事我必须告诉你。"

"不至于很糟糕吧！"她伸出手，他却紧张得很，突然站起身在房间里来回走动起来，然后又坐下来，凝视着这双缠绕在他心头很久的蓝色眼睛。

"明天下午我必须去纽约。"这话像一把刀刺中了她。

"我明白。"

"我和美国出版商有个会议，一星期前他们提议召开的。"她担心他是否会要求自己一起走，那样的话事情就更糟了。"我们必须想清楚我的离去将给我们带来的变化。这个局面不能再继续下去了，奥德丽，去年离开你之后的岁月成了我生命中最艰难的一段时间，以前只有肖恩死后才有这样的感觉。"他非常坦白，"又将再次离开你会同样艰难，我们不能再维持这种局面了。"她想问他为什么不能，为什么不能让这种局面持续一段时间，持续到她能离开祖父……到……到什么地步呢？她这样询问自己，要回答这个问题并不容易。"我要和你结婚，要你到英国来。我知道这必须等一段时间……一个月，也许两个月，我能忍受。我只想和你结婚，奥德丽。为了爱你，我可以放弃一切。"他所说的都是她的梦想，他是她唯一的爱。但是她不能答应他……不能……为什么他不明白，不能让这种局面维持一段时间呢？

她满眼泪水地摇着头，并用手指轻轻地抚摸着他的脸颊。"难道你不知道我有多爱你吗，查尔斯？我也同样希望你描绘的情景早日到来，但是我办不到……办不到！"她站起来走到窗前，茫然地望着远处的联合广场，"我不能离开祖父，难道你不明白吗？"

"难道你真以为他也是这么期望的吗？他不是个不明事理的人，奥德丽。你不能为了他而放弃自己的生活。"

"这会使他心碎的。"

"那我呢？"查尔斯的声音轻柔，但掩饰不住眼眶里的泪水。她无法回答他。

"我爱你。"她的眼睛中满含着恳求的目光，但是他只是摇着头。

"仅仅有爱还不够，爱也许会杀了我们俩，能嫁给我吗？"他没有回避，但是她的回答却不能使他满意。她必须这么牺牲自己，就像在哈尔滨的八个月，现在可能更糟……"奥德丽，回答我。"他的脸色非常可怕。这种神情同样证明了他在向她恳求，也许再也不会有这样的机会……这是最后一次……"奥德丽？"他们站在房间的两头，隔在中间的好像是整个宇宙。

"查尔斯，我不能……现在不行……"

"什么时候？下个月？明年？现在我能给予你我的一

切……我的生命……我的家……我的心……我的未来……我的忠诚……我的一切都是你的。但是我不能再等十年，我不能浪费你我的生命，一直等到那个人去世，而且我认为你的幸福对他才是最重要的。我来向他提出好吗？我很乐意这样做的。"但是她却摇摇头。

"不能这么做，查尔斯，他会让我走的，但他随后就会死去，我是他的全部。"

"你是我的全部。"

"而且你也是我唯一一爱过的男人。"

"那么就嫁给我吧！"

她呆呆地站在那里望着他，一边却在不停地摇头，过了一会儿，她便默默地坐下来哭泣起来："查尔斯，我不能。"他的脸从她身上移向窗外的联合广场。

"那么我走之后，我们之间的关系也就结束了，我不想再见到你，我不会和你玩这种感情游戏。"

"这不是游戏，查尔斯，这是我的生活……也是你的……"他背对着她，也只是摇摇头，然后面带悲伤的目光转过身来。

"分别，对我非常痛苦，也会折磨着我们，但我们会怎么样呢？空虚……承诺……欺骗……你说希望莫利是我的孩子，那好，我也是这么想的，而且我希望有一天我们能有自己的孩子，你也同样希望着……我要一种真正的生活，一个真正的妻子和合法的孩子……像詹姆士和维奥莱特。"她觉得他言之有理。

"那么和我一起住在旧金山。"

"做什么？在当地一家报社工作？推销鞋子？我是一个旅游作家，奥德丽，你清楚我的生活，住在这里我无法完成我的工作。我们中应该有一个人作出牺牲，这次该是你了。你必须跟我一起走。"

"查尔斯，我不能。"奥德丽简直泣不成声。

"再想想，四点以前我都在这里，飞机六点起飞。"在这不到二十四小时的时间里，根本不可能发生剧烈的变化。

"这起不了什么作用。"

"我在为我们作出最好的打算，你必须下决心。"

"你的行为好像表明这是我唯一的选择。好像是我任性而且反复无常，我所做的只是正视我在这里的责任。"

"你对我的责任呢？……对你自己……甚至对那个孩子呢？难道你不觉得欠我们每个人一些东西吗？如果事情真按你期望的那样发展着……"

"你该明白。"

"那么就跟我一起走，至少先答应我。"

"我不能答应。"她抚摸自己的脸，想到自己正置身在那么一种进退两难的处境，"我什么也不能答应你。"

他点点头，他已经明白自己将会遇到的风险。但是至少现在一切都过去了，她没有同意他的求婚，他便可以关上自己那扇感情之门了，他不再和她游戏，或者说和他自己游戏，他感到对不起自己。

载着她回家的出租车里一片沉寂。他温柔地抚摸着她的脸，然后吻着和她道晚安："我不想做得太残忍，但是我们必须有一个明确的了断，如果这是必然的结局……由于我们自己的缘故。"

"为什么？"她感到迷惑不解，"为什么现在？难道还有别的什么第三个人吗？"对她而言，这种可能性还不至于存在，所以他摇了摇头。

"我这样做只因我不能没有你，但是如果必须这么做，那么我就应该开始习惯起来，从现在开始。"

"你太不公平。"但是自从她在哈尔滨发出那份回绝的电报后，她就应该料到，"想想我的责任。"

"责任永远存在，奥德丽，你现在必须作出选择。"

她摇摇头，显得极度悲伤。他随后走出出租车，跨上一级台阶吻了吻她："我爱你。"

"我也爱你。"但是除此之外，她无法给予他婚姻的保证。她走进房间，抱起熟睡的孩子，感觉着她的体温，倾听着她呼噜呼噜的呼吸声。她开始回想起他说过的每句话，包括要娶她……包括想要孩子……他希望即将拥有的这一切，其实是一种没有指望的期待。第二天在早餐桌上，她呆呆地盯着自己的盘子，祖父则担心地皱紧了眉头。他发觉她十分不愉快。

"昨晚喝得太多了吗？"

她摇摇头，挤出一丝笑容。

"你面色很不好，是不是病了？"

"只是太累了。"

随后，他的声音中忽然夹带着一种奇怪的语调。她感到自己对不起他。

"你喜欢他吗？"

"我们是好朋友。"

"这能说明什么呢？"

"实际上，"她笑得很勉强，希望这个话题能够不再继续下去，"我不想谈论这个问题。"

"为什么不？"

因为这个话题深深地伤害了她，但是她没有说出来。

"我们只是朋友，爷爷。"

"但是他不是这么认为的。如果不是因为你的缘故，肯定会有好事发生。"

"你为什么会这么说？"

"一个体面姑娘是不该和一个男人跑遍世界，骑着骆驼和大象……"他的脸色非常怕人，而她却大哭起来。

"我以前从不这么想。"

"而且这对那个孩子不好。"……对他也不好。她知道他确实这么认为的，何况他有权这么认为，他已经快八十三岁了，他需要她。她太清楚这一点。

"事情并不严重，爷爷，别担心。"但是他无法不担心，而且这种心情正通过他的眼睛流露出来了。中午给查尔斯挂电话时，她心情沉重。当她中午在市中心和他见面时，他们各自都思绪万千。

她望着他："你知道我的答复，查尔斯。我爱你，但我不能嫁给你，现在不行。"他点点头，眼睛中已经失去了激情。

"我早就感觉到你会这么决定的，因为你的祖父。"她默默地点点头。

"真遗憾，奥德丽。"他握了一下她的手，就站了起来，"我想我们没有必要吃午餐了，说不定我可以赶上早一班的飞机。"这样的结束对她来说太快了，她感觉到他眼中流露出来的无言的愤怒、伤害和责备。她跟随着他走出饭店，钻进出租车。事情发展得太快了，不一会儿她便站在了家门前，查尔斯则在出租车旁望着她。他的眼光表明了他受到的伤害，他举起手挡住了她的吻别，并摇着头，低声说了一声再见之后，便再次钻进出租车里。她站在那里看着出租车发动马达消失而去，突然间，经过了那么多的时刻，那么长的路程，那么多的爱之后……他离去了，永远。

二十四

当奥德丽走进这幢属于她祖父的房子前厅时，男管家静静地为她关上门。她听到楼上的吵闹声，楼梯边还放着一堆盒子和行李。忽然，她看见妹妹正站在祖父书房门口。自从上次不愉快的争吵之后，她们还没有见过面。奥德丽谨慎地望着她，不知她在那里做什么，如果是旅行她也不必带这么一大堆东西。她的心忽然一阵下沉，她明白发生了什么事。

"出事了吗？"

"哈考特离开了我。"

奥德丽点点头，毫不惊讶，只是疑虑安娜贝尔怎么会出现在这里。她对妹妹感到无比失望："为什么你会来这里？"她的声音中有一种安娜贝尔不理解的悲伤，但她没有多加留意。

"我不想住在柏林汉姆，我恨那个地方。"

"不去住旅馆吗？"奥德丽苦涩地说道。安娜贝尔感到震惊。

"这也是我的家，和你一样。"

"你征询过爷爷的意见吗？"

"没有，"他的声音传了过来，她们俩谁也没有料到他也在家，"她没有，你不介意向我解释一番吧，安娜贝尔？"她们就像两个孩子做了不应该做的事而被他当场抓获一样。

"我……我今天早上打过电话给你，爷爷，但……"

"谎话！"他怒气冲冲地望着她，"至少应该诚恳地说出实话，你的丈夫在哪里？"

"不知道。我想他可能和朋友去湖边了。"

"而你却抛弃了他。"

"我……"在大厅解释这件事是十分尴尬的，而且，他没有请她坐下来表示，"他说要离婚。"

"这也是你的意愿？"他使用了恰当的词语。她又点点头。"我明白了。所以现在你回到你的祖父和姐姐这里，是不是，安娜贝尔？"

她的脸微微发红，并再次点点头。

"还有什么特别的原因吗？也许是这个地方？……我的一群出色的佣人？……这个有利可图的家……还是因为你的姐姐能照顾你的孩子？"他太了解她。

"我……我只想……或许只是一段时间。"

"多久？安娜贝尔？一星期？两星期？或者更短？"

她不值得奥德丽寄予太多的遗憾。她太不仁慈、太任性，喝得太多，大发脾气的次数也太多了。

"你准备在这里住多久？"

"等我找到房子好吗？"

"别问我，直截了当地告诉我……那么好吧，我同意你住下，但只能等你找到房子。"他说话时看了奥德丽一眼，然后又从安娜贝尔脸上发现了胜利的神情。

安娜贝尔在以后的两个小时里，把两个孩子都塞进了奥德丽的房间。小威斯顿几乎毁了她所有的书，汉娜爬上了莫利的摇篮。直到五点过后，奥德丽才让她们在卧室中安静下来，这时她又想起了查尔斯，不知道这时候他在干什么。很难想象几个小时前才刚刚见到他，而今后不知要到何时才能再相见。想着想着，她的枕头已经湿润了一大片，也许再想见到他已是不可能的事了。突然间她意识到，她的生活正陷入祖父和安娜贝尔的包围之中。她开始抽泣起来，回忆着她认识过的却永远失去了的那个男人。晚上下楼吃饭时，她眼睛依然红红的，但没有人注意到。祖父并没有认真在听安娜贝尔眉飞色舞地讲述哈考特不忠的故事。等到甜食上完之后，奥德丽才确实感到自己生病了。以后的几个月好似一场噩梦。安娜贝尔雇来的佣人都憎恶安娜贝尔和那两个不讨人喜欢的孩子，别的佣人则抱怨说，因为他们的到来而增加了额外工作，安娜贝尔经常外出，照顾孩子们给奥德丽带来了负担。

甚至祖父也开始厌烦起来，连奥德丽也感到无法使他快乐。她每天心事重重，只有莫利能给予她安慰，她脑子里只有查尔斯。她曾给他写了半打的信，但最后还是全部扔掉。她能说些什么呢？什么也没改变，一切如旧。而现在，祖父健康的不断衰退，更增添了奥德丽的哀愁。他不再留意政治，很少读报纸，也不去俱乐部吃午饭。奥德丽把这件事对安娜贝尔提起了几次，但安娜贝尔似乎并不在意。她一直忙于和朋友，或者别的单身男人外出。她经常出入歌剧院、豪华餐馆和舞会，连祖父、姐姐和自己孩子的近况都不愿听一听。

"天哪，看看，"圣诞之夜，安娜贝尔说要和朋友出去而不能留在家和祖父、姐姐一起吃饭时，奥德丽再也忍不住了，"你至少应该有一小时陪陪他，安妮，不要忘了。"她冷若冰霜的声音是以前从未有过的："是他替你付的账。"

"那又怎么样？而且他也在替你付，你可以陪他，而且你也没有其他事可做。"她只是蔑视她的姐姐，她不是一个老处女吗？现在她又带着一个中国孩子，又没有男人会娶她。安娜贝尔毫不犹豫地把这件事告诉了她的朋友，并暗示说这个孩子是奥德丽的。但是奥德丽并不在意，她就像爱自己的孩子一样爱着莫利，对流言蜚语根本毫不在乎。她只是对安娜贝尔

飘流的情侣 ◈ 美国文学经典 ◈

糟蹋生活、到处鬼混、听不进任何劝告和请求而感到心痛。奥德丽对改变她已经失去了信心。她是个被宠坏、令人讨厌的姑娘，现在奥德丽只能和莫利依偎在一起。安娜贝尔的生活方式让她十分伤心，但是她意识到自己对此是毫无能力的。安娜贝尔一贯如此任性，只是近来不断地喝酒使她变本加厉。离婚时他们闹得更凶了，哈考特不止一次地来这里，对着安娜贝尔和她的律师大声吼叫。祖父再也不能忍受了，奥德丽对他说道：

"我很抱歉，爷爷，不得不让你忍受这些。"

"我想应该在别处替她买一幢房子，"他叹气道，"但是我年纪大了，没有精力管这些事，也许不久我就会死去。我死后，你和她将共同拥有这幢房子，这对你们俩已经足够了。"他笑了，他还留下了泰霍房子的产权，奥德丽不清楚那个地方的资产到底值多少。她情愿一个人住在别的地方，而不愿和安娜贝尔在一块儿。但她没把这句话告诉祖父，只是责怪他不该现在就提起死。但是他的话恐怕是对的，几个月以来，他的体重一直在不停地下降，很多次她和莫利在晚餐前或下午去看他时，他都在睡觉。莫利已经能够摇摆着从房间的这头冲到那一头，大眼睛依旧闪着快乐的光芒。圣诞之夜，奥德丽给她穿上一件红色天鹅绒衣服，黑头发上扎了一根红丝带，白色长筒袜配着一双敞口黑皮鞋，奥德丽带着骄傲的目光把她递给祖父。他望着奥德丽和膝盖上的莫利。

"今晚你妹妹在哪儿，奥德丽？"

"我想她到斯坦顿吃晚饭去了。"

"她出去后家里变得多平静。"他讽刺着，并皱起眉头望着奥德丽，"你除了替她照看那两个孩子，还应该做些别的事，奥德丽！"

"她最后会分清是非的，爷爷。"可是连她自己也不相信这句话。她不想家中再出任何岔子，所以只能骗他。一有什么事，他就显得十分紧张，电铃声、电话铃声，外面的汽车声……他抱怨说每样东西移动得太快，四周的声音也太多，却不知最近他的听力正在下降。奥德丽尽量使他感到安心，用自己双手给他带去快乐，给予他周全的照料。现在她穿着深蓝色的丝绸晚礼服，在圣诞之夜坐在炉火边，祖父则在一旁打着盹。她把孩子送上床之后，就为自己倒了一杯雪莉酒，回忆起去年圣诞去中国，和孩子们在孤儿院里唱圣诞颂歌的情景，于是她又不由地联想到查尔斯，他是否已经到埃及了呢？她心情沉重，但她明白一切都已经过去了。她几个月前就摘掉他给的戒指，把它放到了首饰盒中。她收到的一张詹姆士和维奥莱特的圣诞卡中也没有提到他。他们只说希望能一九三五年再见到奥德丽，并要她到昂蒂布消夏。虽然这同样是她所期望的，但祖父健康的不断恶化使她想都不敢想一下。

就在莫利三月十五日一周岁生日两天之后，祖父因突然中风而失去了说话能力，并造成了左半身瘫痪。他极度痛苦地看着奥德丽在房间给予护士帮助，并日夜等待医生的到达。两天后，奥德丽才到安娜贝尔那里把消息告诉她。她和朋友到洛杉矶去了一个星期，晚上也睡在旅馆里。她和奥德丽说话时显得十分不耐烦，奥德丽却非常激动。

"如果是你的孩子出了事呢？"

"你不是在他身边吗？"一阵狂怒突然掠过她的全身，她真想给她一记耳光。无论在单身汉还是结了婚的男人面前，她总是不放弃展示自己的机会；哈考特曾因和自己妻子的一个最亲密女友的臭名远扬的桃色事件，而几乎天天在闲话栏上，他俩如今是一样的极端可耻。祖父有一次曾说，这是他们俩应得的报应。这时，安娜贝尔带着不耐烦的口气，出乎奥德丽的意料回了一个电话。

"爷爷两天前中风了，安妮，你最好回家来。"

"为什么？"

听到妹妹的话，奥德丽觉得自己的身体也僵硬起来了。

"我帮不上他什么忙，奥德丽，而且在充满病菌的房间里我也会得病的。"奥德丽想起当小威斯顿出水痘后又传染给了汉娜和莫利时，安娜贝尔正在圣巴巴拉度了三个星期的假，把三个孩子全扔给奥德丽，而且她连电话也没有打一个。

"你属于这个地方，"奥德丽的声音冷得像冰，"不要在洛杉矶鬼混，今晚就调转你的屁股回家，听清楚了吗？"

"不要用这种口气对我说话，你这条妒忌的母狗！"奥德丽完全被自己的妹妹恶毒的话语惊呆了。她们俩之间如今连一丝客气的迹象都不存在了。

"我觉得应该回来时我会回来的。"

为什么回来？为了她的遗产？当奥德丽想起这些，她意识到她永远不能和妹妹住在同一幢房子里。等她祖父一去世，她也该离开了。这里没有什么值得她留下，甚至在旧金山也是如此。她不欠安娜贝尔什么，她已经献上了自己一半的生命，再没什么能给予她的了。是安娜贝尔负起责任、照顾自己孩子的时候了。

奥德丽坐着，只想了一会儿就点了点头，到现在为止，她生活的某个时期结束了。"好吧，安娜贝尔，随你什么时候回家。"然后她挂上了电话，她觉得自己刚才仿佛在同一个陌生人通电话。

二十五

祖父一直挨到六月初，在奥德丽握住他的手、轻轻吻着他的手指时，终于安详地合上了眼睛。奥德丽泪水挂满双颊，她明白上帝是仁慈的。他曾是那么强有力的一个人，是那么健壮和傲慢，让失望的思绪缠绕在体内，决不从口中流露一句话。现在他终于解脱了，已是八十三岁，也活得很累很累了。

奥德丽心情沉重地注视着一切后事的料理。她从不认为这有什么复杂繁琐，无论是挑选棺材还是选定哀乐。葬礼上致颂辞的牧师都是熟识的人。奥德丽坐在楼前，身穿黑外套、黑丝袜，连安娜贝尔在那天也严肃起来。祖父比他们任何人都富有，在旧金山和塔霍湖的美克湾拥有大片房产和茂密的树林，奥德丽特别意识到他留下了一笔小小的、特殊的遗产给莫利，把她称为"我可爱的孙女莫利·特雷斯科尔"。聆听遗嘱时，眼泪模糊了奥德丽的双眼，安娜贝尔却几乎无动于衷。遗嘱中有一条：任何一个女孩都可出卖属于她们的那部分房产，否则，她们必须住在一起生活。但奥德丽确信自己不会那样做。

这以后平静了几个星期，她又开始收拾东西，把这些东西放入储藏室的箱子里。储藏室有一些包装箱和手提浅皮箱，还有一个放莫利穿不下了的旧衣服的盒子，里面甚至藏有她父亲的剪贴本，非常仔细地包在纸中。她打算只带几只浅皮箱，去欧洲住几个月，到那里后再决定以后做什么。她要去看望维奥莱特和詹姆士，更主要的是，她要去见查尔斯，这是她的头等大事，现在她是自由的，不再有从前那么多的阻碍，除了莫利。查尔斯九月离开旧金山后就再也没有消息，她一想到有责任要实行的计划，心里就发痛，她怀疑他是否欢迎自己去见他。他是她去欧洲旅行的主要原因。

七月底，她结束了全部要办的琐事，行李都捡好运走了，祖父遗产方面的事也已做完，一切都安排得有条有理。那天，她终于和安娜贝尔坐在一起。安娜贝尔正在穿衣打扮，准备外出，奥德丽觉得她的口红涂得太浓了，她的头发往上高高卷起，床上有套女子套服和一件绸衬衫。

"你穿这些衣服真是太漂亮了。"她对妹妹笑着说，然后坐下来。安娜贝尔惊奇地看着她，自从祖父死后，她们几乎没讲过话。报上新近有她的芳名，是有关她和某个有妇之夫调情的轶闻，她担心奥德丽要就此数落她。

"我马上要出去，奥德丽，"她紧张不安地说，回避着奥德丽的目光。隔壁房间的汉娜和莫利正在玩耍，这是群粗野的小家伙，她们能听到阵阵的喧闹。

"我不会耽误你许久的，安妮。"她穿了件深色的黑丝绸外套，和妹妹比较，她显得比实际年龄更大。安娜贝尔似乎不记得姐姐穿黑色衣服是在哀悼祖父。

"几天后我将去欧洲，我想应该让你知道。"

"你去干什么？"她看来很震惊，诧异地看着奥德丽。她们彼此也许很难再见面了。

"你什么时候决定的？"当奥德丽对她微笑时，她正从梳妆台前转过身来，一条眉毛刚描过，另一只眼睛游移不定地看着别处。

"我几星期前就决定了。这幢房子没有空余的地方能容得下我们俩，安妮。我没有理由要继续呆下去。我呆在这里仅仅是因为爷爷, 可现在他也去世了。"

"我怎么办?"安娜贝尔无措地望着姐姐, 除非奥德丽仍住在这里照顾一切, 否则她无法静下心来过日子, "我孩子怎么办? 谁来管这房子?"奥德丽瞧着她那又惊又悲的脸几乎要笑出来。

"我考虑该对你说, 一切必须重新开始, 安妮, 这是新的, 我却已经整整做了十八年。"她现在二十九岁了, 从十一岁起, 她就管着这房子, 更重要的是, 她为安娜贝尔照顾孩子, 虽然在这期间她离开过十个月。"现在一切都属于你。"她微笑着站起来, 这是一种冷淡的微笑。她又一次感到祖父去世后产生的令人窒息的空虚。每当她走进饭厅, 看着他的空座位, 下意识地仍在等他下来, 等他和自己讨论报上的新闻, 然后才强烈地意识到他再不会下来了, 她永远失去了他。现在的饭厅使她感到忧闷, 她甚至不再下楼去吃早饭。

"你将去哪里?"安娜贝尔显得很恐慌。

"去英国, 然后去法国南部, 此后我再决定去向。"

"你什么时候回家?"

"我还没拿定主意, 大约不少于几个月, 我现在没必要匆忙地赶回来。"

"你根本不必这样!"安娜贝尔呼地站起身来, 把发刷扔在桌上, "你不能就这样抛弃我。"奥德丽低头看着比她小得多的妹妹, 安娜贝尔不仅在体形上, 即使在精神上也是虚弱的。

"我确实没想到你会在意这件事。"

"这是什么意思?"

"我们确实不再合得来, 安妮, 不是吗?"她的声调平静, 眼睛却是悲哀的。本不应该以这样的方式来结束她们俩之间的一切，但它终究还是发生了。她们之间不再有任何瓜葛，除了不愉快、冷漠以及本能的非难。

"你为什么这样待我？"安娜贝尔开始喊叫，染眉毛的油彩像黑河般流下双颊，她看起来真可怕。她又重新坐下，抬头瞪着奥德丽说："你恨我，不是吗？"

"不，不是。"

"你嘲弄我，因为你从没有过丈夫。"

奥德丽突然在这卧室中笑起来，房中弥漫着香水气和香烟味。她不需要一个像哈考特那样的丈夫，她只爱过查尔斯这样一个男人。

"你不要猜疑，安妮，我不责备你做的一切，我希望你有一天再婚，或许那时你会聪明些，"她的口气和神态看起来和从前不一样了，"我该走了，我想我愿意像父亲那样生活，我渴望去周游世界。"她没告诉妹妹关于查尔斯的消息。

"我怎么来照看孩子呢？"安娜贝尔呜咽起来。

"给他们请个保姆。"

"没有谁肯来。"奥德丽对此感到歉疚，但她不愿意再妥协。她对安娜贝尔讲，亲自照料孩子或许是改变自己的好机会。奥德丽很高兴将要与查尔斯单独相处，她站起身走向门口，从现在开始度过的每一分钟都令人愉快。

在门口，她站了一会儿，低头看着她妹妹："对不起，安妮。"

"滚出去！"安娜贝尔向她咆哮，把梳子向门口扔去，"滚出我的房子！"奥德丽把身后的门轻轻关上，马上又听见屋里一阵玻璃的破碎声。

四天后，她整理好随身行李，最后环顾了她的房子。她毫无悔恨，急欲离开，即使夜晚安娜贝尔向她呜咽祈求，也不能打动她的心。一听说奥德丽要走，两位侍女也一齐要求离开，做糕饼的厨师一个月前已退休了。对这个屋子的所有人来说，开始了一种新生活，无论是奥德丽还是安娜贝尔，都将第一次靠自己的力量独立生活。当她把行李提袋放在大厅时，一时诧异该如何迈步，环视这大厅，她不知自己是否能再见到这幢房子，到那时这幢房子是否还存在？但有一点可以肯定，一切都不会相同。安娜贝尔或许会出来，卖掉所有的东西；或许把所有的东西都扔掉，重新装饰一新。

走前，安娜贝尔没有起床和她告别，孩子们仍在酣睡。奥德丽平静地给莫利穿好衣服，一起到厨房吃早餐。女司机把她们的行李运到机场。她决定立即飞到纽约，这比乘火车快。然后她们乘坐"诺曼底"号轮船去英国，这是艘这条航线上最新最漂亮的客轮。她计划在南安普敦下船，同时去看查尔斯，想告诉他马上要去伦敦，这也许会使他生气，而且这种伤害无法弥补，但她必须试试，她欠自己太多了。他是自己唯一爱过的男人，凭这点她就值得去试试。

她和每个仆人都握手告别，牵着莫利走下门前的台阶，这情形同她带莫利离开中国时一模一样。一想起乘着火车不停地旅行，她就禁不住微笑起来。现在，她倒并不急于见到查尔斯，去纽约的长途飞行似乎数分钟就可到达。她不后悔离开旧金山。飞机一起飞，她的心跳就加快了，可到任何地方去旅行的渴望使她兴奋不已……这种感觉也发生在登上纽约港的轮船时。她清楚地记得，两年前与维奥莱特夫妇在"马里塔尼亚"号轮船上见面时就有这种感觉。但是，这次旅行没有一个人能特别引起她的兴趣，尽管"诺曼底"号轮船处处都不同寻常。绝大部分时间她都和莫利玩耍，或者让莫利在身边玩，她坐在靠背椅上读书。思绪此时已飞到了查尔斯身边。自从在人行道旁拒绝他的提议、驱车离开后，她再没见到他，每当她沉浸在思念中时，总体味到一种相同的、苦涩的痛苦。但在南开普敦码头会是欣喜的，现在离再见他只有几小时了，船就要停靠在伦敦。像从前那样，只要她打电话，他就会来，时间却只在午后。奥德丽想，第二天就能送一封便函到他的公寓，要不，也可先问问维奥莱特和詹姆士是否知道他在哪儿。

第二天，她终于打了电话，接电话的是维奥莱特。但这是次可怕的对话。

"维奥莱特吗？……你能听清楚吗？……我是奥德丽，奥德丽·特雷斯科尔……什么……你说的是什么？……"

"我说……你在哪儿？"线路时断时续，奥德丽几乎听不清。

"我现在伦敦。"

"你住在哪里？"

"住在克拉里奇旅馆。"

"你什么时候来我们这儿？"自六月以来，他们一直住在法国南部的昂蒂布，奥德丽能想象出那地方像从前一样漂亮。

"大约在周末。"

"什么？"

"本周末。"

"你好吗？"

"好。"她想告诉维奥莱特关于莫利的事，但现在还不能讲，用这样时断时续的线路来和法国南部通话，实在受罪。

"你和詹姆士、孩子都好吗？"

"我们都好……"线路又完全没有声音了，奥德丽只听见一个尾声。

"你说什么？……这要命的电话线……'

"……我说……我说……我们刚从……"

"从哪里?"线路突然清晰了,如同太阳从乌云中钻出来,奥德丽听得最清楚的词是"查尔斯的婚礼"。

"什么?"她滑倒在床上,似乎有人推了她一把。

"我说,我们刚从查尔斯的婚礼上回来……婚礼是动人的。"嗬,上帝!……不,不……上帝……不会是查尔斯……

"我……啊……"像是外力的作用,话从她嘴里滑出来。

"……奥德丽,你能听到我的声音吗?……"

"能,很清楚……他和谁结婚?"真正关注的不就是这事吗?

"夏洛特·比尔兹利……查尔斯的出版商的女儿……"不必再说了,那姑娘追了他两年,跟随他去埃及,就住在他附近。詹姆士说这种邂逅不会长久,当那姑娘更进一步了解他后,会立刻厌烦这种着迷。不能想象查尔斯为什么要娶她,也许像维奥莱特所猜测的,还有另外的原因。"他们在汉普郡结的婚,我们刚从那里回来。"

直听到最后一句话,奥德丽仍然显得平静,强忍着不让眼泪掉下来。"这很好……"她听见自己的声音出奇地平稳,没有必要再和他通话了。

"你什么时候来?"

"我不知道……我……"她突然记起自己来伦敦的目的,现在没必要去那里了,难怪给查尔斯的电话打不通。一时间,奥德丽所有的念头就是立即离开伦敦,"明天?是否太匆忙了?"她凝视着正在屋角玩耍的莫利,不知自己说了些什么。

"最好来我这里聊聊,奥德丽!你是坐飞机来吗?"

现在她不用急匆匆了。"我将乘火车,维奥莱特……我会带上我女儿。"

"你说什么？"线路又开始发生故障。

"我的女儿！"奥德丽叫喊着。

"告诉我你什么时候到达。你带来的一切都是美妙的。我们为你留着房间。"

"谢谢……"说再见时，她的嘴唇在发抖，"明天见。"

"好，我们到车站接你。"

"好吧。"她们挂断了电话。奥德丽坐着，良久良久地凝视着，想着老朋友告诉她的消息，无论如何也难以相信这是真的。她爱查尔斯爱得如此之深，她来的目的就是看他，而现在却是位名叫夏洛特的女人和他结婚！

二十六

　　翌日清晨八点四十三分,火车准点抵达昂蒂布车站。奥德丽靠窗坐着,穿了件淡蓝色的亚麻布外套和斜纹裤子,这是她两年前在昂蒂布买的。莫利穿了件粉红色棉外套,外罩了一件白色围兜,头上扎朵粉红色蝴蝶结,看起来像个中国小天使。火车进站时,她坐在奥德丽的腿上。奥德丽从窗口向外望,希望能看到维奥莱特和詹姆士。起初没看见他们,她差点儿准备找个搬运工来扛她的行李。当她踏上月台时,才发现了他们。他们俩一点没变。维奥莱特看上去很文雅,穿了件白色外套,戴顶红色的大帽子,颈上围着条粉红色围巾,露出一串珍珠项链。詹姆士穿件蓝白相间的衬衫,蓝色斜纹布裤。他这个英国人倒更像个法国人。维奥莱特首先跑向奥德丽,到跟前时突然停住了,眼睛惊讶地睁大,注视着奥德丽臂弯里搂着的莫利。

　　"嘿!"当维奥莱特把疑问的目光转向奥德丽时,两人都笑了起来。

　　"这是谁?"

　　詹姆士指点搬运工搬运行李,维奥莱特的目光又转向莫利,充满了好奇。

　　奥德丽笑着说:"本来昨天在电话里就要告诉你,可是线路很糟。这是我的女儿,莫利。"

　　"我的……我的……"维奥莱特调皮地学着奥德丽的语调,"怪不得你要去那儿,我肯定……她非常漂亮……"维奥莱特俯身向前,"亲爱的,她的父亲是谁?"

"说实话，我也不能确定，"维奥莱特听到这种回答，眼睛睁得更大了，"我想是位日本兵。"

维奥莱待对此噘起嘴："你不必这样解释，相反，你应该说她父亲是位著名的哲学家，或者某位政府官员，某位令人敬畏的重要人物。"

"我说，这是谁？"詹姆士回到她身边，给奥德丽一个紧紧的拥抱，边亲吻边注视着那女孩。

维奥莱特替她回答："喏，亲爱的，奥德丽有位中国小女孩。"奥德丽对这种说明置之一笑。维奥莱特和詹姆士显然都不会相信她有个聪明的中国女儿，她发现自己的任何事情都不会使他们吃惊。不过，他们夫妇俩这种直截了当的问话真够直率了，她还是决定不让玩笑开得太过分了。

"真的，她的母亲死在孤儿院，那时我在那里，我就把莫利带回家，收养了她。"

詹姆士对这位老朋友笑笑，领她上汽车，维奥莱特领着莫利，"你的祖父一定很高兴。"

奥德丽一想起祖父最初见到莫利的反应就止不住发笑，但此后他对莫利很好，甚至在遗嘱中都提到她。奥德丽想到此而大为感叹：

"他最后和她很融洽，他非常喜爱她。"

当他们一起钻进那辆宽敞的梅赛德斯牌汽车时，维奥莱特对奥德丽皱了皱眉头："去年九月查尔斯去看你回来，没有对我们提起任何关于夏洛特的事，这多像他的秉性。"她看看詹姆士，两人一起笑了起来。奥德丽强忍着没让痛苦在脸上流露，一听见他的名字，她便感到窘迫，希望他们不再提到婚礼的事。但最终，她必须知道。她要知道，至少要知道他和谁结婚，为什么结婚，只是不必作进一步的解释。他刚在去年堕入情网，而又马上挣脱出来去结婚，这似乎不太可能。他不是那种人，至少……她极力想把他从脑中驱走，转而把思绪回到詹姆士夫妇身上。他们三人闲聊着，汽车开到别墅了，奥德丽觉得一切都如同原样。安排给她的房间也正是从前她住的那间。虽然他们并不太欢迎莫利，但她单独也有一间。最后，眼看着太阳即将落下地平线，她忍不住还是向维奥莱特打听了关于夏洛特的事，她一定得知道……一定……詹姆士为晚餐开了瓶葡萄酒，使她们"恢复疲劳"。

"我在旧金山碰到查尔斯时，他从来向我提起过这位姑娘。"奥德丽迟疑地说，心里承认此事多少和她有关，多少有点使她为难，即使面对维奥莱特也是如此。

"到现在为止，夏洛特追求他已有两年。"起初，维奥莱特说话很谨慎，看着奥德丽的眼睛。但奥德丽的眼中没流露出任何异样。她转过头，望着水面。维奥莱特把手轻轻放在她手上。"你现在是不是仍在爱着他，奥德丽？"维奥莱特无论怀疑什么，对这点是绝不怀疑的，她把目光重新转到她朋友的充满痛苦的双眼上，眼泪正挂在奥德丽的睫毛上。

"哦，我亲爱的……哦，奥德丽，我很抱歉……我在电话里直率地告诉了你，无论如何，我认为这种痛苦对我们俩是一样的。当他从旧金山回来时，一切都决定了。"

奥德丽注视着她的朋友，脸上是深深的困惑："他说了些什么？"

"事实上用不着再说什么，一切都结束了。你那时在那里安排时，他就已经决定了自己的生活。我必须说的是，他是带着报复的口气讲的。"

奥德丽点点头，她最了解这点。

"他一再要求我和他结婚……"她把极度痛苦的目光转

到莫利身上，"但是，维奥莱特……我不能。我那时怎能离开祖父呢？这不合适的……我只能如此。我猜想他在旧金山住了一段时间，但是他当然只能两者选一……我们俩是为共同的理想而堕入情网的。"

"我想，那时他一定是怒气冲冲离开的。"维奥莱特很了解他。奥德丽点点头。

"他发怒了，当然他同样也受到伤害。可是他拒绝去弄清楚我为什么要留在那里。"

"你必须承认，奥德丽，他从没有责任心……从来没有……当然除了对他的兄弟。但那时他自己实际上还是个孩子，还没有旅游的爱好。你是一旦有了这种爱好就不会改变，但我不能肯定他是否会这样执著，至少不能用常人的眼光去判断。让人吃惊的是，你全身心喜爱的这种嗜好，也非要他如何不可。"奥德丽笑了，掏出口袋里的手帕擦擦眼睛。詹姆士从餐厅里看着她们，想到她们俩的形象多么可爱啊！

"这真是一件蠢事。"维奥莱特继续说。她对奥德丽从不隐瞒自己的感情。从一开始她就感到没什么可保密的。有一次，她对查尔斯也是如此坦率，可他不相信她。"这事傻就傻在我不相信那女人会爱他。她需要他……哦，上帝！真是的……她不顾一切地需要他，就像一个人迫切渴望得到一种东西、或者一块极其珍贵的宝地……或许一座城堡，或者一座必须爬上的高峰。我想，她把能和查尔斯结婚看成是她的一项成就。"奥德丽听朋友这样说，感到十分好奇。

"可他显然一定爱她。"奥德丽搋了搋鼻子，轻轻擦了擦眼睛，朋友的坦率使她好过了些，她实在必须和人谈谈他。

"你知道，"维奥莱特带着沉郁的目光又坐在椅子里，眯起眼睛看着太阳，"我不能完全明白他这样做的目的。我想只有他自己清楚。对他来讲，她会使他的生活变得更舒适。上帝，她可以为他做任何事，除了给他穿鞋子。我敢断定，这些全是装出来的。"

"相反，我拒绝对他作任何让步，直到我祖父去世。"

"别人几乎不能责备你什么。"维奥莱特对查尔斯与夏洛特的结合愤愤不平，她喋喋不休地大谈他们的婚礼。但詹姆士警告她不要讲得太多，否则会失去查尔斯的友情。

"她很漂亮吗？"奥德丽问，她看起来像个碎了心的孩子。

维奥莱特摇摇头："不，她不漂亮……但可说很……用有吸引力这词也许更恰当。在大庭广众之下，她穿着奢华，全是最时新式样，每样东西都极其昂贵。我想她父亲宠坏了她，当然，她家很有钱。"维奥莱特说到此，显得极度鄙视。但不管她怎么说，可肯定的是夏洛特家有钱，却无社会地位。尽管她并没直接对奥德丽这样说。

"查尔斯说她极具商业头脑，她可以完全操纵他作品的出版，她可做得十分完美。她甚至可以为他的两部小说买到电影改编权，这些都是查尔斯自己从不敢想象的。"

"这样听起来她对他似乎不错。"

接着，维奥莱特问她确实想要了解什么。

"他幸福吗？"

维奥莱特沉思了很久，然后又看着奥德丽的眼睛："不，他不幸福。他说他幸福的，但老实告诉你，我不相信他。詹姆士会因为我告诉你这话而杀了我，但我确是这样认为的。我想，他自己被他对她的感觉所蒙骗。但那里没有快乐，没有火花，没有激动……当他说到你时，倒似乎不知该怎样表达。"她们俩都记得奥德丽是什么时候拒绝离开哈尔滨的。

"但现在那里没有一个人了。他看上去半死不活，真的麻木了。虽然他索求的是种辉煌的时刻，但这种时刻即使有，也不会长久。我想这假象背后，夏洛特是个十分难对待的女人。有理由解释她为什么到现在才结婚，在生活中她一旦得到她贪求的东西后，她会立即因厌倦而抛弃。她需要的是一种事业，她现在有了，而且是大事业，她需要一个丈夫，她也得到了。但她最终会把他变成一个任人操纵的木偶，那时查尔斯就会一刻也无法忍受，她将把他变成一座制造小说和电影的工厂，赚取大笔大笔的钱。这的确是她唯一精通的事，她不懂得是什么造就出你和查尔斯这样的人，不可思议的旅游爱好使你们走遍世界，产生出非同寻常的哲学家和非同寻常的摄影作品。"

"拍了什么摄影作品？"詹姆士终于也加入她们的谈话，他疑惑地看着妻子。他明确告诫她不要再和奥德丽谈论查尔斯的事。他知道查尔斯仍然喜欢摄影，奥德丽也是，而夏洛特则相反。

两个女人不再谈论这一话题，但维奥莱特所讲的每句话都翻腾在奥德丽的脑海中，尽管她一再试图告诉自己：这一切都结束了，她不可能再爱他……他已经结婚了。

但事实仍令人难以接受。她不能忘记在东方快车上那忘却时光的倾吐衷肠，不能忘记坐在一辆狭小的火车里去西藏攀登山峰，观看那奇妙的日出。现在她真感谢当时所做的一切，没有这些，她将没有可供描绘的记忆。一次又一次地，她想着维奥莱特说的：夏洛特会替他把生活安排调理得更舒适……但这似乎还不是促使他结婚的充分理由。他不是那种人，这理由不充分。除非是因为她再次拒绝了他而迫使他这样做的，他完全是出于恼恨。但他也比旁人更敏感。晚上，她躺在床上，想着他，告诉自己这不是他和夏洛特结婚的理由。可他毕竟结了婚，奥德丽必须忘记他。

在昂蒂布度过的愉快的几星期中，奥德丽始终不能忘记查尔斯。他们三人的举止引起了在昂蒂布的沃利·辛普森太太和英国威尔士王子爱德华的注意，奥德丽更是引起了他们的兴趣。王子和詹姆士交谈时，奥德丽被介绍给他们俩。詹姆士觉得奥德丽在某些方面与辛普森太太有相似之处，她俩都是美国人，虽然辛普森太太仅仅只和她握了握手。即使在昂蒂布，奥德丽也因她那漂亮的衣服而令人目眩。王子也是位英俊的男子。奥德丽能与他们认识，心情很激动，长久地和维奥莱特谈论他们，当然也谈到那件艳闻。

这时，另一对夫妇来到了别墅，他们是维奥莱特和詹姆士的好朋友，至少那位太太是他们的好朋友，她叫巴伦斯·厄休拉·曼。少女时代她就和维奥莱特在同一所寄宿学校。她新近和一位叫卡尔·罗森的经济学家结婚，现在人们称呼她厄休拉·罗森，或者叫她厄西。她有淡黄色的卷发和大大的绿眼睛，脸上有雀斑和酒窝、迷人的微笑。她讲她的慕尼黑的家庭，以及朋友们的令人震惊的故事。她每年去法国南部，现在是度蜜月，他们已经去过维也纳和巴黎，然后来到这里。九月份将去威尼斯和罗马，再回到卡尔居住的柏林。她的父亲坚持要买一幢大房子给他们，显然她父亲不在乎卡尔是犹太人。那时在德国，对犹太人恰恰已有些骚扰了。厄西以德国口音解释说，父亲告诫她，如果纳粹分子来骚扰他们，千万不要惹怒其中任何重要的人物。她抱有坚定的反纳粹观点，但只有在这里、在法国南部，她才能这样说。他们都没他意识到希特勒会迫害所有国家的犹太人，卡尔毕竟有个博士学位。他在柏林大学教书，写过几部著作，在德国是个有名气的人物。喝了许多香槟后，他也变得高兴起来。他们五人和别的朋友一起，在别墅里共度愉快时光。奥德丽的日子过得轻松幸福，人也晒黑了，到八月的最后一个星期，她开始考虑接下去该做什么，本来她是打算到伦敦和查尔斯公开呆几个月的，现在没必要了。

"和我们一起去威尼斯，"他们躺在阳光下享受日光浴时，厄西这样建议说。她正把卡尔的草帽戴在她金色的卷发上，看过去她漂亮极了。

但奥德丽对此笑了笑："你们不是在度蜜月？我有一个想法，卡尔听了肯定会很激动。"

"嗬，我想他会的。"卡尔的嗓门从走廊里大声传来。他来给厄西放把椅子，"你为什么不和我们一起去？"

"我去不了，卡尔。"

"为什么？"

"你们会感到乏味的，看在上帝的分上，你们是在度蜜月啊！"

卡尔俯身向前，全神贯注地倾听："我们能否一起作一次旅游呢？"

"不，"她笑了，转过身正好看见一辆汽车开进别墅，两个人影出现了。男的只看到背影，女的是高瘦个头，戴顶阔边花式帽，穿一件裁剪非常合体的宽肩白色外套。花园里传来维奥莱特欢迎他们的英国口音，他们进了屋内，一个仆人提着行李。维奥莱特没有告诉过她还有其他的客人来这里，奥德丽怀疑她会领这两位客人去莫利的房间，维奥莱特一贯讨人喜欢，就是对不速之客也如此。

"你知道他们是谁？"厄西懒懒地问奥德丽。奥德丽摇摇头："我也不认识。"接着厄西对她的新朋友笑了笑："我很高兴能遇见你，奥德丽，还有小莫利。"厄西希望马上就有孩子，他们已试着使她怀孕。他们想要六个孩子,并谈妥了,一有可能马上就生。厄西毕竟三十一岁了,卡尔三十五岁。他们恰好和詹姆士、维奥莱特同岁。奥德丽才二十九岁就有了一群孩子要照顾,他们常常为此和她开玩笑。闲聊时,维奥莱特来到他们坐的地方,带了一大罐柠檬水,朝奥德丽的方向投去神秘的一瞥。厄西首先发觉,但奥德丽正在为大家倒水果汁,没有注意到。当新客人出现在阳台上时,奥德丽正起劲地和卡尔谈着。那男士走到穿着漂亮的美国姑娘身后,当他看清是奥德丽时,显得那么震惊。在奥德丽转过身子之前,人们都已知道他是谁了。奥德丽一转身,立即僵住了,玻璃杯失手掉在地上,在阳光下摔成碎片,深深地割伤了她的脚。大家都冲上去扶她回到座位上,卡尔掏出白色绸缎手帕要为她止血,但她坚持让别人拿块毛巾来,她不愿意弄脏手帕。

"噢,上帝,奥德丽你不要犯傻!"

她不听,接过毛巾来自己包扎伤口。当目光相遇时,他们俩彼此都受到震惊,表现出突如其来的手忙脚乱,他们再也无法躲避,奥德丽把手伸给查尔斯,维奥莱特分明感受到她的痛苦。

"噢,查尔斯,很抱歉,你进来时竟发生了这么一件插曲。我并不总是很笨拙的。"她笑着说。当她看着他和他妻子时,全身似乎都在颤抖。没有人上前给她介绍夏洛特。"你好,我是奥德丽·特雷斯科尔。"她伸出手,那位高个、充满诱力的年轻女人对她浑身上下扫了一遍,然后伸出了手。她看出奥德丽的眼中毫无热情。

"我叫夏洛特·帕克——斯科特。你好。"

"好,让他们把地扫干净,我建议大家都到里边去好吗?"地上到处是碎玻璃,维奥莱特是个很敏感机灵的人,

"请大家都穿上鞋。"她喊人们都到屋里去,奥德丽为自己造成的这种混乱而不停地道歉。他们俩都知道是什么原因,连厄西也感到事情是因这位男士的到来才发生的。奥德丽很痛苦,但在她脸上已看不出什么异样了,在卡尔的搀扶下,她跛着脚走进屋子,她谢绝了查尔斯的搀扶请求。在自己的房中,她清理伤口,扎上绷带。几分钟后,维奥莱特进来了,她绞着双手,看着奥德丽脸上极度痛楚的表情,解释说:"奥德丽,我没有这种意思……你必须相信我……他们没被邀请……"

"没关系,维奥莱特,这事迟早要发生的。"

"但不应该在这里,上帝!你来这儿是为了忘记他,我猜想是这样。"

"或许这是医治创伤的最好方法。"

维奥莱特拿了块湿布捂住她的伤口,愁苦地看着奥德丽。

"她是个很漂亮的女人,维奥莱特,我想这足以解释一切了。"

维奥莱特猛地摇摇头:"不要妒忌,她不及你的十分之一漂亮。她像冰山一样冷漠。"即使奥德丽只与她相处了几分钟,仍能觉到她。她具有商人气质,冷酷,有很强的权力欲。

"他们只呆一个晚上,我告诉查尔斯他们不能多呆,我不能为此而使你感到难过。"

"不是妒忌,维奥莱特,我要作次小小的旅行。厄西和卡尔建议我和他们一起去意大利。"其实她并非要和他们去,她不认为这对他们是件好事,但总比现在呆在这里要强。她可以此作为离开的理由,然后只陪伴他们一两天。她不愿和查尔斯新婚夫妇呆在一起,这是确切无疑的。

"奥德丽……他们明天就会离开,我起誓……"维奥莱特强烈地感受到她朋友身心的痛苦，打碎玻璃杯、割伤脚已经足够了，最坏的还是她第一眼望着查尔斯的那种表情，如此的痛苦和失望真会令人停止呼吸。这种巨大的打击全都印在她脸上，查尔斯不可能不看到。不幸的是，夏洛特也看到了，此刻，她正在阳台上低声和查尔斯谈论着。

"你没有告诉我她也在这里。"夏洛特清楚地知道她是谁，她也恰恰猜到，对查尔斯而言，她一度意味着什么。当他去年从旧金山返回时，她就觉察到所有的迹象，她趁机尽力利用他的决定来击败他。现在她不必重演这一幕，她赢得了他，她将掌握他。

"我没有想到，"他极力显得平静，两人目光相遇，"对我来讲，她在这里完全出乎我的意料。"他自己也感到奇怪，她怎么有办法离开旧金山的祖父？

"我想我们该去找家旅馆。"

但他脸上露出的是一种夏洛特不喜欢的神色："我将不离开她，夏洛特。"

"我不打算和她在一个屋顶下居住，"夏洛特的眼睛像两块黑色岩石，"此外，这事让我变得神经质也不好。"

他看着她，叹着气。时间已六个半月了，无论什么时候，她总是提醒他记得她的地位身份，她能成功，查尔斯现在不敢冒和她决裂的危险。

"今夜让我们试试，如果太尴尬，我们明天去找家旅馆。我已答应了，如果现在离开的话，对大家都太突然了，它会惹恼维奥莱特和詹姆士的。"

奥德丽下午其余的时间和厄西、卡尔一起外出购物，回来后，就带莫利去厨房喂她吃饭。维奥莱特的所有侍女都喜爱这小姑娘。莫利是奥德丽生活中唯一的阳光，现在她越发感到永远是这样。在这里和查尔斯面对面纯粹是受折磨。鼓起每一份勇气，她才决定下楼吃晚饭。

她作了特别的修饰，把她最美的东西显示出来。尽管维奥莱特说了些什么，她发现夏洛特仍然充满可怕的敌意。夏洛特穿着精致的服装，优雅的风度几乎无可挑剔。奥德丽甚至觉得除了她，别人都是不够整洁的。她是拥有权力和财富的女人中的一员，如果不是因为先入为主的看法，奥德丽会为查尔斯娶到这样的女人而喝彩。

"你今晚非常可爱，我亲爱的。"当奥德丽穿着黑色的绸外套轻盈地飘进大厅时，詹姆士赞叹道。他知道需要一只有力的臂膀去支撑她，他给予了他的帮助。维奥莱特坐在她身边，离查尔斯尽可能远一些。那晚甚至多邀了几位朋友，她要使人群尽可能地扩大，这样，奥德丽和查尔斯就不必被迫在一起。晚餐出乎意料的平和快乐。只有奥德丽自己和主人知道，这餐饭对她是多么艰难。但还没有其他人觉察到这一点。除了夏洛特，她一直用那双锐利的眼睛注视着查尔斯，她本人在整个晚上显得格外妩媚和漂亮，似乎是炫耀给奥德丽看，到底是谁在代替她和查尔斯结婚，又好像衬托出奥德丽在任何方面都压根儿不合乎标准。

"你去干什么了？"晚餐出现片刻的安静，她刺了刺奥德丽。

奥德丽望着她，笑了笑，回答时语调很平静，没有人看见她的手在颤抖："我在照看我女儿。"

"多么漂亮的孩子。"夏洛特笑了，大家都知道她此刻正担任着她父亲的比尔兹利公司的董事。

"奥德丽，对你的摄影作品不要那么谦虚。"维奥莱特转了话题，"奥德丽拍得非常好，棒极了！"带着一丝不易觉察的怒气，她瞄了夏洛特一眼，查尔斯正盯着跟前的餐具。他和奥德丽同时想到森·耶夫人的那帧肖像照，照片与他发表在《时代》周刊上的文章放在一起，这带给奥德丽很多欢乐。

谈话又转到别处去了，就像河流淌过岩石一般。奥德丽觉得这是有生以来最令人窒息的晚上，她漫步到阳台上去透透气。其他人在室内玩字谜游戏。詹姆士和维奥莱特喜欢和客人们玩游戏，终于夏洛特也加入进去了。慢慢地她就成为娱乐的中心，大家都要和她玩，因为她擅长猜谜。她最终出足风头，而奥德丽却没有兴致，感到很惭愧。

奥德丽叹了口气，坐在一张舒适的柳条椅上，闭上双眼，把头沐浴在月色中。当她听到查尔斯的声音在耳边低语时，她的思绪已远离此地。

"这是不舒服的，奥德丽，是吗？"

她睁开双眼，起初没说什么，然后叹息着点点头，送给他一个淡淡的微笑。

"我想我不应该来的，他们是你的朋友。"这是她第一次直接和他说话，他们的眼神在诉说一个长远、悲哀的故事。他们俩都不掩饰任何东西，此刻，任何人都看得出他们处在痛苦中。

"你和我都属于这里。"他害怕夏洛特看见他来和奥德丽讲话，然后和他大吵一场。她允许查尔斯做任何想做的事情，除了和奥德丽讲话。夏洛特太清楚这中间潜藏的危险了。"我们来之前，打电话给维奥莱特……但我没想到……"他搜寻着她的双眼，想去体味一年前他从那里面感受到的愤怒，但这些突然消失了，现在他体味到的全是悲哀。

"祖父六月去世了。"

"我很悲哀。"他说。他知道她是那么爱祖父，他比任何人都更了解这一点。但她只点点头。然后他问了一个她最害怕的问题："你怎么会来这里？"

她控制着自己的呼吸，然后回答："来看看詹姆士和维奥莱特。"这种迟疑仅持续了一秒钟就消失了。他转过头去看月光下泛着银波的水面。

"去年我从美国回来后，几乎半疯了……"

她摇摇头，不想听他再讲什么。这太迟了，一切都无所谓了，一切都太迟，太迟了。

"你不必向我再作任何解释。"

"我不必？"他有点微醉，但还不至于糊涂。难道他仅仅只想到奥德丽没有夏洛特那么漂亮……当他看到她那双蓝眼睛时，感到只有麻木和震惊。

"我一定要解释。当我回来后，发誓再也不要见到你。我想我甚至会恨你一辈子。夏洛特待我很温柔，她医治了我的伤口……她在工作中帮助我，我喝醉了，她使我清醒……她追求我……不断地……用的恰是你拒绝采用的方法……她和我去印度……然后她来埃及，我在那里呆了六个月，写我的第二本书。"

她想他的眼里充满了泪水，但在月色中她分辨不出来。

"她是了不起的……"他辩解着，奥德丽不作出反应。

"我喜欢她，事实上我非常喜欢她。"他转身面对她，她看见他已醉得很厉害了。

"问题是，奥德丽，我不爱她。"奥德丽为他的话震惊，她僵硬地坐在椅中，不需要再听他要说的一切……他没有权利议论妻子……

但在她进行制止之前，他继续说："我结婚前就告诉了她，我还没堕落到去假意对某人讲我爱她……"他的声音缓和了些，奥德丽感到喉咙里有团东西在上升。

"假装是需要足够的勇气的……她说她不在乎。她不期待强烈的感情和非常的浪漫，只要忠诚和友谊。我们是朋友，是好朋友。我喜欢她……"他自己不断重复着。事情变得混乱不堪，使奥德丽吃惊，他为什么和她结婚？

喘了口气之后，他回答了她的问题："我不愿和她结婚，你知道的，我们应该更了解，是吗？"他说的有些苦涩。奥德丽站了起来，她不愿坐在这里，聆听他来讲述，他是不爱他妻子的，这比他结婚还要糟。

"难堪的是，当我们在埃及时，她怀孕了，事情就这么结束了。"他悲哀地看着奥德丽。她怀疑自己的心脏是否被刺了一刀，今后的生活只留下麻木的痛苦。

"她现在只有两个半月身孕……还看不出……没一人知道……她不肯流产。"他看着这位自己深爱的女人，双眼充满痛苦。奥德丽再也抑制不住眼泪。

"这样，我们有了孩子，我们将是朋友，彼此非常忠诚。"他的声音断断续续，冷漠得很，"她会使我的作品获得极大成功……"接着他的声音又低了下去，"我想有个孩子总是好的……"他想到了肖恩，然后，他突然转过身，上前两步挨近奥德丽，用手指碰了碰她的肩膀，她的整个身体像在发抖。

"我要你知道为什么，我无论多么生气，奥德丽，我要你知道我爱你，非常、非常地……"

眼泪慢慢流下她的双颊。他俯身向她，吻她，然后没说一句话，他回到里面去了。

二十七

在以后的几天里，昂蒂布的这幢别墅好像时时发生震动，查尔斯和他的新婚妻子再也没打算搬走，尽管维奥莱特已给查尔斯明显的暗示，但哪儿都不去。相反，他时时处处用目光追逐着奥德丽。夏洛特看到他在注视奥德丽，这对其他人来讲也是很尴尬的。

奥德丽努力尝试表现得不在意，她尽可能多地陪莫利去海滩，和卡尔、厄西一起沿着岸边驾船玩。她和维奥莱特去逛商店，空余时间就躲在房中，尽力把自己搞得筋疲力尽。但她知道自己不能呆得太久，自他们到达的那天起，她就急切地想离开，她只是不想刺伤维奥莱特的情意。

自那第一晚后，他也不再靠近她。他们都在护理着自己的伤口。奥德丽终于同意和卡尔、厄西一起去威尼斯，她再也不能忍受了，一心想和他们一道离开昂蒂布。经受过和查尔斯、夏洛特同处一个房顶下的折磨后，去任何地方都是一种解脱。奥德丽一再提醒自己夏洛特已有身孕这一事实……夏洛特怀了他的孩子……而她不会有了。她现在明白，自己仅有的一个孩子是莫利。

"我想你是从中国把她带回来的。"

奥德丽正在看莫利和詹姆士玩堆沙游戏，惊讶地听见夏洛特就在她身后说。奥德丽转过身，和她靠得这么近使奥德丽几乎要窒息。她的形象完美无缺，即论相貌也是如此，她的身材无可挑剔。她的外套出自著名设计师，有一顶漂亮的帽子相配。每一处地方她都强过奥德丽，她几乎是太完美了。她和查尔斯结了婚。

"是的……是我带回来的……"奥德丽努力回忆夏洛特问了她些什么。这是她们第一次面对面说话。

"我是从哈尔滨把莫利带回来的……我在那里住了八个月。"

"我知道。"她的口气表示她知道得比这还要多。奥德丽沉默下来。突然，她急速地像插入一把小刀似地问："你还爱着他，是吗？"

"我……"奥德丽被惊呆了，不知该怎样回答，"我……我们将永远是朋友，忘记这样的事是困难的，但时间会改变它。"这就是全部奥德丽想说的，她像外交家样处理问题。

"是的，这很对，时间会改变一切，我很高兴你了解这一点，"夏洛特尖刻地说，"查尔斯前面有辉煌的前程，他自己还不清楚。总有一天他会成为世界上最重要的非小说类作品的作家。"问题是他自己对这些根本不介意，只有奥德丽十分了解这一点。他总是把自己的成功看作是侥幸的喜事，他最喜欢的是旅行、探险和它们所体现的无畏精神。而夏洛特根本不了解他。

"他需要一个能帮助他成功的女人。"奥德丽点点头，强忍着泪水，继而看着这个赢得了他的女人。

"这孩子对他来讲，比事业更重要。"霎时，夏洛特显得有些恍惚，"他告诉了你这事，是吗？"看起来她很不高兴。奥德丽点头承认了，泪水模糊了双眼。

"他只谈了这事……他很幸福，"奥德丽在撒谎，"我相信你们俩是非常幸福的。"她对着夏洛特点头时，眼泪终于从眼眶中流了出来。夏洛特仍因查尔斯泄露她怀孕的事而气恼，奥德丽觉得稍许好受些了, 甚至为自己的反击而微笑。

"你毕竟从没有享受过这种女人的权利。"夏洛特的话太傲慢了, 关于谁能获得这种权利, 她知道些什么呢? 她甚至不了解这个男人, 她用拒绝流产来强迫他结婚。奥德丽怀疑夏洛特对他以及孩子是否有过爱情, 她甚至不能想象这个女人配有孩子。恰好这时詹姆士回来了, 把胖胖的、湿漉漉的、浑身是沙的莫利放进她的臂弯里, 小女孩吻遍了她的母亲。

下午, 奥德丽和卡尔、厄西继续去驾船。厄西笑着对她说: "我们打算明天离开, 你去吗?"奥德丽本来就难以出口不和他们一道旅游, 现在更是不顾一切地要离开昂蒂布, 她需要一个表示友好的借口。

"我们将去意大利的圣雷莫。"

那地方离此不远, 气候却完全不同, 非常意大利式, 缺少现代气味, 但很美丽。

卡尔此刻笑着向她说: "你打算去?"

奥德丽也笑了, 这是她离去的最好的借口。她很羡慕卡尔和厄西。

"我喜欢那地方, 但我只能呆几天, 然后我让你们继续旅行。在回伦敦之前, 我可能去罗马一两个星期。"她其实并没想好将去哪里, 她的全部计划总出差错, 但不必匆忙返回旧金山。

"你为什么不和我们一起去威尼斯?"

这是世界上最浪漫的地方, 和查尔斯在威尼斯度过的两天, 不断在她脑海中涌现。

"我不想去。"她不愿重返威尼斯去感受痛苦, "那是度蜜月的地方, 不是老姑娘去的地方。"这一说引得他们哈哈大笑, 她也笑起来, 并坚持自己的计划。

"你是我所见到过的最漂亮的老姑娘!"卡尔以欣赏的目光打量她。她微笑着责怪他,厄西并不在意。他俩很幸福,天造地设的一对,结婚前彼此相爱了六年。

"我们在圣雷莫时会谈到威尼斯的。"

"没关系。"但她至少同意和他们去圣雷莫,这样,第二天离开理由就充足了。维奥莱特知道他们三人要走,深表歉意,并迁怒于查尔斯。当晚她对詹姆士发脾气,讲是查尔斯把大家赶走了,毁了她的聚会。

"他没有把大家赶走,亲爱的,相反的是奥德丽。卡尔和厄西本来就要离开,她和他们一道旅行简直是开玩笑。她应该抽时间去柏林拜访他们才是。厄西家的聚会总是迷人的。"他对妻子慈爱地笑着,吻了一下她的嘴唇,维奥莱特因此而缓和了脸色。去柏林倒是一个好主意,或许大家都会去。第二天早餐时她提出了这个建议,大家都坐在餐桌旁,除了夏洛特和莫利。夏洛特还在床上,莫利由保姆们照料着。

"这是詹姆士的主意,"维奥莱特十分开心,"如果我们全都去柏林,像群爱情鸟那样去垒窝,不是很有趣吗?我们可住在旅馆里,去听听歌剧。"维奥莱特喜欢去柏林听歌剧。厄西对这主意也大加称赞。

"你们都不要住旅馆,和我们住在一起好了,你也是。"厄西看了奥德丽一眼,没想到后者的眼光正转向查尔斯。一下子大家都讨论起去柏林的计划,人人都在闲谈和大笑。查尔斯开始逗大家开心,讲述他上次在柏林的有趣故事,他甚至和奥德丽取乐,用奥德丽在中国列车上的遭遇逗得人们哈哈大笑。奥德丽也笑起来。谁也没注意到夏洛特的出现。

她说话的声音向来不高,但她一开口,就像一记电击落在奥德丽的背上。查尔斯突然地沉默了。

"怎么会谈到去柏林旅行呢?"显然她不同意,接着她对查尔斯笑了笑,"倒真的,我要你去那里会见一位德国出版商。"她打算在年底把他的作品译成七国文字。这是她"成名计划"的一部分。只有讨论这样的事,她才真正活跃起来。"我们可以愉快地讨论一下。"但是,愉快随着她的到来烟消云散了。

为了打破这种难堪的沉默,维奥莱特和卡尔谈起他们下星期的旅行安排。他提到了威尼斯,查尔斯的目光立即转向奥德丽,但她避开了,忙着折叠自己的手帕。厄西和卡尔蜜月的最后一星期准备在威尼斯度过,九月底回柏林,卡尔要去大学上课了,厄西则期待社交旺季的开始。一会儿,三个旅行者下楼去了,奥德丽把莫利抱在手里,对于一个从未有过孩子的女人来说,她决定让莫利跟随自己到各地去。

"照顾好你自己,奥德丽,"维奥莱特安慰她,"打电话告诉我们,你什么时候回到伦敦,我们也立即会回伦敦。我们一到家中,你就来和我们住吧。"在这里,她总是一个家庭主妇。她紧紧拥抱奥德丽,詹姆士也来和她吻别。大家都在对卡尔和厄西说再见。突然,查尔斯的目光在寻找奥德丽。维奥莱特看见他们俩的目光都流露出深深的悲哀,她赶紧转过身去。查尔斯带着无比的温柔低头看着奥德丽,奥德丽的心都要碎了。

"再见,查尔斯。"她终于明白现在该分手了,不应再有或许某一天还能在一起的幻想,他们俩都明白不能这样做。

"代我向威尼斯致意。"他的话意把一切都包含进去了……他仍爱着她,仍记得威尼斯。但她只能摇摇头,把莫利紧紧抱在怀中。

"我将不去威尼斯,那里是为厄西和卡尔准备的。"

他点点头，什么都理解，他们谁也不要回到那里，否则是太痛苦了。

"或许有一天能在伦敦见到你？"

奥德丽没作回答，只是看着他，然后转过身去。几分钟后，亲吻了维奥莱特和詹姆士，她跨入汽车，带着莫利走了。

二十八

"你感觉好吗，夏洛特？"奥德丽走后，查尔斯焦虑地看着妻子，但看不出什么异样。他时时提醒自己，她正怀着他的孩子，即使现在还没确切肯定。她对此是很勇敢的，几乎从不提及，有时，他们俩似乎都忘了此事。但现在他对她笑着，急切地表示关心，好像在提醒自己，她是他的妻子，而不是奥德丽。

但是，昂蒂布的别墅没有了莫利和奥德丽，简直像座坟墓。他和詹姆士沿着海滩走了很久，一点也集中不了思想。维奥莱特努力去接近夏洛特，但她发现仍像初次见面那样无法喜欢她。这个女人对任何事情都没有热情，没有风度，没有温柔，维奥莱特奇怪查尔斯怎么能忍受她，况且她还不够聪明。

"看在上帝的分上，他和一个男人结婚还更好些，"后来那晚在卧室中，维奥莱特对詹姆士抱怨说，"他到底为什么和她结婚的？"

"她怀孕了。"查尔斯最后才告诉詹姆士真正的原因。

"嗬，我的上帝！"维奥莱特吃惊得张开嘴，然后摇摇头，"查尔斯是多么不幸啊，这就是他和她结婚的原因？"

"我想是这样的……但如果她去流产，恐怕他会更高兴，可惜她显然是个天主教徒。"

"真的？"维奥莱特很惊讶，"我没想到她是天主教徒。"她和詹姆士都属圣公会（英国国教），朋友中很少有罗马天主教徒。

"他快乐吗?"

"我不能肯定。坦率讲,我认为他有点麻木。你知道,他应该是很喜欢奥德丽的。他和夏洛特的事已经有段时间了,他在开罗时,她去和他在一起……我就没想到他会当真。我想他是爱奥德丽的。"

"……可怜的查尔斯……可怜的奥德丽。这事真是弄得一塌糊涂。"她对丈夫皱皱眉,"我敢打赌,夏洛特是有目的的。"

詹姆士笑她这种怀疑的天性:"虽然我不能肯定她抱有目的,但这种事以前也有过。不过,她太像个商人,所以只得求助于女人的诡计。"

"不要这样武断。我想她是被帮助查尔斯事业成功的理想唤起了热情,她决心要获得渴望的东西,她决不让别人得到他。"

"老天爷,你竟有了这种罪恶的念头!你是怎么得到我的?是阴谋和诡计?"

"当然是,"她得意地微笑,"但至少我没用怀孕这样的骗术。"

二十九

奥德丽和莫利在圣雷莫度过的几天是轻松愉快的，她感到比在昂蒂布面对查尔斯和他妻子轻松多了。在那里，既试着不要去发火，同时又要处理好自己的感情，真是一种可怕的考验。她虽失去了维奥莱特和詹姆士，但离开那里还是令她愉快。即使现在已是夏末，圣雷莫仍是美丽有趣的地方。

她打算和卡尔、厄西分手，但他们坚决要求她一起到米兰再分手，奥德丽只得同意了。她计划从那里去罗马，他们则去威尼斯。在米兰期间，他们大部分时光和卡尔的朋友呆在一幢奥德丽从未见过的豪华宫殿里。房里的墙上挂满壁画和令人难以置信的昂贵挂毯，主人收集了几乎每个著名画家的作品。这是个不寻常的地方。主人是一位王子，妻子是一位公主，奥德丽每晚和他们一起度过快乐的时光，直到天亮。他们喝大量的葡萄酒，到处去参加城中的舞会。

分手的时间到了，他们都舍不得离开，尤其是奥德丽，她甚至觉得现在提出去罗马是极其愚蠢的，与其去罗马，还不如回伦敦去。事实上她现在无事可干。或许维奥莱特会和她一起去巴黎作次短暂的游览？可是卡尔和厄西又提出到威尼斯去，他们极力邀请她同行，一再使她相信，如果没有她，他们会感到寂寞。

"你必须和我们一起去，这事就这样定了！"卡尔说这话时，那样子非常普鲁士式，又像个坏脾气的孩子。他非常英俊，虽然和詹姆士、查尔斯不一样，但他有一张黝黑的、充满魅力的脸, 难怪厄西为他的英俊陶醉, 奥德丽甚至觉得自己从没见过这种类型的男人。人人似乎都可找到完美的配偶, 如维奥莱特和詹姆士、厄西和卡尔, 甚至这对米兰的主人。她开始体味到一股无时不在的孤独与苦涩。此刻简直不敢想象在有莫利之前, 她是怎样生活的。

"和我们一起去吗?" 他们期待地望着她。她不再考虑用什么理由来推辞了。

"你知道, 我一旦去了, 就不会再有什么可说的, 威尼斯是世界上最浪漫的地方, 我不能扫你们的兴。"

厄西露出调皮的笑容, 对卡尔眨眨眼。他笑了, 看着奥德丽, 把手指放在嘴唇上, 好像他们正要透露一个深奥、隐藏的秘密:"去年我们还去过那里……"

厄西顽皮地嗤嗤笑着, 他们三人都一起笑了。这是一九三五年, 毕竟不是一九一二年。他们都有过自己小小的放纵行为。威尼斯是她最初和查尔斯谈恋爱的地方, 她害怕和他们去威尼斯, 她担心这种记忆太痛苦。

"你决定去了?" 厄西像个满怀希望的孩子看着她, 奥德丽笑着, 举起她的双手。和他们在一起, 她玩得多开心。

"好, 我去。"

大家发出了欢呼。

第二天, 他们兴高采烈地出发了。在车站下车后, 他们像一群快乐幸福的旅游者, 挤进了一艘狭长的平底船。卡尔问他们, 从前是否都到过威尼斯, 三人都点了头……奥德丽竭力要把对查尔斯的回忆驱赶掉。

去威尼斯真是件艰难的事, 那么近地看着相爱的厄西和卡尔, 甚至更艰难。但是另一方面, 奥德丽很清楚, 如果她这次又能从威尼斯好好地回来, 那么, 她对一切事情都能承受了。他们总是很有兴致地带她到处玩，她对厄西终于道出了真情，她来威尼斯是重温和某人的感情。在威尼斯回忆以往的一切，真是太痛苦了，而且知道这一切已经永远结束了。她告诉厄西关于他们一起去中国的旅行……她住在哈尔滨……他到旧金山来……她拒绝抛弃一切与他结婚……结果他和夏洛特结婚。

"在昂蒂布相遇，对你来讲真是太残酷了。"厄西现在才完全了解当时奥德丽经受着怎样一种折磨。厄西甚至对他们强拉她来威尼斯表示歉意，要她这样做，似乎极不友好。现在她知道了一切细节。

"你知道，我对卡尔说，我没想到他会爱上她，"厄西拒绝提夏洛特的名字，"她是个很时髦的女人，卡尔说他喜欢她。但她是个没心肝的女人……是吗，奥德丽？"

奥德丽对她朋友笑了笑："不管怎样，他是娶了她，厄西。"

"对他来说，也是一个非常艰难的决定。"奥德丽点点头。但一切都无法改变，现在她必须忘记他。

"你一定要再碰到别的人才好。"厄西在考虑卡尔的一位朋友，大学里的一位教师，四十岁，是个有两个孩子的鳏夫。厄西非常喜欢他，正像维奥莱特对查尔斯一样。"你一定来我家看我。"她没再说什么，怕奥德丽会拒绝她。

剩下的日子里，他们玩得很好，去了博物馆、教堂，参观了玻璃工厂。终于，奥德丽不再想象她在每处看到的查尔斯的影子。在他们离开的前一个晚上，卡尔带着温柔的微笑转向奥德丽，他十分喜欢他们的这位美国朋友，他们俩都发疯般地爱着莫利。

"你为什么不和我们去德国？"

奥德丽笑了："你难道还没瞧够我，卡尔？"她对厄西笑了笑，"我想你们能摆脱我会感到高兴的。"她本来准备第二天乘火车去伦敦，厄西将回到柏林的新居，她急于要去居住，卡尔则返回大学去。

"可是眼下维奥莱特和詹姆士无论如何还没回伦敦呀！"他知道奥德丽愿和维奥莱特夫妇呆在一起，"没有他们，你一个人太寂寞了。"他总是关心她，整个旅游期间，他们俩相处得很不错。她内心承认，去柏林也是有吸引力的。

"我确实不想欺骗……"她犹豫着，显得坦率而不忸怩，但他们坚持要她去柏林住一两个星期，奥德丽不再犹豫了。

第二天，他们一起动身，全都兴致勃勃，威尼斯是美丽迷人的，但奥德丽离开它却感到幸福。

他们乘坐的火车行驶在几年前她和查尔斯所走的同一路线上，那时他们乘的是东方列车，这次火车到达的是萨文茨堡，穿过罗森海姆边境线的一个停车站，然后换乘向东去慕尼黑的火车。

厄西很遗憾没时间去预先通知她家里人。火车停靠慕尼黑仅一小时，来不及去她父母家了。但时间允许，她想至少给家里挂个电话，或者干脆在罗森海姆就通知他们，如果那里能挂电话的话……当火车驶近德国时，车速慢了下来，他们全都注意到外面站台上的士兵和穿军服的官员，他们正在列车旁和各种列车官员商量着什么。列车员最后无奈地耸耸肩，让他们进入列车。这时厄西正俯身向前，看着卡尔。

"你想发生了什么事？"

"是一帮希姆莱的人。"他用一种嘲弄的语调说，但不乏柔和平静。起初他没联想到关于希特勒的事，他不喜欢希特勒关于雅利安人的刺耳演说，但他很清楚应该保持自己的政治观点。去年大学中的一些人闹事，他一般是保持沉默，当然除了在厄西面前。在法国南部，他和查尔斯、詹姆士相当公开地讲过。但现在他似乎对这种局面一点不紧张，当服务员带了鱼子酱进来时，一名士兵直接站在他身后。

"请把护照拿出来。"士兵说，不乐意地打量着这豪华的软卧单间。卡尔递上三人的护照，那士兵首先瞄了一眼那本美国护照，"美国人？"他带着种生硬的微笑问奥德丽。

"是的。"她对他笑笑，士兵又抬头看了眼正在熟睡的孩子。

"这是谁的孩子？"

"是我的女儿。"奥德丽回答得很快。她总是随身带着收养证明的复印本，但看来没什么麻烦，士兵略微点点头就把护照递回给她。接着很快检查卡尔给他的护照。

"你们的姓名不一样，你们是朋友？"他的眼神没有温柔，卡尔赶紧作解释。

"我们刚结束蜜月旅行回来，我们离开前，来不及去换护照。"那士兵得意地笑了笑，奥德丽讨厌他看卡尔的那种方式。

他直视着卡尔的眼睛："你是犹太人，是吗？"奥德丽被他生硬的语气吓了一跳，她盯着她的朋友。卡尔下颚的肌肉绷紧了，眼睛却显得若无其事。

"是的。"他没有一丝停顿。

"你的妻子不是犹太人，是吗？"他看了她的父名上表示贵族的"Von"字样，知道她不是。但他只是把护照捏在手里，没说一句话，很快离开了车厢。奥德丽张张嘴，想问为什么不把护照还给卡尔，但她害怕说出什么来。

"最近两个月，他们在变出更多的魔法。"卡尔看来很生气，厄西很快地触触他的手。

"不要说了，他们就喜欢高人一等。他或许看见鱼子酱和香槟而生气。"卡尔只苦笑着耸耸肩。

"真是好妒忌的乡下人，让他们下地狱。"三个人都笑了。这时那士兵又陪同两位官员来了，他们没听见这些话，但直接走到坐在厄西旁边的卡尔那里。

"你知道纽伦堡法令吗？"高的官员问卡尔。他制服的翻领上别有SS字样的徽章，当他扫视在场的每个人时，目光如同钢铁般冷漠。

卡尔似乎很平静："我不知道纽伦堡法令。"他表面有礼貌而随便，轻轻地握住了厄西的手，她的手心湿漉漉的，他的手在轻轻颤抖。

"一星期前，在纽伦堡有一个代表大会，九月十五日颁布了法令，决定凡犹太人和一个雅利安人交往的将被处死。"他很快地瞄了一眼厄西，又转向卡尔，三个人震惊得说不出话来。卡尔看来好像挨了当头一棒："你不能开玩笑。"

那官员盯着他："希姆莱从来不开玩笑，先生。这绝对不是一件开玩笑的罪行。"

卡尔的脸变白了："这女人是我的妻子。"

"这也不能开脱罪行。你现在跟我们来，你被捕了，卡尔·罗森。"他故意省略了"博士"这个头衔。

一时间，他们坐着没动，全都惊呆了。接着来了两名士兵，武装押走了卡尔。厄西发出可怕的喊叫，当他要她镇静些时，她死死地抓住他不放。卡尔绝望地看着她，接着把目光转向奥德丽，示意她照顾厄西。他什么都没收拾，他必须和士兵走。当他们把卡尔带走时，奥德丽紧握厄西的手，两个女人恐惧万分地注视着突发的一切，然后似乎猛然恢复了理智。奥德丽

飘流的情侣 美国文学经典

让服务员取下行李,她开始果断起来,告诉服务员去叫位德国人,弄辆出租车来带她们进城去。这里全都发疯了。她不断地催促厄西坐在一件行李上,她一只眼睛要看住厄西,同时她的头脑在飞速思考。厄西在呜咽,莫利也在喊叫了,她因受恐吓而吵闹。列车开走后,把她们甩在月台上,奥德丽的心受到可怕的摧伤。她们看见卡尔坐在一辆不吉利的黑色四轮马车上被带走了,现在厄西在哭泣,控制不住地颤抖着。

"他们会把他带到哪里去?……啊,上帝……他们会带他去哪里呢?"

"我们会找到他的。"这可能吗? 全是一场噩梦……"和雅利安人接触"竟会被处以死刑?……他们是发疯了。奥德丽用最柔婉的态度恳求站长,一辆车把她们带到一家旅馆。在旅馆门厅里,奥德丽放下行李,订了一间房,什么房都行,当务之急是打电话与厄西父亲联系。这使厄西稍稍冷静了一会儿去等待电话接通。可是一旦电话里传来她父亲的声音,她又开始歇斯底里起来。奥德丽必须对他解释发生了什么,完全是一场梦魇。

"我的上帝……他们干了些什么……嗬,上帝,他在哪儿?"

"我们不知道,和你通话后,我将和警察联系。"

"什么都不要做!"他的声音听起来有点害怕。他答应去打几个电话,然后再告诉她,同时她们必须等待。奥德丽强迫厄西躺在房间的小床上,她躺在那里呜咽着,奥德丽给她倒了杯水,她感激地呷了一口。当奥德丽试着去抚慰莫利和厄西时,厄西用那双大大的、极度痛苦的眼睛望着她。

"啊,我的上帝……他们是否会杀死他?……啊,上帝啊……"厄西像个受惊的孩子紧靠着奥德丽。她父亲的电话好像永远不会来似的。但终于电话铃响了，是来自慕尼黑的电话，但是巴伦·冯·曼要和奥德丽通话，而不是厄西。他告诉奥德丽，他害怕告诉他的女儿。

"上星期在慕尼黑，因同样的罪行已经处决了十二名男子。我们正在设法通知别的人，让他们不要回家。我们没想到事情会落到他头上。"奥德丽现在担心他们不会放卡尔出来了。厄西父亲所说的情况简直令人难以相信。

"他们告诉你他去了哪儿？"

"还没有。但我所认识的在最高统帅那里的人会打电话给我。厄西怎样了？"他的声音听起来像个好人。奥德丽扫视了一下肩边的朋友，她在床上颤抖，脸色呆滞。她受到这样的惊吓，奥德丽很内疚。

"不很好，我很害怕。"这是她仅有的回答。

"我亲自到罗森海姆来。"

"我想这是个好办法。"

在他到达之前，厄西仍处于歇斯底里之中。她们整天听到坏消息。厄西坚持要亲自打电话给地方警察局，然后又去了那里。警察局一整天拒绝她们去见卡尔。他们说他是个罪犯，不能和罪犯讲话，他自己承认犯了反对帝国的罪。厄西说，是呵，他犯了和一个雅利安人结婚的罪，并为帝国生孩子。当她对警察讲话时，越来越歇斯底里。她几乎要咬他们一口，如果不是奥德丽死命把她拖开、强迫她回到旅馆的话，她真的会这样做了。

巴伦·冯·曼到达后，和奥德丽单独谈了一会儿。她问他卡尔究竟会怎么样？他回答时看起来很恐怖。他想到上星期因同样原因而被处死的那些人："我不知道。他们可能送他去集中营，现在他们把许多人都送进去了。卡尔像犹太人，我警告过她的。"他对自己的无能很内疚。

按照九月十五日的纽伦堡法令, 尔卡犯了罪, 将被处死。奥德丽痛恨他们一遍遍地听到的法令辞句。当巴伦·冯·曼半夜回到两位等待他的女人身边时, 他没有新消息带来。

"他们在某晚已把他带到某处, 我不知在哪儿, 但负责的官员答应明天告诉我。我第一件事就是去那里。"

"带他去什么地方?"厄西的眼神开始急切起来。仅仅几个小时前, 她还像个可爱的小姑娘, 现在, 她几乎很难辨认事理, 她头发乱蓬蓬的, 胡乱抹了点化妆品, 脸庞被泪水浸湿, 连衣服上都留下了泪痕。但她全然不顾这些, 只关心卡尔: "他们带他去了哪儿?"

"我答应你, 亲爱的, 尽我们所能, 最快地找到他。"她拉着父亲的手臂, 而他正为自己的无能和女婿命运的恐怖而喊叫。他此刻甚至后悔让他们结婚, 如果这是她必须承受的不幸的话。但他对卡尔没有恶意。第二天, 他又去警察局, 被告之卡尔已带到一个交通便利的地点。这是一段漫长的沉默的路程, 一路上只有厄西的呜咽, 连莫利也蜷在奥德丽怀中一声不响。到了目的地, 因为担忧着卡尔的性命, 他们甚至来不及先找一家旅馆, 而是直奔警察所。真是奇迹, 他们刚到, 就看见卡尔戴着镣铐, 被押向一辆卡车! 厄西发出了令人哀怜的尖叫, 扑向他。巴伦·曼站在她们俩中间, 士兵就在身边。厄西几乎要抓住卡尔了, 她父亲拉住她, 把她拖回来。这时, 士兵们正要把他推进卡车, 他高喊着: "我很好……我很好……"厄西那双大而恐怖的眼睛死死盯住卡尔, 士兵们关上了车门。卡尔再不是原样了, 他的衣服被撕破, 脸和头部都有血迹。巴伦·曼用手臂搂住厄西, 她可怕地哀嚎着……一分钟后, 卡车开走了, 对她们询问的唯一回答是, 麻烦将被"解决"。

巴伦·曼劝说她们唯一可做的就是回家，这样，他们都坐进汽车回慕尼黑。一直回到家里，他们仍在颤抖，全都像是做了一场噩梦。除了设法营救卡尔，没有别的事可做，他们谈论了一些极其荒谬的新法令，即使在家中，巴伦·曼也不感到完全自由，眼下在德国，什么人都不能相信，哪怕自己的家。怀着深深的歉意，巴伦·曼打电话通知卡尔父母，他们感谢巴伦·曼所尽的一切努力，但到终了，谁也拿不出更合适的话来。巴伦·曼先把这消息告诉妻子，然后和妻子一起去看望厄西。此刻的厄西几乎疯了，父母进来时，她怔怔地盯着他们，猛然感到他们将会说出什么可怕的噩耗，奥德丽听见从她房中传来撕心裂肺的嚎叫，她跑进厅堂，等在那里，似乎某件事情要发生，某个人要出现……但对卡尔来说，一切都结束了，他死了，被希特勒的人杀死的……她回忆起他的笑声，他眼中闪烁的温柔光芒。她第一次这么强烈地意识到，生命中什么是珍贵的出自内心的爱……多么短暂、多么快就消失了……突然间，厄西不再是新娘，而成了寡妇……卡尔走了……这种打击对任何人都可能发生。她蓦然意识到，她和查尔斯是多么幸运，他现在浪费自己的生命是多么愚蠢，和那么一位不爱他的、缠着他的女人。

在当晚奥德丽获得机会去看望厄西之前，时间已过去了几小时。她走进厄西房间时，什么也没有说，只是紧紧地把厄西抱住，让她大叫。她的声音听来仿佛心已破碎。当奥德丽注视她的双眼时，她知道厄西再也不可能成为原先的那个女人了。

三十

翌日清晨刚过六点，昂蒂布别墅的电话铃就响起来了。詹姆士先接的电话，维奥莱特的脑袋摸索着凑了上来。

"什么时候了？"她对他嘟哝着，眯起眼睛看她看不清的钟。太阳刚刚升起，但他们躺下才两个小时，昨晚他们喝了太多的香槟。查尔斯和夏洛特仍在这里，维奥莱特比从前更不喜欢夏洛特。她想象不出谁这个时候打电话来，詹姆士很快起来，坐在她对面的床沿上。

"谁？……是。"一个很长的停顿，然后皱皱眉，"奥德丽吗？出了什么事？"他听见她在另一端的哭声，立刻猜想她遭遇了什么可怕的事。

"你出了事吗？"维奥莱特的心似乎停止了跳动，想到那小姑娘，她抓紧了詹姆士的手臂。

"啊，我的上帝……嘀不……"他把目光转向维奥莱特，她正惊恐地看着他。

"发生了什么事，詹姆士？……她出了什么事？"他向她靠了靠，让她安静。线路不理想，奥德丽太反常了，不能让她不说话，她必须对人讲，维奥莱特和詹姆士是她唯一能倾诉的人。

"我的上帝，多么可怕……哦，可怜的姑娘，她现在怎样了？"

"哦，詹姆士……"维奥莱特开始忍不住叫起来，肯定是莫利遭到了意外！詹姆士握住她的手，使她感到安全。摇摇头，断续向她解释，"……这事……不，不是孩子……"

"什么？"她瞪大了眼，那么是谁出了事呢？

"现在你在哪里？你是否要回来？几天后我们就回家，你最好再回到这里。奥德丽……好的……在伦敦的家中等我们，给我你那里的电话号码，试着去睡一下。维奥莱特和我过几小时再打电话给你。现在你要和她讲话吗？"他带着希求转向妻子，准备把话筒递给她。"好……我会告诉她的……奥德丽……"他的眼睛满是泪水，声音是嘶哑的，"告诉她，我们是多么哀痛。"他挂断了电话，就那样坐着，盯着妻子，不知道该找什么样的词。接着他叹了口气，努力保持平静："他们杀了卡尔。"这话使人昏倒，但又是她必须知道的。

"哦，我的上帝！……詹姆士！谁杀了卡尔，厄西怎么样了？……哦。不！"她开始喊叫，狂乱地看着他。他把她搂得更紧。

"是纳粹干的。他们从火车上把他带走，投进监狱，枪毙了他。他犯了犹太人不能和雅利安人接触的法令而被处死，不管是否结婚。你听过这样的事吗？他们是发疯了！"

"哦，上帝！"这是她全部能说的话，她在丈夫的手臂里叫喊。然后他们手牵手下楼去倒了杯咖啡，在那里一直坐到八点钟，直到查尔斯下楼来。他表情严肃，似有一层阴云笼罩在脸上，但一看到他们，他知道有件更可怕的事发生了。

"六点钟我听见电话铃声，是吗？"詹姆士点点头。维奥莱特又哭起来。

"哦上帝……这是怎么了，维奥莱特？"他坐在她身旁。詹姆士把卡尔的事告诉他，他看着他俩。

"这不能……他们不能做这样的事！"他的声音在安静的房中突然响起来：他们如此幸福……如此无忧无虑……如此相爱。

"简直是群精神病！"

"是的，他们是发疯了。"

"厄西好吗？"他问詹姆士。

"我想象不出。但至少他们不再碰她。她本来是回柏林去的，现在只能呆在慕尼黑她父母家中。奥德丽和她在一起。"

"她去那儿干什么？"查尔斯疑惑地问，不敢想象她去挨这种事的边。一想到她目睹了此事，他十分痛苦。

"我没问，但我想她仍和他们一起旅游。"

"她好吗？"

"她吓坏了，这可以理解。我告诉她几小时后我们将回她电话。"

查尔斯点点头，在他的咖啡里加了点威士忌，给詹姆士也兑了点，时间还早，他们俩都需要它。维奥莱特自己也倒了点。这时，夏洛特穿了件漂亮的白缎长外衣走进屋内。

"全都怎么回事？天不亮就起床了。"她带着那种冷漠的商人般的微笑说话，总让人觉得在她面前隔着一张写字桌似的。但这次没人报以微笑。

查尔斯阴沉地看着她，呷了口杯中的烈性饮料："纳粹杀死了卡尔·罗森。"

"多可怕！"看来她受到了震惊。接下去的两个小时，四个人都在谈论此事。对德国的政治，夏洛特的观点非常明确：希特勒的危险比绝大多数人所认识到的要严重得多。男人们赞同她的观点，认为和他们一致。但终了，没人再说到此事，卡尔死了，不能再活过来。

那天下午，詹姆士夫妇又打电话给奥德丽，她说她准备当晚去伦敦。纳粹拒绝归还卡尔的遗体作宗教埋葬，这样就没有葬礼。厄西又处在这样糟糕的境况下，她想她应当独自离开。

没有什么事可让她为大家做的，恰恰似乎是善良一下子完全消失了。她答应第二天到伦敦后就给维奥莱特挂电话。对大家来说。这是平静而悲哀的一天，维奥莱特和詹姆士在海滩边走了很久，查尔斯静静地坐在阳台上，夏洛特在屋子里玩牌。晚餐前，他们又全聚在一起。吃饭时，维奥莱特注意到夏洛特脸色不好，几乎发青。

"你好吗？"她知道怀孕早期会有很大反应。

"没什么。我想，一定是吃了什么不适合我的东西。"她整个下午都在呕吐，查尔斯满心内疚。当他去屋里取东西时，见她正跪在抽水马桶前面，他为她倒了杯温水。……自知道她怀孕后，这还是第一次。

维奥莱特同情地笑笑："我没想到你应该吃些什么，夏洛特，我亲爱的。开初三四个月总是这样……"

"我确实没估计到会是这样。"她为维奥莱特知道怀孕一事而感到窘迫。但维奥莱特只是以会意的微笑望着她。

那晚她吃得很少，立刻上床了。维奥莱特说，只要一有可能，她就和詹姆士回伦敦去见奥德丽。虽然他们邀请了查尔斯夫妇呆在这里，他们愿呆多久就呆多久。

"我们也要走了。夏洛特必须回去，我也有本书要动笔。"他们曾计划去非洲狩猎，作为对耽搁了的蜜月的补偿，但这不适合他们的工作安排，于是才决定来法国南部度几个星期。现在卡尔的死，标志着他们夏季狂欢的结束，这是大家都该回家的时候了。困扰他的只有一件事，就是夏洛特突然像是病了。那晚他回到屋里后，发现夏洛特在盥洗间的地板上呻吟，她的头靠在抽水马桶上。

"查尔斯……"她气喘吁吁的，几乎说不出话来，"我觉得……可怕的……剧痛……"他立刻想到是小产，准备奔到维奥莱特那里去，可是她把他拉到身边，指着她的腹部右侧说：
"这里。"

"我去叫医生？"他感到恐惧，可怕的事正发生在她身上，还没等她回答，他就从房间里冲出去，敲打詹姆士和维奥莱特的卧室门。

"谁呀？"维奥莱特问了声，她正在和詹姆士谈论卡尔和厄西，噩梦仍然笼罩着每个人。查尔斯看来非常慌乱，道声歉就冲进屋内。

"查尔斯，怎么了？"

"夏洛特得了要命的病，她说她痛得厉害……"他手足无措地望着维奥莱特，"我担心，我对此一窍不通，最好立即给她找位医生，我真的认为应当送她进医院。"一句话也没说，维奥莱特就跑下厅堂，边跑边穿衣服。查尔斯转向他的老朋友："或许我们不该长时间地谈到卡尔……有时我忘了她正怀着孕……"他神经质地把手插进头发里，等着维奥莱特回来。她回屋来时，稍带歉意地看着查尔斯。

"我想，你最好去通知佩尔特大夫。"

"她会不会流产？"查尔斯很害怕，"她不是痛得很厉害？"

维奥莱特安慰他："没关系，查尔斯，不管发生什么，她都不会有问题。女人的问题出在和有时相比显得更惊恐些。我们会带她到医院去，明天她就会好了。"维奥莱特搀扶着夏洛特，詹姆士开车，查尔斯在汽车后座上看着她，她看上去就像死过去一样。他因自己不能分担她的丝毫痛苦而有犯罪感，这样瞧着她，就似乎在瞧一个你不认识的陌生人。

他们到戛纳的医院时，佩文特大夫已等在门口。他充满善意地看着她，像护士一样检查她的脉搏、血压，查尔斯在一旁徘徊，两分钟不到就确诊了这位夫人的情况，他很担忧地皱皱眉，转向查尔斯。

"她是阑尾出了毛病，先生。我相信也许已穿了孔，也许马上就要穿孔，我们立即动手术。"查尔斯点点头，心上松了口气，虽然仍很替她担忧。

"她会流产吗？"

医生显得有些棘手，皱了皱眉："她还在怀孕？"查尔斯对他点点头。

"我看……我们能动手术，但保留孩子的机会很小。"查尔斯又对医生点点头，泪水充满了眼睛。"我们尽力而为。"医生一说完，查尔斯就急速离开，去待客室和詹姆士夫妇一道坐等手术结果。

时间过得很漫长，三小时后，他们才看见医生出来。他进来了，脱下手术帽，眼神严肃，使他们害怕，查尔斯甚至想她可能死了。

"你的妻子正在恢复中，先生。"他的目光直射进查尔斯的眼睛，"她的阑尾确已穿孔，但我想我们已清洗干净了。她在这里要住上三四个星期，会得到完全康复的。"他为她而宽慰，但医生没有告诉他最想知道的，他做了个深呼吸，看着医生：

"孩子怎么样？"

医生盯着他，在詹姆士和维奥莱特面前不想再说下去。"我能单独告诉你吗，先生？"

"当然。"他假设了关于孩子的最坏消息。他跟着医生离开待客室，留下詹姆士夫妇等着他。医生带他进了一个小起居室，拖出两把椅子，示意查尔斯坐下。

"我能问你一些私人的问题吗，先生？"

"可以。"

但医生仍没谈到孩子，查尔斯害怕去逼问他，也许有复杂的情况……也许这孩子终究流掉了。他的脑中转着各种可能性，等着医生开口。

"你和夫人结婚多久了？"

查尔斯不作丝毫隐瞒，这和孩子的存活没关系，孩子才是重要的，他为孩子牺牲了一切。

"大约四星期，但她已怀孕三个月了，在埃及……"

但医生摇摇头："她以前怀孕过吗？"这话使他困惑，医生同情地看着他，这种同情深深地刺伤了他。

"我担心这里面有一件尚未明白的事，我不希望扰乱你的私生活，先生。夫人没有怀孕，她说五年前她就做了子宫切除术。因为你告诉了我怀孕的可能，我仔细检查了每个地方，但没有孩子，先生。没有怀孕，没有子宫，不再可能怀孕。我很遗憾地告诉你事实。"他看着查尔斯。查尔斯仿佛被铁锤或是医生的拳头猛击了一下。

"你能肯定？"他的声音是种痛苦的喊叫。

"千真万确。夫人自己会告诉你一切，我敢肯定，她会对你说的。或许她害怕向你承认自己不再能有孩子，但几年后你会适应的，可以收养一个，当然……"他伸手碰了碰查尔斯的手臂，以示安慰，"我很抱歉，先生。"查尔斯站起来，说不出一句话。

"谢谢你……谢谢你告诉我。"这是他离开房间时，唯一能说出的话。她欺骗了他……欺骗了他……每一件事都是一场骗局……在开罗她讲怀孕了，他因此那么深感罪孽，他不够谨慎……她不同意流产……他从前是多么尊敬她，哪怕为此和她结婚……孩子是不会有了……她欺骗了他……他被一种莫

256

名的狂怒所淹没，走进待客室时，面对詹姆士和维奥莱特几乎无话可说。

"你愿意去见见你的太太吗，先生？"一位年轻的护士温柔地问他，他能做的就是摇摇头。

"她现在醒了……"但他从护士身旁冲了出去，站在医院外面。

维奥莱特从他的脸上看出了问题的严重性，一定是夏洛特流产了！她赶到查尔斯身边：

"怎么了，查尔斯？"

"不要和我说话……请。"

"……查尔斯……"

他在她身边团团转，抓住她的手臂："你知道她对我做了什么？"他不能控制自己，"她欺骗了我！没有怀孕！从没怀孕过……五年前她就切除了子宫！"詹姆士目瞪口呆，维奥莱特震惊得出不来气。

"你不要开玩笑！"她很害怕，可怜的奥德丽……

"我没有开玩笑。"

"你来，你需要喝一杯。"回家后，他们给他喝了几杯酒，直到第二天中午他才醒来。他洗了个澡，刮了个脸，直接去医院。他走进夏洛特的病房，冷酷地俯视着她。她知道他为何而来，他的表情说明了一切。她输了这一局，但她完全明白什么时候该出什么牌。

"很抱歉，查尔斯。我想这是我能和你结婚的唯一办法。"当然她是正确的，但眼下对他们俩人中任何一个来说，都不见得更好。

"我要干点事，特别是你的事业，照顾你……"

"我根本不在乎我的事业，你到现在还不清楚吗？"

"当时我不清楚，现在我了解了。但你知道，你错了。你应是这世界上最伟大的作家，一个国际重要人物……"她说，仿佛会使他成为国王似的。

"你能做什么呢，我的出版商？这就是你所谓的最重要的？"她想把他变成听人摆布的傀儡，"你想我发现了什么？"

"那孩子对你真的是如此重要吗，查尔斯？"她已经知道问题的答案了，"你不需要用孩子来达到目的，你有你的工作，我们都是这样。"

"那是一种多么空虚的生活。"他悲哀地望着她。她几乎不懂什么叫生活，不懂他的生活。

"我想我可以等一两个星期再说……直到你恢复健康时再说。"

她悲伤地看着他，猜想接下去将会发生什么。她追求他那么长久，犹如她要得到一粒很稀有、很稀有的钻石。

"但是我不要你和谎言相连。我将离开你，现在玩笑该结束了。我们能够回到各自的生活中，你有你的房子，我有我的，一切都恢复原样，除了我不再看到你。别的人能接手我的事，或许你的父亲更乐意把它接过去，这不过是我们之间最小的麻烦。我回到市区后，将通知我的律师。"

"为什么？……你为什么这样做？"她颤抖着伸出手来，但他避开了。昨晚手术后，她几乎不能动弹。"难道没有孩子就那么不一样吗？"

"我没有孩子能生活……但我不能和谎言生活。你设下圈套来和我结婚，你要我隶属于你，就像要一份财产一样。我不能被出卖，或被诱骗、被囚获，按别人的示意而写作，简直像条会跳舞的狗！我们之间有些事情能变得体面的唯一希望是这孩子，但这孩子是一个谎言。

"我打了电话给你父亲,告诉他发生了什么,他现在已离开伦敦来这里了。我会等他到来,然后我将和詹姆士、维奥莱特一起回去。维奥莱特说,你出院后,爱在她那屋里住多久就多久。如果你乐意,你自己去和你父亲解释,我不想使你为难,但我也不愿意维持这婚姻。我肯定你某天会感谢我的。"说完,他转过身,走出了房门。来到街道上,仰视着天空,他深深地呼出一口气,仿佛夏洛特从没进入过他的生活。他突然间想到卡尔和厄西,他们是多么相爱的一对啊,正像从前他和奥德丽那样。现在,他要去做的一切就是回到奥德丽身边。当他一阵风似地刮进昂蒂布别墅时,简直像个全新的人。

　　"我们什么时候离开?"他问维奥莱特。

　　"我想你应该等待夏洛特父亲的到达。"

　　"他今天晚上会到。"

　　"顺便告诉你,奥德丽又来电话了,她现在已回到伦敦。"他点点头。

　　"她说问你好。"他又点点头,然后皱着眉,心事重重地离开屋子。

　　他没再见到夏洛特,只和他父亲通了个电话……查尔斯拒绝向他作任何解释。这是她惹的麻烦,她撒了谎,让她去了结吧。

　　他的唯一念头是与奥德丽重逢,使她相信他不全是个蠢人。

三十一

查尔斯和维奥莱特、詹姆士一起乘火车回伦敦去,他们和孩子、保姆分坐在晚间火车的包厢里。维奥莱特把绝大部分仆人留在昂蒂布,他们差不多全是法国人。每年她离开伦敦时,随行只带两名管家,现在他们已搭乘早班火车率先赶回伦敦了,通常维奥莱特和詹姆士回伦敦之前,家中的一切都安排得井井有条。

"查尔斯,你要不要进来坐会儿?"

查尔斯迟疑了一会儿。她笑了。他看上去一下子年轻了许多。过去两天中,他受到可怕的打击,要知道,他作出这样的决定是多么艰难啊。詹姆士正在睡觉,他们俩平静地谈起这一话题。

查尔斯承认自己是多么想要个孩子,这种渴望令维奥莱特吃惊,因为他一贯像个自由自在、极其随和的人,同时她也没有料到现在他毅然要解脱束缚,和夏洛特结婚对他本是个仅有的安慰。

"当然,她同意离婚,是吗?"她见他忧郁地摇摇头。

"她是个天主教徒。"

维奥莱特很吃惊:"她利用怀孕不过是个借口……现在她不肯分手是不够严肃。看在上帝分上,她和你的婚姻是建筑在欺骗之上啊!"

"我知道。但她硬是不同意,她仍强调能够为我的事业做出不凡的事情。"他叹了口气,交谈无法继续了。她要他花点时间好好想想,在她回到伦敦几星期后,希望能再见到他。

当他迟疑地跨进维奥莱特夫妇家的前厅时,下意识地向四周看了看,期待奥德丽从门口向他奔来。

"她大概出去了。"维奥莱特知道他在想什么,他转身向她笑了笑。就在这时,他听见了奥德丽的声音,她慢慢地下楼来了,脸庞被忧郁笼罩,眼中充满了悲哀。自从到伦敦后,她什么事也没干,只想着卡尔和厄西。

当奥德丽看到他时,在楼梯上停了一下,然后下来亲吻维奥莱特,接着是詹姆士和孩子,最后转身向着他,眼中流露出一股哀怨:"你好,查尔斯,路上怎样?"

"很好,"他拘谨得像个学生,"你好吗?"

她点点头时,他向她跨出了一步,维奥莱特觉得他就要亲吻奥德丽,可是奥德丽退了回去。维奥莱特赶紧脱下帽子,招呼孩子上楼。留下他俩在大厅里,彼此尴尬地站了一会儿,结果什么也没说。这毕竟是激起情感波澜的一瞬,虽然奥德丽还不知道夏洛特那边发生了什么。

他们全都在书房坐下,喝茶聊天。维奥莱特说要吩咐厨师,很快消失了,一会儿,詹姆士要和管家谈点事,也出去了。奥德丽突然发现,自己是和查尔斯单独在一起,两人又陷入一时的窘迫……昂蒂布的相遇实在太痛苦,现在不愿再重演一遍。

她决定用谈谈卡尔的事来回避。当她试着开口对查尔斯叙述时,竟停顿了好几次。

"这是……我所经历的最……可怕的事……哦,查尔斯,"她说着他的名字,声音听起来和从前称呼他一样,"不知现在厄西怎么样了。"她叹口气,闭上了眼睛,试图恢复平静。突然,她感到他在摸索她的手。

"你必须试着去忘记这事。"他的声音是温柔的,但她的眼睛睁大了:

"忘记?我怎么可能忘记?"

"当然忘不了,但目前你是无能为力的。折磨自己毫无必要,回忆会因时间的冲洗而黯淡。"他很慈爱地看着她,"有很多很多事要做。"

她倾向于他的看法,仿佛他读到了她心中的想法,完全知道她在想些什么。

"另外,我知道这不是告诉你的合适时间……但……"他吸了口气,决心说下去,"……我在昂蒂布离开了夏洛特。"

不知奥德丽是否了解他的意思,但他的语气是认真的。奥德丽犹豫地问:"她应该就回来?"

他摇摇头:"我的意思是分手,我要离婚。"

"上帝呀,查尔斯!发生了什么事?"奥德丽大吃一惊。

"她对我撒谎,说她怀上了我的孩子。"

奥德丽弄不明白:"你的意思是她怀的不是你的孩子?"

"不,我意思是说,根本不是什么人的,她没有怀孕。"

"你说的是真的?"奥德丽想都没想过要撒这样的谎,"或许她流掉了?"

但他只是冷笑着摇头:"她患了阑尾炎,我们必须送她去医院。医生动了手术,我提醒他们她正怀着孩子……医生说,几年前她就做了子宫切除手术。"他叹了口气,勉强地对他仍爱着的女人笑笑,"第二天她对我承认了此事……我答应结婚的唯一原因是这孩子。"

奥德丽并不感到过分意外,但故事的结局仍使她深受震动:"她会同意离婚?"

"还没有。但她会的。没有别的路可走。从现在起我和她分居。结婚时，我就告诉她我不爱她。"

奥德丽有点陌生地看着他，卡尔之死所带来的哀痛霎时又涌上心头，她记得厄西是多么爱卡尔，即使她早知道仅仅几星期后他将惨遭杀害，那又怎么样？在这种情况下，难道她会做出什么截然相反的举动吗？这个想法突然使奥德丽对任何事物有了新的的认识，她不在意查尔斯的愤怒。"很抱歉，查尔斯。"她看着他的眼睛，那里面有一如既往的温柔与热情。两天来他第一次笑了，他必须表达心中的想法。

"我不能肯定我……"他握住她的手，把它紧紧贴在胸前，"你曾忘记过我吗？"他把她的指尖放在自己唇边，这次她没把手抽回，他只是看着她，努力去澄清几天内到底发生了什么变化。

"没有什么可忘记的，查尔斯，那时你需要我，我却不能跟你去。"

"现在我更理解你了。当时我是多么愤怒，那么不顾一切地要求你跟我走……我要回去，忘记你……我试过。"他不好意思地笑笑，她用微笑作为回答，"那时，夏洛特也的确起了作用。"提到她的名字，查尔斯闭上了眼睛……

"你告诉她什么时候分手？"

"那已经结束了，永远地结束了。我不让她的脑子里存在任何幻想。"现在他面对奥德丽，直截了当地说，"也不让你的脑子里有任何疑惑，哪怕你对此毫无兴趣。"

她嫣然一笑，刹那间变得像个少女似的："也许是吧。"生命是太短暂了，和她深爱的查尔斯在一起，不能浪费每一分钟。……他把她拉向自己，这样能吻她。就在这时，维奥莱特回到房中。

"噢……很对不起……"她带着满意的微笑转身准备离

开，奥德丽叫住她。她调皮地说："我无意打扰任何重要的事情。"

"一切都好，"查尔斯咧嘴笑着，"事实上，我是在兑付我的欠款。"

"很好，"维奥莱特表示同意，"你该受到鞭打，查尔斯。"

这是多么奇妙，突然间一切都变了样。仅仅几小时前，奥德丽的心中还像是有块巨石搁着，她怀疑自己是否能够得到恢复。奥德丽认真地端详了他一会儿："你确信此事结束了，查尔斯？"

"它从未有过开始。我是个糟糕透顶的傻瓜。"

"现在呢？"

"我希望我是个聪明得多的人。如有必要，我将放弃比尔兹利作为我的出版商。"

"我想比尔兹利先生不会蠢到让你这样做。"詹姆士手拿一只细颈盛水瓶走了进来，插嘴说，"来点雪莉酒吗？"

女士们都同意，查尔斯建议可再浓一些，他突然想庆贺一下。其实他还不知今后会怎样，但他有种长期以来从未有过的解脱感。他们全都感到很幸运，换句话说，他们感到这像是卡尔和厄西带给他们的礼物。

那晚他们想打电话安慰厄西，但她父亲说，她对任何人都不讲话。

"这是很难相信的，是吗，奥德丽？"查尔斯用手臂搂着她说，他们正坐在昏暗书房的火炉跟前。詹姆士和维奥莱特已经上床了。他们谈了几小时，谈过去的岁月，谈厄西和卡尔，谈她的祖父……甚至夏洛特。

"生命太短暂……直到你失去它，你才知道你曾拥有一件多么珍贵的礼物。"

"我想，成功生活的秘诀就在它每分钟都是快乐……"她沉思地看着火苗，感到查尔斯把她搂得更紧了。

"奥德丽……"

她感到他正注视着她，她转过眼睛也看着他。

"当我和夏洛特的事了结后，你和我结婚好吗？"他整天就想着这事……他等待了这么久，终于决定不顾一切地去问她。她带着宁静的微笑看着他，能和查尔斯在一起是她的全部愿望。

"很久前我就应该这样做，倒是很多的麻烦耽搁了我们俩……"

但他摇摇头："那时你不能这样做。虽然它夺走了我们很多的时间，但我能理解。"他非常温柔地看着她，"你不回答我的问题吗？"

"好的。"这是一个坚定而朴素的字眼，她话音刚落，查尔斯就吻了她。

三十二

夏洛特的事不像查尔斯想象的那么容易解决。十月初她回到伦敦。一听到她回来的消息，查尔斯就要他的律师打电话给她，但他碰了壁，夏洛特·帕克—斯科特，如她现在坚持称呼自己那样，不同意离婚。无论是现在还是可预见的将来，或者甚至是她更为关注的遥远未来，她都不会同意离婚。理由是宗教信条，但查尔斯对这种理由嗤之以鼻，在他们共同生活的全部时间里，她从不去教堂，除了他们的婚礼。

"那么，你猜猜她到底要什么呢？"律师很感困惑，"她拥有她要的全部的钱财，她不像是纠缠不放的女人。"处理她和查尔斯的关系时，她像个男人，确切地说，比男人更冷酷些。

查尔斯领会不出其中的原因。但奥德丽、维奥莱特和詹姆士的意见一致，他们认为她要的是查尔斯夫人这个名声，这能带给她原本缺少的尊贵，一个古老的贵族姓氏，和一个英国最伟大的作家结婚的荣耀，她要向所有人炫耀。

"如果我不在场，她不能达到目的，是吗？"查尔斯仍然没明白这后面的实质。

"她当然能够。她需要的就是你的名字，给人留下你们是夫妻的印象。"

"好，那么我让她保有这名字。"他这样告诉律师，让他通知夏洛特，以此为条件要求她同意离婚，但再次遭到了她的拒绝。他甚至提出给她两部他的电影的版权，因为她对此抱有极大热情，但仍然是拒绝。最后，查尔斯在绝望中去见她父亲，他发现他就像他女儿一样固执，可能还更顽固些。

"为什么，为什么她只要一种名义上的婚姻呢？"

"或许她认为你会回心转意。你可以……"他用目光打量了他一番，"她对你的事业是有利的，查尔斯，夏洛特会造就你，而你没有她是不可能成功的。"可是这只对他们有利，查尔斯不在乎。

"说实在的，她不需要一个受人摆布的丈夫吧？"

她父亲笑了，但他的目光是冷酷的，几乎和他女儿一样："那或许很好。我猜想她能处理得更好，她对紧紧抓住你不放十分满意，查尔斯。我不希望这事会改变我们的商务安排。"查尔斯和他订了五年合同，他只在昨天对奥德丽提起过。这事很棘手。

"我肯定你不会有好兴致的，如果你指望我和她共同工作的话。"

"如果你坚持这样认为。"显然他宁可结局如此。他眯起眼睛看着查尔斯："你知道，她没有告诉我你为什么离开她，但我猜想是因为你爱着那位你这次碰到的女人。"

"如果她乐意，她自己能对你作出解释，我不打算作解释，先生。"

"她不会作解释，她的女性味太足。"像大多数父亲，他看不到女儿的缺点。

"离开你后，她会去哪儿呢？"那晚晚餐时，奥德丽问他。他们几乎每晚约会，白天很少见面。她仍和维奥莱特夫妇住在一起，但她已说到要去租套房子。

"最终会有人陪着她到处走走，有些人会成为更重要的人物，她将急于摆脱我，我盼望尽可能快地有人代替我。"

"或许我们可以把别人介绍给她？"她可怜地看着查尔斯，他搂着她，亲吻她。接着，她告诉他，那天下午她去看了房子，够她、莫利和一个仆人住的，但他听了没有她所希望看到的激动。

"你看来不很高兴。"她的眼神有种失望。他耸耸肩："我想我没有。当然，我要你呆在伦敦。"无论在工作上还是心理上，他都希望能摆脱夏洛特的阴影。"我有一个好主意，"他几乎害怕去问她，"我有间从不用的客房，幸亏没有任何人会蠢到要和我住在一起。"

她笑了："你是否会租给我一个房间？"

他笑着摇摇头，这不是最合适的方案。"我喜欢你搬来和我同住，奥德丽。我把那客房给莫利，保姆住化妆室。如不行的话，我们可以另租一套房子……"他的脸色像醉了似的，恍惚地看着她。他需要的是他们在中国时分享的幸福，每天清晨一起肩并肩地散步，在彼此的手臂上睡觉，他感觉到胸前她那柔和的呼吸。半小时后，他们已谈到在维奥莱特家附近租一套房子的事了。

"你知道无论多久我仍要和你结婚，是吗？这要等到我离婚以后，你能理解吗？"他搂着她说。

"是的，我亲爱的。"她在他的手臂里陶醉了。在她生活中，无论结婚与否，从未有过比这更幸福的感情。她急切地要立刻搬进去与他同住。

三十三

他们一起到处参加社交活动，查尔斯把奥德丽介绍给他的每一个朋友，大家都非常热情真挚地欢迎她，所有的人都欣慰地看到，查尔斯已从夏洛特、比尔兹利的桎梏中解脱出来了。他们俩去参加舞会，听音乐会，打球，在公开场合到处露面。但到目前为止，夏洛特仍没同意离婚。圣诞节前，奥德丽和查尔斯搬进了一所新房子，离维奥莱特家仅隔五排房子。新年前夕，他们举行了一个家庭舞会，直到第二天凌晨八点，最后一位客人才离去。

乔治国王死后三星期，即由爱德华八世继位，这是个四十一岁的英俊男子，奥德丽惊讶地认出，他正是几个月前在昂蒂布相遇的那位王子，现在他成了英国国王。她为现任国王与沃利·辛普森夫人的浪漫史很感奇异，他如此显目地被卷入和一位离婚的美国女人的婚姻纠葛之中。当王子时人们尚能容忍，当国王了恐怕就不会那么容易，英国人极力反对他和一位离了婚的女人结婚。

当希特勒春天侵入莱兰地区后，人们的注意力已从爱德华八世身上转移开去，这同样也使查尔斯和奥德丽把注意力转向欧洲。他们给厄西写了十二封信，却没收到一封回信，奥德丽终于打电话给她父亲。

"我亲爱的，她在一所修道院里。"老人的声音听起来苍老、疲惫。德国不再是生活的快乐之地。奥德丽要求厄西的地址，巴伦解释说这没用，她恪守修道院的规矩，不接受任何人的来信，连父母的信也不行。他们甚至不被允准和她接触。她抛弃了世界以及和世界有关的所有人。奥德丽悲伤得无话可说。她记得厄西是怎样想尽方法去怀孕，他们憧憬将有六个孩子……现在厄西成了修女，修道院里的修女……他们再也得不到她的消息了。想到此，她眼中满是泪水。那天下午她去看望维奥莱特，她得知这不幸的归宿也被惊呆了。厄西的青春、魅力和美丽都可怕地消失了，她是多么深地爱着卡尔，没有他，她的生活成了一片废墟。在某些方面，这使奥德丽联想到自己从查尔斯身上感受到的，查尔斯和莫利是她的整个生命，对她而言，他们超过一切。有时记起查尔斯曾和别的女人结婚仿佛十分困难、十分遥远，似乎查尔斯从来就是、并且永远将是和她在一起，现在若有第三者插足他们之间是绝对不可能的。

"这状况使你烦恼，是吗，奥德丽？"维奥莱特有一次问她，她坦率地回答说不是的。

"……只有一件事是烦恼的，我们不能有孩子，不过莫利目前已够我们忙的了。"

维奥莱特被她的话逗笑了，莫利是很可爱的孩子，她喜欢她如同喜欢自己的孩子一样。

奥德丽拍了数百幅人物照，她尤爱拍孩子的照片。查尔斯正在写作一本新书，他拒绝回到美国去料理另一部电影的事宜，希望以此削减夏洛特对他的兴趣，但她总能设法用各种事务来缠着他。查尔斯完全不同，他一心只在奥德丽身上，只爱奥德丽。小莫利现在称他为爹爹，这在他听来仿佛是仙乐。

这一年过得太快了，虽然夏洛特从没有一刻变得仁慈，奥德丽和查尔斯却忙于他们自己的生活，不予理会夏洛特的干扰。奥德丽计划为他的新作去摄影，同时他们很关注世界局势。这年充满着不祥的政治事件：罗马和柏林在秋天结成同盟；十一月，希特勒和日本也结成同盟，达成联合力量一致反对苏联的决议。和希特勒的政治阴谋相比，其他的绝大部分令人震惊的消息要逊色得多。但是九月十日，当奥德丽站在厨房内听爱德华国王的广播讲话时，完全被震惊了。

她像铆钉般立着听这篇讲演。在昂蒂布，她曾经见过王子和沃利·辛普森。此时此刻泪水默默地流下了她的双颊。这些话震动了全国，然后是全世界："我发现我履行国王的职责是不可能的……如果没有我所爱的女人的帮助和支持……"国王退位！——她有瞬间想到他们彼此这么相爱是多么幸福和伟大，她回忆着自己遇见过的那位女人，在她身上是什么力量激起了这么巨大的爱情？这可怜的男人在讲话时，听起来内心十分苦恼，即位还不到一年就退位，和这个两度离婚的美国女人结婚。

即使他不再是国王了，她的心仍是属于他的，在作出这样的决定之前一定很痛苦……这使奥德丽想起他们和夏洛特目前的处境……面对着极大的差异，他们选择了生活在一起，无论合法与否……但他们的生活无疑比爱德华国王和辛普森夫人的生活要简单干脆得多。

广播结束后很久，她还站在厨房中，俯视着她的孩子，想着他所做的一切……为一个所爱的女人放弃王位，她永远不会忘记此事。当她想到查尔斯一定也是那么爱她时，她又流出了眼泪。

三十四

　　爱德华八世的退位使整个英国沸沸扬扬。继承他王位的是他的弟弟、仅小他一岁的乔治六世，当然，无论如何他不会像爱德华那样为所爱的女人放弃一切。奥德丽和查尔斯的朋友们大都站在爱德华八世一边，为他的自由权益辩护，而查尔斯恰恰把奥德丽看成沃利，因为她也是美国人，他也愿意为爱情放弃一切。

　　夏洛特仍然不让他们安宁，但一年半后，他们也确实不在意了，他们开始接受这种生活现实的限制。奥德丽忙于她的摄影，查尔斯不断地鼓励她，她甚至在画廊中举办了一次作品展览。

　　查尔斯很为她骄傲，他们的工作配合得十分默契。事实上，夏洛特感到愤怒的就是他的摄影师仅有奥德丽一人，他有权选择自己的摄影师，这是合同上早已写明的，现在这种选择权力的优越显示出来了。

　　"仍然紧紧抓住她不放？是吗，查尔斯？"一天他们在办公室里交谈，夏洛特故意刺刺他，声音里却充满了苦味。

　　"如果你宁肯仍然紧紧抓住我不放，你可以这样说。"无论什么时候看到她，他的眼中都有股怒火，他比奥德丽更痛恨夏洛特的顽固态度。相对来说，奥德丽满足于现实，但查尔斯急于要有个孩子，他甚至想也不去想目前他不可能与奥德丽结婚。

　　"你还不明白吗，夏洛特？"他们已经屡次这样交锋了，他就是不了解为什么她紧紧抓住自己不放，这样做毫无意义。他一再折磨自己试图找出这事后面的真正原因，没有一个人的解释和猜测能令他满意，只有面前这个女人能回答。

"我从不同意离婚，查尔斯。"她冷冷地瞧着他，穿过房间到门口，"你和她在一起只会浪费你的时间。"

"你就是一个浪费时间的人。"他站了起来，可她只是耸耸肩，门在她身后轻轻关上了。

他一想到此事就恼火，当奥德丽的妹妹安娜贝尔来信说准备再婚时，他甚至更烦躁了。

和安娜贝尔结婚的那个男人是一个职业赌徒。"一个玩桥牌的人"，她介绍得更文雅些。这种人在查尔斯看来属于毫无价值的一类，但使他想起就生气的是，他们可以自由地选择任何人结婚，而奥德丽却因夏洛特而处境维艰。

安娜贝尔和她的新婚丈夫夏天到了伦敦，查尔斯见到安娜贝尔不免纳闷：姐妹俩为什么如此截然不同？奥德丽和她在一起也极不舒服，与其说是姐妹，倒不如说更像陌生人，如果安娜贝尔马上离开，她还真会大大地松一口气。安娜贝尔问她是否准备永远和查尔斯这样生活下去，还是逢场作戏。

"他正等着办离婚。"奥德丽的眼神是平静的。

"你以前没听他说起吗？"她懒洋洋地吐着烟圈，瞧着奥德丽，那神气仿佛她是个高贵的小姐，而奥德丽则是个普通妓女。

"是的。"

"好，不要等得太久，宝贝儿，你将找不到年轻小伙子的。"听了这话，奥德丽的眼神变得悲哀乃至疲倦，安娜贝尔竟会堕落到这般低级的地步，仿佛和走错道的人居住得太久了。显然她喝得太多，总是醉醺醺的，而她不抱怨时，又笑得过于刺耳。

她走后，的确让人松了口气，查尔斯知道一开初奥德丽就很压抑。"她变得像个我从不认识的人一样，一个十分奇怪的女人……"她悲哀地向查尔斯倾诉，"我带大了她，照顾她……我不认为这次结婚是最后一次，我甚至觉得自己不再与旧金山有任何联系了。"一想到这对夫妻住在她祖父的那幢房子里她就难受，那个胖胖的男人，发出臭气的雪茄烟，他的硕大的钻石戒指……如果祖父看到安娜贝尔的丈夫，他会中风的……

她也想到祖父，那时富兰克林·罗斯福打败了艾尔弗雷德·兰登，再次当选总统，这使她想起他们之间的争论，心里极其温暖，政治谈论是他们共享的最深厚的爱。现在她喜欢和查尔斯讨论同样的事。那年夏天，当日本侵略中国时，他们一直关切着、讨论着……北京、天津落入日本人手中，他们占领南京后，三十万人被屠杀……奥德丽经常想起她和查尔斯在中国度过的不平凡日子。

这年夏天，一九三七年六月，德国人公开了一个叫布痕瓦文德的集中营，这是囚禁罪犯和"不受欢迎的人"的劳改集中营之一。同时，犹太人被清除出贸易界和工业界。他们现在禁止去公园，禁止参加公众集会，甚至禁止进入像戏院、展览馆、图书馆这样的地方，所有公共场所都禁止他们去。从六月十六日起，所有的犹太人都穿上缀有黄星的衣服，这样他们能被醒目地识别出来。这件事又使奥德丽和查尔斯想起卡尔和厄西，卡尔已死去两年了，时间过得真快，世界处于困难的时代，似乎只有变得更糟糕，没人知道这意味着什么。

一九三八年三月，希特勒占领了奥地利，宣称德国人驻扎那里，要吞并它。奥德丽他们马上想到了住在奥地利的厄西，担忧她那所修道院不知会遭到什么灾祸。她无能为力。想起在哈尔滨遭屠杀的那些修女，她知道德国人同样残忍。这些天一切都处于混乱之中，他们觉得唯一可靠的就是彼此呆在一起。

这年年底，他们才猛然意识到，共同生活已经三年了。维奥莱特和詹姆士为他们举办了一次晚宴来庆祝，那晚回家时，已经是凌晨四点了，奥德丽说她绝对不再要求任何东西，她三十一岁了，除和查尔斯在一起，她没有更多的爱。

但日子到了人人都惊恐不安的第二年，慕尼黑协定后，每个人都在心里安慰自己说局势就会好起来，欧洲大陆似乎不再烦恼，一瞬间，所有的人都去买无法形容的豪华、漂亮的轿车，举办庆祝跳舞会，穿戴无与伦比的贵重饰物和皮大衣，好像现在一切都很好。可是担忧依旧潜在……希特勒继续猛烈疯狂地向前推进，西班牙内战也结束了，死伤无数生命，在西班牙境内死亡已超过百万人。

希特勒占领了波希米亚和摩拉维亚，和苏联签署了互不侵犯条约，结成一股更加可怕的力量。九月一日，希特勒军队攻占波兰，使全世界目瞪口呆，喘不过气来。

两天后，九月三日，英国对德国宣战，丘吉尔成为首相。两星期内，德国的U潜水艇击沉英国两艘军舰，当奥德丽和查尔斯在厨房中听到这些消息时，觉得世界在他们四周发疯了。查尔斯想知道奥德丽是否愿意回家，欧洲看来已不是个安全的地方，绝大部分美国人尽最快速度赶回家，美国大使馆准备给每个人以书面通知。查尔斯问她是否与大部分美国人一起走。

她对他笑笑，在回答前又给他斟满了一杯茶，然后仰视着他，目光中带有他从前看到过的那种不显眼的力量："我就是家，查尔斯。"

"我很担心。如果你乐意的话，我送你回家。现在他们给所有美国人发出书面通知，这是走的好时机，天晓得那丧失理智的疯子接下去会干出些什么来！"他指的是希特勒。

"我就和你呆在这里。"她很平静地说。查尔斯走过去握住她的手，彼此相爱已经六年了，离他们乘火车穿越亚洲，几乎整整六年了……他们一起肩并肩走了很长很长一段路，如果他和她结了婚，或者有了他们自己的孩子，她甚至会不再关注任何东西。她和莫利以及所爱的人在一起很满足。在伦敦社交界，他们被所有人接受……她现在不准备离开他，更不会在六年后因战争而离开他，如果希特勒把战火烧到伦敦，那么她仍站在查尔斯一边去战斗到底。她告诉他这些带有激情的话，使他大为惊讶，有时他会忘记这个女人身上那种深厚的政治热情。

他很高兴她愿意留下来，即使他准备报名参加志愿兵，像詹姆士已做的那样……华沙终于陷落了，这场悲剧触动了所有人，全欧洲的心灵是黯淡的。

两天后，波兰被苏联和德国占领。每次奥德丽从电台听到陷落的消息以及犹太人区内勇敢的人们被屠杀，都使她感到犹如大病一场，她不断地对查尔斯谈起这些可怕的消息。最终查尔斯得到了自己被征召的通知，他是该做点什么了。在此之前，英国已派遣了十五万八千人到法国去保卫他们的盟国，查尔斯渴望成为他们中的一员。这次，他被任命为战地记者，可以自由地进入军队活动场所。

但他极其羡慕詹姆士，他被派到皇家空军。维奥莱特自愿到红十字会当卡车驾驶员，无论奥德丽何时见到她，她总是忙得一塌糊涂和专心致志。她不再是个老小姐维奥莱特，不再喜欢和朋友逛商店、和孩子们玩。奥德丽相形之下显得寂寞，但她忙着搞她的摄影，那似乎有更多的事要做。查尔斯急于要出发，在他得到内政部通知时，时间马上就要到六月了。三个月前，丹麦和挪威陷落了，一个月后，比利时也同样如此，在入征通知正式下达前两星期，巴黎又陷落了，他怎么坐得住？差不多像热锅上的蚂蚁。

奥德丽劝他要有耐心。他等待着全世界的重大事件发生，希望听到有利于英国的消息。他不止一次地遇到丘吉尔，敬佩那人的伟大思想。奥德丽肯定查尔斯在自己的岗位上正在从事一项辉煌灿烂的事业，但她知道，查尔斯不会满足于战地新闻记者这个位置，他特别不满的是，没有像詹姆士那样被派到皇家空军去。

接到通知的那个晚上，奥德丽一看查尔斯的脸色，就知道发生了什么事。

"怎么了，亲爱的？"当他走进前门时，她疑惑地打量他。

"没什么，你今天好吗？"

"很好。"她给他看一些放大了的照片，莫利在户外和邻居孩子玩耍，他们谈了一会儿不相关的琐事。终于，她带着一种淡淡悲哀而又洞察一切的笑容开口了："什么时候你将告诉我不喜欢听到的消息，查尔斯？"

"什么使你想到这上面去了，亲爱的？"但她开口问了，他感到很内疚，她看出他眼中的难言神情，一方面，他为这消息而激动，另一方面，他又恨即将的分离。

"怎么了，查尔斯？"她的声音很柔，那闪烁的深情的目光使他无法逃避。

"你今天听到消息了？"

慢慢地，她摇了摇头，有时她在工作的暗室中都不打开收音机，她害怕总是听到坏消息。今天也是这样。

"今天发生了什么事？"消息是一天天令人沮丧，对她来说，更为沮丧的是美国拒绝介入，好像欧洲的战争仍可被忽视，现在她羞于承认自己是美国人。她希望美国采取行动，帮助所有如此绝望、需要帮助的国家。但她只能仰视着查尔斯，眼中满是恐惧。

"今天发生了什么事？"

"今天我们在奥兰港的法国舰队沉没了。"

"那是在阿尔及利亚，对吗？"

他点点头。

"为什么？"

"因为他们得不到我们的任何支援，他们将落入德国人手中。奥德丽，我们不希望德国人得到这些船，这是巨大的损失……"

"有多少人遇难？"她很害怕听见死人，这里数千，那里上万的……这些无辜的人都像卡尔……像一九三九年华沙死亡的那些人……

"大约一千多人，"两人的目光接触了一下，时间似乎很长，"他们要我去那里报到，奥德丽。"

"去阿尔及利亚？"她感到胃里有些东西在翻上来。

"去报道在奥兰港沉没舰只的消息，然后立刻转到开罗去，现在这里的工作已经开始着手了。"开罗确实没什么事发生，但墨索里尼就在六天前还恫吓说要进攻埃及，英国需要更多的新闻记者去那里，至少他们希望查尔斯无论如何去那里。但他看到奥德丽的脸色时，突然感到害怕："你脸色怎么了，奥德丽？"

她的眼中满是泪水，转过身，她觉得进攻已经发生了，毕竟美国或许没有权利派他们的军队去那里。他站在她身后，用手搂着她的双肩，然后慢慢地把她的脸转过来，双手捧着她的脸颊："我不会去太久的。"

……现在轮到查尔斯了……想到他会处于怎样的危险中，她几乎柔肠寸断。

"你什么时候回来？"

"我还不知道，这要根据去那里后将发生什么而定。不过，战地新闻记者毕竟不同于士兵，来去自由，确实不会有危险……"

她很快打断他的话，表情痛苦地说："你会像别的人一样被杀死的，为什么不能在家中做些其他的事呢？"

"这像什么话！"他对她提高了嗓音，"奥德丽，我需要去那里服务，并且看看詹姆士，他们已经向德国人扔了六个月的炸弹了。"

"好，他一切很好。但如果他在那里到处露面，东跑西颠，被杀死了，维奥莱特和孩子还会好吗？"她现在叫了起来，他把她拉入怀中。奥德丽有理由这样叫唤，两天前她才刚刚发觉，自己怀孕了，她在等待合适的时间告诉查尔斯。

"我会回来的，奥德丽，我答应你……在开罗，我是绝对安全的……"

听见"开罗"二字，她突然笑了，泪水却流了下来："那个该死的地方，去看看你上次住过的地方，现在怎样了？"

他也笑了，懂得了她的意思："我不会再去结婚的，我向你发誓。"他举起一只手发誓，她把自己的手掌放在上面。

"我是多么爱你，答应我，无论发生什么，你要照顾好自己，否则我会去那里，我会亲自去照顾你。"

"我相信你会这样做。"他高兴地看着她，但她没有相应的表情，她有一个沉重的包袱要负担。

"我不害怕去那里追踪你的，你不要忘记这一点。"她眼中的神情说出了她想说的一切。

"我会记在心中的。"第二天，他就出发了，她答应他照料好自己和莫利，每天给他写信……他走了，奥德丽丧魂落魄地站在卧室当中，世界一下子变得空荡和冷漠，她的眼神发呆，心里却在想着他们的孩子……

在他临行前，她曾犹豫过是否要告诉他，但这对他不公平，她想到夏洛特为了达到结婚目的而说的谎话……现在，事实是千真万确的，奥德丽反而什么也没给他讲。突然地，恐慌攫住了她的心胸，如果他被杀害……如果……她感到喉咙里涌上一团堵塞物，几乎使她窒息，几小时后她才安静下来。那晚她去维奥莱特家吃晚饭时，仍感到发抖。她亲自带着莫利，因为她不相信一旦情况紧急，任何人会领她去躲避空袭。

"你干吗站着？"

奥德丽的眼神和以前大不一样，又倦怠又郁愁，维奥莱特不禁替她担心。

"站着干什么？害怕空袭吗？我想一个人慢慢会习惯它们的。"维奥莱特安慰她，孩子们都在防空洞里玩，尽管有炸弹，他们似乎也习惯了。奥德丽总是为此烦躁不安，忧虑他们竟在这种可怖的环境下长大，更糟的还在于他们全都习惯于这种生活方式。奥德丽对维奥莱特摇摇头。

"不是空袭……问题是……为他担忧不会使你发疯吗？"

维奥莱特的笑容消失了："恐怕我无时无刻不在想到这种事，但我们别无选择，是吗？亲爱的？"她们的目光相遇了，奥德丽满眼是泪。突然，她再也控制不住了，当维奥莱特上前用手臂搂住她时，她悲哀地抬头看着朋友，泪珠成串地滴落下来。

"哦，维……我有孩子了……查尔斯并不知道……他走前，我本想告诉他，但我不忍让他担心……"她呜咽着，"万一，如果……"

"别说了！"维奥莱特紧紧搂住她的肩膀，一半为她高兴，一半为她忧虑。在这种可怕的时候去怀孕，又是独自一人生活，该有多么艰难！但她知道查尔斯是多么迫切地希望有个孩子。她笑着对她低下头："这是好消息，奥德丽。一定要照顾好自己，尽管食物是配给，吃你能搞到的最好的东西，多休息。"她们俩想到每晚的空袭，奥德丽对她苦笑了一下。

"你想想在他出发前，我是否应该告诉他？"

维奥莱特摇摇头："你做得对，否则他想到你，会半疯的，他在那里就无法全神贯注。我和詹姆士也是如此，不让他有丝毫担忧，这样当他驾机上天时，就能集中注意力驾机战斗，然后平安地、尽快地回家。现在他们都不能分心。"两个女人聊了好久，奥德丽把心中的隐秘吐露给朋友后，感到轻松了。维奥莱特并不惊讶她怀孕了，她只奇怪这么久还没怀孕。她想到查尔斯是否应该再对夏洛特施加压力，因为她听到有关夏洛特的一些奇谈谣传，查尔斯临行匆忙，维奥莱特还来不及跟他谈，她现在不能使奥德丽心神不定。

她们俩彼此道晚安时，莫利已在奥德丽的手臂上睡着了。

三十五

再见到维奥莱特时，已过去了一星期。这次，维奥莱特显得很烦躁，她对奥德丽承认，孩子们玩耍时，皇家空军正在执行对德军的晚间空袭任务，这些天她加倍地担忧詹姆士。他几乎每天飞行，虽然他创造了令人惊讶的杀敌成绩但她怀疑他是不是病了。奥德丽注意到维奥莱特近来体重锐减，看上去比绝大部分人更瘦，便试着给她鼓鼓气。也难怪，维奥莱特过惯了舒适、慵散的生活，现在突然每天都要和恐惧残酷的现实搏斗，她完全显出一种无助的挣扎来。奥德丽帮不上忙来使詹姆士获得安全，除了吃晚饭时进行祈祷。

"他会平安的，维奥莱特。"她要使她朋友安下心，相信自己的话是有道理的，而詹姆士是幸运的，"他是那里最好的飞行员。"她们的目光相遇了，这次是维奥莱特的眼中噙满泪水，她需要奥德丽的宽慰。

"我没有他活不下去，奥德丽。"

奥德丽用手臂搂着她，彼此拥抱了很久，各自获得朋友的宽慰。

维奥莱特含泪笑问："你现在感觉怎样了？"

"很好。"奥德丽现在经常呕吐，这是好兆头，她没有解释，而为孩子暗暗激动，等查尔斯回来时，他该多么惊喜啊！

这是三月底怀孕的，到现在恰好两个月的身孕，当然，什么也看不出，但她感到腹部在渐渐变圆。绝大部分时间里，她疲乏劳累，如果这是因为怀孕和睡眠不足的话，很难向别人启齿。每晚，她们几乎都躲在防空洞里，炸弹总是不断地落在四周，附近有好几幢房子被炸毁了。每个人的神经都够紧张了，奥德丽则似乎紧张得更厉害些。

"你最好照顾好自己，查尔斯见到你会心疼的。"

"我的脸色看起来这么糟糕？"她笑了，最近几天因缺少睡眠，呕吐得更厉害了。

"你看上去很疲倦，"维奥莱特想到她的非同寻常的责任，但她没说什么，"你下午休息一下好吗？"

"我尽量休息。"但莫利是个好动的姑娘，只要有机会她就钻进奥德丽的暗室玩耍，她还不知道自己将有个小弟弟或小妹妹了，当然，一旦肚子看得出来了，奥德丽就会告诉她。晚上躺在床上时，奥德丽就喜欢想这事，好像她具有世界上最甜美的秘密……

维奥莱特稍微耸了耸肩膀，她不想让奥德丽过分惊吓："你的手臂里会有一个白白胖胖的漂亮孩子的。"两个女人相视而笑，分享那温暖的、新生命诞生的秘密快乐。奥德丽在家工作时，精神很好，但晚上是极糟糕的空袭，他们全都挤在防空洞里直到天亮。

第二天，维奥莱特跑来跟她商量："我想我们应该把孩子送走，奥德丽，你看怎样？这里太让人揪心了。"她们现在就像一对夫妇，再没有任何别人能帮她们作出决定了。现在她们考虑问题要比战争前深远成熟得多，这问题以前也谈过，但奥德丽拿不定主意。

"你想事情会更糟吗？"

"暂时还不至于，但……"维奥莱特憎恨说这些话，但它们总在她脑海中，"如果孩子们真有什么意外，我们不再会原谅自己。"许许多多的房屋倒坍了，人们都受了伤，邻近房屋的一些人被炸死了。奥德丽正考虑查尔斯将需要些什么。

她看着维奥莱特，作了很勉强的回答："我想我们应该这样去做。"

维奥莱特点点头。她痛恨把孩子们送走，但她必须使他们安全，她已经对她的公公讲了这事，上次詹姆士回家时也对他说了，公公要维奥莱特也一起离开伦敦，奥德丽知道这些。"我自己实在不想去那里，真的，这里我有许多事要做。"她自愿为红十字会工作，任务是为几位将军开吉普车，所以随时可以离开。奥德丽本也计划去红十字会，但她考虑到身孕，想等到感觉更好一些才行。她到处目睹残垣断壁和惊恐呻吟的人群，面对严酷战争所带来的痛苦，她更加深深地投入摄影之中，总有一天会肯定这是一项值得称赞的收集工作。但此刻她没想到她的照片和相机，她在考虑莫利，要设法送她离开。

"让我们这星期就带他们离开。"

"我们怎么办?"

维奥莱特的公公在等着她去，当然，她也可以让保姆陪着孩子。

"我还不能走，我要完成已开始的工作。"奥德丽皱皱眉。有许多东西她要去拍照，暗室里还挂着数百张未洗的照片。

"我会通知我公公，这个星期六，我们就驾车把他们送走，你身体能行吗?"

"我很好。"

维奥莱特点点头，她决定准备出发了。她再次瞧瞧奥德丽的脸色，不免皱了下眉头，她不但没胖起来，反倒瘦了，神情仍然很疲倦。

"在动身之前，你必须设法休息一下。"

"好的，夫人。"她们交换了一下微笑，维奥莱特走了。星期六，她们乘坐一辆家庭旅行车出发了，幸运的是，战前詹姆士买了这辆大的旅行车。她们帮大一些的孩子和保姆坐进后座，把莫利安置在前座，靠近她们身边，把所有行李放进后盖。四小时后，她们就开车穿行在乡村的道路上了。这地方很难相信在进行一场战争，这里的每一处都是漂亮和安宁的。到达霍索恩勋爵家时，奥德丽大大松了口气，她们决定就让孩子住在这里，他们在这里是安全和幸福的……

回家的路上，奥德丽告诉维奥莱特，至迟九月底她要到这儿住下来，她担心到那时因临产而不能呆在伦敦，行动不便，也不能每晚钻防空洞。维奥莱特同意她的打算。

"你甚至应该考虑再提前一些回这儿才好。

"到那时再说吧。"她们计划两星期后无论如何也要再回这里，和孩子们过上几天，放松一下。但对她俩来说，孩子们不在伦敦，已是一种极大的放松了。

"我感到很轻松，你呢，维奥莱特？"

维奥莱特笑着点头。黄昏时分，她们回到了伦敦……空袭警报响了，她们必须丢下汽车，去最近的防空洞躲避一下。炸弹在四处似乎都有落下，她们急速地奔过街道，听见周围有人在叫喊奔跑。等她们重新出来时，已是半夜了，匆匆回到家后，两人可说是筋疲力尽。半小时不到，警报又响了，她们必须再回到防空洞去。维奥莱特认为自己没问题，况且已近凌晨四点了，她实在太疲倦，就倒在一个角落里睡着了，穿了件詹姆士的旧外套。奥德丽静静地坐在她身边。突然，她感到自己背部有种尖利的疼痛，不时打扰她的瞌睡。到天亮她们离开防空洞时，这股锥人的疼痛已延伸到腿上。好不容易沿着残垣断壁走回了家里，她把这告诉了维奥莱特。

"我想我背上有个什么东西。"她实在太累了，几乎没气力再挪一步。

"你什么时候患上的？"

"天知道。在回来的路上，或是昨晚从一个防空洞奔到另一个防空洞之间吧。也许我只是太累了。"

维奥莱特不再提它，说："回家前，你再坐一会怎样？我给你煮杯茶。"奥德丽对她笑笑，这是英国式的对任何问题的解决办法。一个晚上都是炸弹，接着就喝一杯茶。但奥德丽太累了，走不回家去，就只好坐在维奥莱特舒适的书房的一张椅子上。几分钟后，维奥莱特就端上一杯滚烫的热茶，以及一些煎饼。她总是和奥德丽分享她的一切，她知道奥德丽需要这些。

"你的背如何了？"

"还好。"但她躺下时，仍感到疼痛，现在开始有一种奇怪的折磨人的微疼延伸到她的腹部。维奥莱特从她的眼中看到有些问题，但她没能确定是什么，她坐下来，点燃了一支烟。奥德丽默默地啜着茶。

"你今天或许应该去找医生看看。最近你什么时候找过医生？"

"不到一星期。"怀孕已经三个多月了，她差不多很难扣上衬衣了，她为这微微的隆起而骄傲，当肚子越愈明显时，她想到此就会激动。她迫不及待地想告诉查尔斯，等他从南非回来，他自己就能看到。

"我很好，维奥莱特，真的。"

"你能肯定？"

"完全是的。"但在动身回家之前她上了趟厕所，那时起她不再感到很好了，当她再次上厕所时，在她的内裤上出现了血迹。这使她惊慌，虽然血不多，但够使她吓坏了。她出来后，告诉维奥莱特："你曾经有过吗?"

维奥莱特老实地摇摇头,但她表示听说过:"我虽然听说过,但我想你必须去检查一下。"她立即打电话给医生,医生让奥德丽马上就去。维奥莱特开车送她去医院。医生给她作检查时,表情看来不太乐观。他问她乳房是否仍很敏感,是否还有其他的不适。

"有无任何腹痛?"

"没有。"她摇摇头,接着记起了背上的疼痛,她马上告诉了医生。

"我要你绝对休息,特雷斯科尔太太。"他不知道她还没和查尔斯结婚,"我将和你的朋友一起送你回家,你必须躺在床上。当然,除了空袭。"她答应了。她去维奥莱特家里,不再回自己的屋子,单独一人是难受的。奥德丽躺在床上时,血不出了,但晚上却流得很多。她内心祈求空袭不要来,她不必为此而起身了。当警报照例拉响时,她眼泪汪汪地请求维奥莱特马上离开她。

"我不会发生什么事的,维奥莱特。如果我起来,血会流得更厉害。"

"如果你不起来,一小时之内就可能被炸死。"她硬要奥德丽和她一起,她帮助奥德丽从床上起来,又给她加上一件皮大衣,许多人去防空洞只穿一点衣服,她们现在也习惯了,这种时候重要的是穿双结实的鞋子即可,维奥莱特看见奥德丽已穿好了鞋子。

她们匆忙去了防空洞,维奥莱特像只母鸡护着小鸡般地护着她,直到重新回家,血流得不很厉害。事实上,最近两天,血流在减少,尽管她们晚上还去防空洞。可是,第三天奥德丽开始不对劲,腹部隐隐地痛起来,当黄昏降临时,她发出一声尖利的喊叫，从昏睡中完全痛醒了。

"你怎么了？"在昏暗的房间里，维奥莱特的声音异常柔和。

"我不知道……有一种……"她简直说不出话来，疼痛猛烈地袭击她，她死死抓住毯子，大口喘气，维奥莱特突然感到恐惧。

"哦，上帝……维……叫医生……"

"你血流得很多吗？"维奥莱特知道医生也会这样问，她抽出身上盖的东西，看见奥德丽身下的床单上全是鲜血。

"哦，我的上帝……"

"别害怕，亲爱的……你可能是正常的……别动，我马上就回来……"她奔向电话机，听到身后奥德丽的呻吟声。医生让维奥莱特赶紧送她进医院，这事很不容易，但她来不及多想，立即冲回去，把喊叫着的奥德丽包在毯子里，按铃叫来男管家扶她上汽车。奥德丽感到这是从未有过的剧痛，她努力把思绪都集中在莫利出生的那个晚上，现在她才明白，要经过多少痛苦煎熬，孩子才能降临。一阵阵直穿心脏的刀割般的剧痛，使她觉得有列货车正从躯体上辗过。到达医院时，她支持不住了，一位护士急忙把她送进了候诊室。

医生给她检查时，她恐怖地喊叫着，痛得左右翻滚，维奥莱特就站在她身边，像一代又一代男人们所处的位置一样，维奥莱特也怀疑自己的存在是否有价值，眼巴巴地看着一个人这样通过痛苦的煎熬，实在极其难受。

在他们把奥德丽推走前，医生很快告诉维奥莱特："她将流产，霍索恩太太，她现在已经开始了。"

"你们不能使她好受些吗？"当亚历山德拉出生时，詹姆士也是这样说的。但医生只是摇摇头。

"恐怕做不到。但现在不要很长时间就行了。"当胎儿终于下来时，又是一个不能想象其痛苦的五小时。胎儿看来已很像个孩子了，维奥莱特看到那死婴被包好带走时，心都碎了。她听见奥德丽的呻吟，两个女人哭着叫着，整整两天维奥莱特没离开她，她在发烧，仍很痛。几天后，她带着死一般的神色静静地看着维奥莱特："谢谢你，维……没有你，我会死掉……"

"你已经很好了……你是那么勇敢。"维奥莱特满脸是泪，紧抓住奥德丽的双手，"很抱歉，我知道你是多么想要这孩子。"奥德丽只点点头，伤心地转过身去。她实际上是死过一次，但终于活过来了，维奥莱特曾经经历过这种最可怕的体验，她一直在想，万一奥德丽发生意外，她该如何向查尔斯交待，这种念头使她恐惧。在整个过程中，她默默地祈祷奥德丽不要死去，现在她又深深地为她祝福。不过，要找出安慰的话是多么困难。

"你还会有另一个孩子，说不定是十个。"她衷心地笑了，但显然奥德丽不相信。

"这是多么可怕，维奥莱特……"她艰难地抬起头，断断续续地说。她永远不会忘记这可怕的一幕，她现在唯一需要的就是希望查尔斯搂着她，让她在他的怀里哭泣。但她很感激维奥莱特，维奥莱特像看护孩子一样，让她躺在自己床上，每天陪伴着她……她总是想到查尔斯，他没给她写过几次信，信中全是开玩笑的轻松话，他压根儿不知道她所经受的事。

詹姆士终于回来了一趟，维奥莱特告诉了他全部的经过，他深感震动和歉意……

"你真是位好姑娘，维奥莱特。"他为她骄傲，他回去执行轰炸任务前，总是和妻子一起过周末。

"可怜的查尔斯……多大的打击……"他离开时，维奥莱特根本没想到，必须告诉他查尔斯不知道奥德丽怀孕。

"顺便说一下，"她有些事没告诉奥德丽，现在提起就更不合适，"我听到一些关于她的古怪传闻，詹姆士。"

"是夏洛特？"

她点点头。

"她最终和他离婚了吗？用这种方式来紧缠住他是愚蠢的，大家都知道这场婚姻太荒唐……"

"我想我现在了解了它的原因，她和查尔斯结婚是要掩饰别的行为。"她犹豫含糊地说，这引起了詹姆士的注意。

"哦，有什么见不得人的东西？"他笑了。

"我听说……"她憎恨说起这件肮脏事，但她又要他知道，"别人告诉我，她是个同性恋者。"

"夏洛特？"霎时间，詹姆士的声音表示了兴趣，"谁告诉你的？"

"伊丽莎白·斯特朗。"这是市镇上有名的长舌妇，但她的消息往往惊人的准确。

"你知道，我起初也不敢相信她。可是……奇怪的是，奥德丽患病前，也即几星期前，我正给基尔戴尔将军开一辆吉普，看见她沿街走着，旁边陪着她的是位极有吸引力的年轻男人……确切说，他更像个孩子。"说到这里，她红了脸，"出于某种原因，我注视着他们，一边等着将军从商店出来。你知道……那完全不是个男孩，而是个姑娘，我完全可以肯定。"她的脸庞已红得像棵紫甜菜了，"她们亲吻着……我的意思不是亲脸……我是说，一个长长动情的吻……"

詹姆士突然笑了："你意思是像这样？"他动情地吻着她。

"你看该怎么办?"

"我想这可以解释一切了。"他产生了另一种想法,"你知道,如果查尔斯知道了这事,他可以更有力地要挟她。我敢说下星期见到他时,我就会告诉他,你的意思呢?"

"如果能以此迫使她同意离婚,当然是求之不得的大好事,"接着,她疑惑地问道:"你在哪里可见到他? 他准备回家了?"奥德丽昨天还收到查尔斯的信,并没说起这些。

"他们派我到开罗去两个星期。"

"这有危险吗?"她沉住气,看着他的眼睛,希望知道真相,但他摇摇头,她明白他是在宽慰她。

"我去问问奥德丽,是否有什么信件带给他。"

詹姆士去后,奥德丽向维奥莱特承认:"我是多么羡慕他去见查尔斯。"她现在渴望查尔斯回来,自她流产后,对那可怕的体验仍心有余悸。她感到空虚无着落,仿佛事事处处她总归失败,这种沮丧笼罩着她。承认这一事实,使她苦恼,甚至面对维奥莱特也是如此……在她想来,甚至到安宁的乡村去看望莫利也不能弥补这种失落感,虽然这多少有点安慰,孩子坐在她膝上,眺望绿色的山峦和远近点点的牛群。她很欣慰莫利是在那里,而不是在伦敦。

"爹爹马上就会回家吗?"

"我希望这样,宝贝。这星期,詹姆士叔叔去看望他,我告诉他,你给爹爹一个大大的吻。"

莫利很满意,从母亲膝上滑下来,回屋去找亚历山德拉玩耍了。

也就在同一时刻,詹姆士还未来得及亲吻查尔斯,他带来的消息已把查尔斯惊呆了。

"上帝……我真抱歉……我还以为你知道她怀孕……我

真糊涂……"

詹姆士望着眼含泪水痛苦万分的查尔斯,嗫嗫的不知说什么才好。他告诉他奥德丽流产的事,原是想让他知道比继续怀抱期望更好,但没想到奥德丽一直把怀孕的事瞒着他。

"为什么她不告诉我?"查尔斯的眼中露出疯狂的神色,詹姆士从未感到有比这更糟的。

"她大概不想使你担忧,她是正确的……因为她还怀着……"查尔斯点点头,心中仿佛有火在燃烧。

"情况很不好吧?"他察看詹姆士的脸色,想从那上面看出什么秘密来。詹姆士拿不准该不该对他有所隐瞒,但一切都似乎太晚了。

詹姆士同情地点点头:"维奥莱特说,当时她的情况相当严重,但她令人钦佩地挺过来了,现在的情况很好。我上星期见到她,人是有点苍白和消瘦,但仍像从前那样健康。"他想笑笑,但查尔斯的样子极其烦恼,他叹着气,一小时内喝了七杯啤酒。詹姆士没有责备他,深夜,他帮查尔斯回到房里,甚至来不及告诉他关于夏洛特的新消息。但总有时间去谈的,他在开罗要呆两星期,他们有相当充裕的时间来聊聊伦敦。

三十六

詹姆士从开罗回来，他给奥德丽带来许许多多亲切的问候。他和查尔斯决定不告诉她查尔斯已知道流产的事了，什么时候她认为合适，让她自己告诉他更好。詹姆士告诉查尔斯，夏洛特是个同性恋者，查尔斯听了，迫不及待要回来迫使她离婚，如果她这时还不同意，那他就毫不客气地恫吓她，要把这丑闻告诉她父亲。这给查尔斯极大的鼓舞。

詹姆士要随部队去轰炸德国，维奥莱特又是独自一人了。她和奥德丽曾去探望过孩子几次，有一次在回来的旅途中，奥德丽使她大吃一惊，奥德丽递给她一个马尼拉纸的厚信封，维奥莱特惊奇地看着它："那么多照片？"

奥德丽摇摇头。"不，是我的遗嘱。"她深深地注视着朋友的眼睛，"我请求你答应我，如果我遭到意外，你要让莫利和你在一起，至少要等到查尔斯回家。如果我们俩都发生意外……"她的目光停留在维奥莱特脸上，显然她对流产一事仍很敏感，维奥莱特为她担忧。

"为什么你感到会出事呢？"

"你还不知道，"她决定在此刻把一切都告诉她，"我被内政部征召为战地摄影记者，就在不久前，即当我一经流产后决定申请的……真没想到。他们看来极需要雇我作摄影记者，明晚我就出发了，维奥莱特。"现在她几乎要后悔，离开维奥莱特是她极不情愿的事，但上前线就能和查尔斯见面，她不能放弃这个机会。

"他们派我去开罗,是我要求去北非的。"

"查尔斯知道吗?"当奥德丽咧嘴笑时,维奥莱特却很担心。

"还不知道。可他会知道的,我准备让他大吃一惊。内政部的人了解我们曾经一起工作过,派我去他那儿真是个好主意!"

"他们疯了?你是一个女人!我的上帝,那是危险的!"

奥德丽叹息地说:"这总比每晚在炸弹中间钻防空洞要强……我必须和他在一起。"她那又大又蓝的眼睛满是眼泪,维奥莱特伸出双臂拥抱她。

"你是一个疯丫头,你知道吗,奥德丽?"但她知道奥德丽绝大部分是为他而疯,她渴望生命的每时每刻都与查尔斯在一起。维奥莱特也爱詹姆士,但奥德丽和查尔斯的感情在某些方面甚至更热烈……她知道奥德丽没有他是多么绝望。

"我能送你吗?"

她摇摇头:"他们给我安排了一架军用飞机。"维奥莱特笑了,一切都完全变了样,战争影响了所有人的生活。

第二天下午,她们亲吻着道别,奥德丽提起了行李箱,她正离开这幢空荡荡的被锁上的房子,就像伦敦别的许多房子一样。

那晚她出发到机场时,体验到一种久违了的激动……自东方快车……乘车爬越西藏的山峦……在上海的街道……北京城的闲逛……之后许多年都没有过的那种激动。她重新上路了,去一个她梦寐以求的地方,去和她爱的人在一起。当飞机往开罗飞去时,她露出了幸福的微笑。

三十七

道格拉斯ＤＣ—3型飞机第二天早晨六点在开罗机场降落。在途中，飞机停了三次，陆续上来一些士兵、邮件和补给品。

"你准备住哪里？"机上有一位士兵问她，自他在伦敦登机后，一直很献殷勤。

"我打算试试在谢泼德旅馆找一个房间。"查尔斯从前曾住在那里，她现在不能肯定这家旅馆是否被征为军用，查尔斯在给她的信中提到过它。她知道詹姆士上次到开罗也住在那里。

一踏上开罗的土地，她就感到有千言万语要告诉查尔斯，但首先得找到他。一辆军用吉普车带她上路，她挤在一个长满胡子的澳大利亚人和一个红头发的大个南非人中间，他们全在开着粗俗的玩笑。这是在战争地区，她明白自己必须尽快适应它。无论如何，这比伦敦要好，在那里每晚都要躲进防空洞，一直到警报解除，而且还担心是否还有一幢可回去住的房子。

他们到达谢泼德旅馆时，差不多彼此成为好朋友了。在战时的同志之间，往往会产生令人惊讶的友谊。她感到高兴，她要在这里做一些有益的事，这比仅仅在伦敦拍照要强。

奥德丽随着他们来到服务台，询问查尔斯在不在，服务员查了一下查尔斯的钥匙，又看了看他的留言条，告诉她不在。

"他是离开了，还是出去一会儿？"她不知对方是否懂她的意思，那服务员有着光滑的橄榄色皮肤和漂亮的黑眼睛，她惊奇大多数的埃及人确实十分英俊。

"我相信他下午刚出去，夫人。"奥德丽谢谢他，走出去来到阳台上，眺望这座美丽的城市，风景是难以置信的浪漫……开罗是全部活力的中心，是中东和非洲作战行动的司令部。她置身在极其迷人的景色中，等待查尔斯，等着等着，终于睡着了……太阳将要下山时，她惊醒过来，一个人正抓住她的手臂，猛烈地摇晃她，刹那间，她忘记了自己是在什么地方，眼前是一张似曾熟悉的脸，然后她突然笑起来，认出了来者是谁。

"我的上帝，你变成了一个大胡子！"当她再仔细端详他时，注意力不在他的胡子上了，他的双眼有怒火在燃烧。

"天哪！你怎么在这里？"服务员告诉他有一位女士在阳台上等他，他在角落里发现她靠在那里，行李包搁在身旁的地板上，照相机袋搁在膝上，帽子拉下来遮住了她的眼睛，相机套在颈脖上，穿着一套她想来是非常滑稽的衣服。刚看到她的那一瞬间，他是狂喜，继而一股狂怒的浪潮淹没了他，他不要她来这里，这是战区，她不属于这里。

"我来看你，查尔斯。"她伸出双臂，露出天使般的笑容。她知道他在生气，但她有办法使他安静下来。这事她做得对，不能再呆在伦敦，整个躲避炸弹，而他却在战火中采访，为各类报纸写战地新闻报道。

他站在她面前，因愤怒而发抖："你明天早晨坐第一班飞机离开这里。你怎么说服他们让你来的？"

"我跟他们说，我是名自由作家的摄影师，"她带着无可争辩的神气对他笑了笑，"我们总是在一起工作。"

"什么？他们竟相信了你！那帮可诅咒的傻瓜……"他把自己的帽子扔在地上，周围的人都聚拢来开他们的玩笑，他穿过平台走出去了。奥德丽等他回来，他迟早会平静的。当他重新朝她走来时，她提议去喝一杯，这时他的眼神里有更多别的东西在闪动。

"我只呆这一晚，我们也可以稍微庆贺一下。"她注视着，知道用这种方式往往可以融化他的心。但他只是咆哮着，勉强地滑倒在椅子里，他不相信她，在这方面她极不听话。

"莫利说她爱你。"

"她怎么样？"他的眼神柔和了些，但他告诫自己：决不让步。

"她很好，现在和亚历山德拉一起呆在詹姆士父亲的乡间住宅里，她似乎喜欢那地方……"奥德丽和他交换了一下微笑，自从发现她在平台上睡着后，这是他第一次的笑容。但他的眼睛仍充满忧虑，无论如何，他不能让奥德丽再操心了，这是他不要她呆在开罗的部分原因。尽管事实上，流产后来开罗对她讲是件好事。

"有些事你没有告诉我，奥德丽……在我出发前……"

她的心在剧跳，诧异他是如何知道的。突然，她明白了……是詹姆士！

"噢，"她竭力表现得若无其事，转过身，要求再喝一杯，"不要这样肯定。"

"是的，肯定有。"他紧握她的手腕，直等到她的目光又和他的目光相遇，"你为什么不告诉我？"

她的眼内充满了泪花。"我不想让你担忧。"她的声音低得只听见喃喃声。他用手臂搂住她，没再说一句话。她开始提高嗓门嚷起来："这全是我的错，我非常内疚。我一直在想，如果我没有干这事或者那事……也许就……"她再也讲不下去了，几乎呜咽起来，但他理解了。

"又不是你愿意这样，我亲爱的，也许是碰巧……我非常抱歉，没能在你身边……但一定会有另一次怀孕的，我答应你。"他温柔地笑着，自己的眼睛也湿润了，"第二次，希望你能告诉我。"她点点头。

"詹姆士告诉我，你身体恢复得很好，真是这样？"查尔斯仍不放心地看着她。

她没否认："我很好，维奥莱特是关怀备至。"

"我能想象得出。"他用大手碰碰她的双颊，温柔地亲吻她的嘴唇，"我很感歉意，奥德丽……我应该在那里。"

"你也做不了什么事，"她深深地吸口气，擦了擦眼睛，"这是很难挨的，加上你和莫利又不在……我所想念的就是你们。"她把目光转到他身上，"所以我一定要来。"他点点头，理解了，或许她没有错。

喝完后，他拎起她的包，去他的房里，把她安置在床上。

"欢迎你到家了，未来的帕克—斯科特夫人。"他高兴地咧开嘴笑，奥德丽则惊奇地扬了扬眉毛。

"你知道一些我不知道的事吗？听到了夏洛特的消息？"她甚至不敢抱什么希望。

"没有。不过詹姆士带来点有趣的珍闻。他告诉你了吗？"她摇摇头。

"看来我那充满魅力的妻子有桩有趣的秘密。"

"哦？"这引起了奥德丽的兴趣，他咧嘴笑得更响了。自从詹姆士告诉他后，除了为奥德丽担忧，他的精神振作了许多，如果给夏洛特施加点压力后，他们能顺利结婚，那真是太妙了。

"显然这可爱的太太有种特殊的嗜好，她喜欢女人。"

"她是个同性恋者？"奥德丽不像维奥莱特那样羞怯，她只感到惊讶，"你能肯定？"

"当然。维奥莱特亲眼看到她在后街上亲吻一个女人。我很奇怪她怎么没告诉你？"

"或许时机不合适吧。这事就让人惊奇了，现在如何呢？"

"如果那淫妇不和我离婚，我将在伦敦的《时代》杂志上登广告，你认为如何？"他们都笑了，查尔斯挨着她坐在床上。一会儿后，他们就忘记了所有人……夏洛特和詹姆士……维奥莱特……他们只记得彼此，又在一起是多么幸福。

三十八

第二天早晨，查尔斯看来更严肃了。他为奥德丽待在这里还是感到不安全。

"毕竟这是战区，墨索里尼开始进攻埃及了。"

她对查尔斯温和地笑着，把他的手按在桌上："你知道意大利人是多么的讨人喜欢。"

她没有要离开的意思。日复一日，他越加习惯于她在这里。一个月后，他们仍在等待意大利人的攻击，到处都有愉快的气氛，她和许多男人成了朋友。每天，他和查尔斯都在谢泼德旅馆的阳台上坐上几小时，和别的战地记者喝上几杯。别的人也和她很熟了，查尔斯甚至不再提到赶她回家的话。他喜欢她在身边，她也确实不再处于危险之中。要对付的唯一烦恼，就是偶尔会遇到的沙漠风暴，有人在猛烈的沙漠风暴中失踪了。司令官韦维尔将军对查尔斯和奥德丽发出严厉警告，他们不愿看到战地记者在沙漠的风暴中丧生。不过，他们的大部分时间是在开罗城内度过的，和意大利人的零星战斗也是毫不经意的。事情的焦点很大部分集中在：奥德丽想回家和莫利过圣诞节，但又担心这一回去，查尔斯就不让她再来了。维奥莱特来信说，她和孩子们、詹姆士以及公公一起过圣诞节，她向奥德丽保证，莫利会很愉快的。这样，她决定和查尔斯一起待在开罗。

十二月，英国严重关注着意大利的军队，决定把他们彻底赶出利比亚。一九四一年一月二十一日，英军对利比亚的托布鲁克发起进攻。二月十七日，意军向英军投降。

但有一些极其有趣的事，查尔斯和奥德丽已听到几星期了，他们关切地注视着它的发展。显然，对意大利人处理利比亚战役的方式，德国人极不满意，他们派去一名德国将军和一个德军军团去重新加以控制。意军投降后，罗马不甘心托布鲁克的陷落，派出飞机到处轰炸，人人都在谈论那神秘的德国将军随时可能抵达，英军最高统帅部无人知道他是谁。

意大利军队投降的第二天，韦维尔将军请查尔斯去吃晚饭。当他回到旅馆谈起这一话题时，显得很冷淡。奥德丽忍不住问道：

"他讲了那位德国将军到来的任何消息吗？他们听说了这是谁吗？"人人都关心此事，那晚她和别的战地记者同进晚餐也主要是谈论这一话题。大家都想抢这独家内幕新闻，特别是英国人。

"不，还没有。"可是他脱衣服时，极力回避她的目光。

"你想韦维尔将军会担忧吗？"他没有听奥德丽在说什么，他在为自己担忧，但他不想告诉她，他必须离开几天，不能告诉她去哪儿。当她突然站在他面前时，他正考虑怎么开口。

"你没有留意我的话，查尔斯。"她的眼睛在探究他的神色，她太了解他了，这正是他害怕的东西，面对一名德国将军，也比面对这个女人更容易些。

"是的，我是没在意，奥德丽。我只想到晚餐，一顿很丰美的晚餐，他们的甜点心是些极可口的埃及特产。"

"不要给我讲这些。"她坐在床边，疑惑地看着他，"你暗中已有打算了，查尔斯，是吗？"

"哦，看在上帝的分上，奥德丽，我是累了，今晚不要打扰我，如果我知道那位德国将军的事，我会告诉你的。"他转身对着她，假装生气的样子……在谢泼德旅馆已生活了几个月，刚刚开始有了家的感觉，现在又担忧该如何向她告别。

"你今晚态度不很好，查尔斯。"她低声对他说。他一骨碌上前，带着沮丧的笑容看着她。

"你知道，你有时是个可恨的害人精，有什么人曾对你说这些？"

她对他粲然一笑，他们的鼻子几乎碰在一起："以前没人有这样的幸运。"他听后笑了，知道自己是她唯一同床同寝的男人。

"你今晚是否要早点睡，奥德丽？"他第二天必须早起，但他现在不想告诉她。

"我要知道你对我隐瞒的是什么，你今晚和别的女人堕入情网了？我们已经知道你在开罗都发生过什么事。怎么样，查尔斯？"她双手支住下颚，仰视着查尔斯，"你知道，你在做一名间谍。我总是能告诉你什么时候你在撒谎。"

"这样说太可怕了，奥德丽。"她的话使他寒冷刺骨。他希望她从未对内政部这样说过："我对你从不撒谎。"

"可你撒谎时，你的鼻子会变向。"

他又靠回到枕头上，在舒适的床上闭上眼睛，她确实无计可施了。他又睁开眼，注视着天花板，什么也逃不出她的眼睛，她能整晚地追逼他。

"我将离开几天，不能告诉你去哪儿，你也不要追问我。"

"查尔斯！"她惊讶地叫起来，坐起身子，"你在干什么工作，需要对我撒谎？"

"我没有撒谎。"

"是的，你在撒谎。"她看来很得意，他终于说出来了，

"现在讲讲，这是怎么回事？"

"你知道，我不能告诉你，奥德丽，这是最高秘密。"她有些怀疑，只稍稍迟疑了一下。

"有危险吗？"

"没有。"他不要她担惊受怕。

"那么，为什么不能告诉我？"

"这只是和韦维尔将军作一次小小的旅行，我向他保证不对任何人讲。"他尽量使这话听起来显得轻松。

"真是这样？"

"是的……奥德丽。我不能讲，这关系到男人间的名誉和信用。"她作了让步，不再问什么，他大大地松了口气。他们做爱后，又互相亲吻着。

"你和将军要去多久？"

"仅仅几天……现在我们都不要再说了。"她离开他去睡了，他独自笑起来。他不是她所想象的坏间谍，他仅祈祷能够获得新情报。

三十九

第二天清晨，查尔斯穿衣时，奥德丽已背好相机，在啜咖啡。当她哼着一首古老的歌曲时，惊讶地发现查尔斯正站在梳妆台前，脸色很尴尬。

"你怎么带上我的护照？"她总是把护照放在相机袋的最里层，在人们向她查验时可顺时取出。她的美国护照给她带来很大方便，因为美国尚未卷入战争，她可以凭这护照自由采访拍摄。现在她走向梳妆台，准备把它拿过来，心里疑惑：它怎么会在这里？她走近他时，他问她是否能给他倒杯茶，然后边说边把护照拿在手中，穿过房间，似乎是在替她考虑把护照重新放回相机袋里。但他觉得自己笨手笨脚的，她正看着他，放下茶盘，眼神非常严肃。

"那是我的护照，是吗，查尔斯？"她一语击中要害，……现在没有什么可隐瞒她了，他摇摇头："不，奥德丽，不是你的。"

"那么是谁的护照？"

他们站在屋子两头彼此看着，她第一次开始了解了一些事情，她突然明白，查尔斯一直在为内政部做情报收集工作。现在他对她不再否认。

"这是我的护照。"

她点点头，完全理解了。"我没有别的意思。"她这样说时，声音像耳语一般，"用的是假名？"她不知他们俩现在的距离有多远，他是怎样卷进去的。

但他摇摇头："我母亲是美国人,他们确实很方便地为我弄到这个。"他完全像个旅游者,讲话时能带一口纯粹的美国口音,奥德丽完全惊呆了。这几年,他从他母亲那儿、或是同她在一起的日子里,很轻易地学会了这些,在任何时候,他都能惟妙惟肖地模仿他美国朋友的口吻。现在她只得忧虑地看着他。

"事情很重要,是吗?"

他点点头,两人都知道指的是什么事。

"我能去吗?"

他摇摇头："不,你不能去。"

"我可以问你将去哪儿吗?"

立刻,他犯了第一个大错误："去利比亚首都的黎波里。"只流露了这么一句,但这是他全部秘密的核心,她马上省悟了此行的目的。

"我的上帝,你们是去找出真相,是吗?……"他是去侦察那位德国将军到底是谁,他假扮成一位美国旅游者,然后回来报告韦维尔将军。一定是这样!"查尔斯,你必须让我去!"她激动得嚷起来:

"你需要许多照片。"

他的脸色分外严厉："我自己会拍照,奥德丽,你哪里也不能去。"

"如果你不带我同去,我就一直跟着你。"

"你在发疯。"

"谁会知道我们俩的真实身份?如果你有一名摄影师随同,而且是位姑娘,情况反倒会更有利,没有人会对你产生任何怀疑。同意吧,查尔斯……"

"……你真是傻瓜,如果你和我同去,那你是拿自己的生命在冒险。我先去塞得港，然后乘小渔船去的黎波里，意大利人很可能断定我是在骗他们，而把我当场打死。也许更可能是德国人。"他说这番严酷的话时，她眼泪汪汪，走过来依恋着他。

"不要把我留在这里，我的全部生活是和你在一起，查尔斯，永远是这样……我命中注定如此……你现在不能离开我。"他站在那里，低头看着她，心情沉重，不想去听她说话。

"我不想拿你的生命去冒险。"他说话很严厉，但只是因为太爱她了，没有别的原因。

"这是我的决定，不是你的。当我决定来这儿时，我自己就作出了这样的选择。"几个月来，这是他们之间的第一次危机，但危机突然结束了。"六月我就决定跟你去任何地方，如果你现在不带我去，你会失去一次很好的机会来完成任务。你带着一个沉默不语的姑娘在身边，她的脖子上挂着相机，这会给你许许多多的方便。"她说的是实话，但他可以带任何人，就是不能带她。

"我不需要这种机会！"他嚷了起来，但她仍然坚持己见。

"我要如此！好吗？如果你不答应同行，那么我们就在黎波里相遇，我将弄辆破旧吉普，自己开车去。"他猛然意识到，她是说得到做得到的！他张开手臂狠狠地摇撼她。

"不要任性！我要你呆在这里！"

她固执地摇摇头，不再说话。他重重地坐在椅子里，彻底地泄气了。"好吧，我同意你去。不过你是在拿我和你自己的生命开玩笑，你最好极其谨慎地行事。"

"我会的……我发誓……"她满意地看着他，他则疲倦地对她望望。

四十

从开罗到塞得港，他们乘吉普花了三小时，渔船答应在那里等候他们。查尔斯把他所有衣服上的英国标记都撕掉了，他告诉奥德丽带上标有美国字眼或第一眼就能识别的美国式的东西。她穿了一双一直随身带的老式帆布面橡胶底的轻便旅游鞋，虽然这鞋并不舒服。她很高兴她所携带的大部分衣服都是旧的……他假扮成一名美国旅游者，而她是名自由职业的摄影师，渔船的主人没在意这些，他感兴趣的是带他们去的黎波里好赚一大笔钱。他们沿途在各港口停靠，在这条狭长的小船上，足足待了两天。船主说，他们俩给他带来愉快的时光。奥德丽必须强忍着呕吐，她不敢生病，生怕查尔斯不让她继续同行下去。当她感到不适时，就拍几张照片，两人都在静静地考虑他们前面是什么在等待着。渔船在意大利人和德国人的战舰间游弋，到处都可看到这些战舰。现在他们处在敌占区，怀揣着假护照，如果他们俩谁有闪失，两人都会死。船主领他们下船，从去年起，他就为英国人做事，他不想失去那样一笔可观的收入。他把他们送到码头上，然后开船走了，回到塞得港。他们现在起必须自己找到回去的路，奥德丽希望从陆路走。他们找到一个当地人，愿意开车带他们去米纳瓦旅馆。在那里，查尔斯和她走进酒吧间，两人要了点喝的，接着到同一层楼的两个房间去，安静地聊了一会儿。

"我们打算去做什么？"她抬头静静地看着他，庆幸又回到岸上来了。

"我想必须留神打听我们所需要的消息，这里的人都很关注此事。"她同意他的看法，但他们俩谁也不指望马上能听到些什么。德国将军抵达的那天晚上，他们就从两名意大利人在酒吧的谈话中知道了。这位将军就住在离他们不远、仅隔几排房子的一家旅馆里，可惜还不知他的名字，但他是德军最优秀的将领之一。那两个意大利人高兴地咧开嘴朝查尔斯和奥德丽笑。

"英国人现在会害怕得发抖！"他们说。查尔斯带着胜利的微笑瞧着他们。当他们离开酒吧后，查尔斯得意地看着奥德丽。

"我说了我们会听到消息的。"但他们仍然不知道他的名字，下一步必须去了解这一点。

他们大胆地走进那家旅馆，顺便去了酒吧间。这里人人都趾高气扬，有德国便衣，也有意大利便衣……有一名纳粹党卫队士兵站在走廊上大声地说话。他们一进去，人们的视线几乎立即一致地投向奥德丽，有两个男人对她发出微笑。查尔斯挽着她的手臂直接进了酒吧，他现在不能喝醉，同时也劝奥德丽不要大意。

现在似乎轻松些了，人们不再注意他们。他们极力安静地坐着，假装像酒吧里其他的人一样。一小时后，他们正准备去找一个吃饭的地方，门口进来了十二名德国军官，在他们中间，有一位矮胖、强健、蓝眼睛的人，他扫视屋里所有的人，目光仿佛在表示，这里是他新的司令部的一部分。毫无疑问，这正是他们来这里要见的那个人……他看起来不像是自命不凡。奥德丽后来说，他有一双智慧的眼睛。当他打量他们所有人时，人们几乎能听到他大脑中运转的声音。奥德丽突然觉得喘不过气来，她也能听到查尔斯的呼吸声。然后将军轻轻地走出了屋子。她的目光和查尔斯的目光相遇,怀疑他是否认识他。

"你知道他是谁?"她的声音很低,查尔斯缓缓地摇摇头。他想起自己可能看过他的照片,但又不能确定。

"我四处去问问,大家肯定都认识他。"可是,他们在酒吧闲聊一阵后,没有人认识他。最后,只有一个年轻的德国军官开口嘲笑他们。

"美国人!你们必须知道这位德国最伟大的将军的名字!"他把他们俩当作傻瓜,全德国都知道他的名字,"当然是隆美尔将军!"

他们的计谋是成功的,奥德丽强忍着才没有发出高兴的喊叫和鼓掌。查尔斯也很高兴,他们离开酒吧,漫步了一段路后,查尔斯紧握着她的手,招呼了一辆出租车回到旅馆,在那里用晚餐。他们可以立即回开罗了,事情干得真顺利,但奥德丽不满足于仅仅知道他的名字。

"为什么我们不能采访他?"她在晚餐桌上建议。查尔斯却很害怕。

"你疯了?万一他们发现破绽怎么办?"

"能发现什么呢?我们是美国人。你是一名旅行家,我是一名摄影师。我们所要做的一切是提问……"她的眼睛闪耀着光彩,非常的兴奋。他知道她是对的。只要他们在这里,或许就能发现更多的东西……喝咖啡时他们开始商量此事,作了周详的安排。第二天,他们到隆美尔下榻的旅馆,递交了一封要求采访的便函,然后他们等待着,他们知道这信在到达隆美尔手头之前,必定要经过好几道关口。信上说的仅仅是两名在的黎波里的美国旅行家,能和隆美尔将军会晤将是很荣耀的。

给他们递信的人要他们当天下午四点来听答复。下午他们去时,遇到的是一双搜寻的蓝色的德国人的目光。他们接受了一名年轻副官的简短盘问，询问他们以前是否见过将军。

"不，我们没见过。"奥德丽天真地对他笑笑，"但我们喜欢见到他。我们在一些美国报纸和杂志上发表文章，知道美国公众正被新任非洲军团元帅的魅力所吸引。"她对他甜甜地笑着，显然，他认为这姑娘是极傻的。

"明天上午十点，我们将给你一个回答。"他对查尔斯随便地点了下头。

在回旅馆的路途上，他们几乎什么也没有讲。他们把下午剩余的时间都花在逛街上，放松一下紧张而至于疲劳的神经。查尔斯担心她的全面计划会落空，现在他们知道心中渴求的正是这个，他们不必带更多的东西回去。他不想耽搁太久，否则情报将失去价值。

"我们今晚干点什么？"他问奥德丽。

"祈祷。"

他对她笑笑。回到旅馆，吃过晚餐，他们早早地上了床。第二天上午十点，他们又回到那家旅馆，走到桌边时，那位副官用怀疑的眼光看着他们，然后递给查尔斯一封密封的信函，奥德丽的心猛地咚咚直跳，出来到走廊上，查尔斯拆开封口，纸条上仅仅是这家旅馆的名字和下午一点的字样，他惊喜地看着奥德丽。

"我的上帝，我们成功了！"他感到不能让欣喜在脸上流露出来，只得在去酒吧的路上轻声告诉她。喝啤酒时，他把纸条递给她看，盘算着该准备些什么。他有特地为这次会见而准备的备忘录，奥德丽总是随身带着她的全部照相器材，他们确实没有什么被遗忘。

"在这段时间我们干什么呢？"接下来的三小时，他们边走边谈要向隆美尔将军提出的问题。可是，当最终见到他时，这些准备好的提问都没有用了。将军占用的那些房间成了他的司令部，和旅馆别的房间一样豪华，但他至少没有什么架子。当他走进查尔斯和奥德丽等候着的那间房间时，他们立刻感到震动，他看上去是多么重要，从他的穿着上，人们也能知道这是一位重要人物。他似乎极高兴会见他们，他高声谈着他们的总统，又讲战前曾去过美国，但现在太忙，无暇去到处走走。奥德丽注意到桌边有一张穿着朴素的女人的照片。他立即捕捉到她的目光。

"这是我的妻子露西。"从他说话的口气看，他显然很喜欢她……他谈到战前的德国，用崇敬的口吻谈到元首希特勒，而用洪亮而短促的声音描述他妻子。查尔斯在飞快地记录……他说他喜爱飞行，说非洲军团是一支极不普通的军队……突然，他一边说话，一边伸手要奥德丽的照相机，她被这举动大吃一惊，然后把相机递给他，希望不要发生意外。

"有什么问题吗？"奥德丽的心又剧烈地跳动起来，隆美尔正仔细摆弄她的相机，但他带着笑容作了赞许的点头。

"我也有同样的一架，只是这里我使用不同的镜头。"他一跃而起，"我拿给你看。"他迅速几步就走到屋那头，拉开抽屉，拿出三架相同的照相机给她，每架都装有不同的镜头。她对他这样使用照相机很有兴趣，接下去聊了几分钟有关镜头的事，他为什么使用不同镜头的理由。显然，他极喜欢照相机，当她给他和查尔斯拍照时，出乎意料地顺利。临走时，不知不觉已度过了两小时。隆美尔热烈地和他们握别："你们会听到非洲军团的好消息的，我的朋友。"

"我相信。"奥德丽很恭敬地对他笑笑，完全不是虚假做作的。她必须回忆才能记起离开这旅馆的路，一路上，她沉浸在成功的喜悦中，按理说，这些就是杀害卡尔·罗森的人，她痛恨说起这事，但她也坦率向查尔斯说："我喜欢这个人。"

"我也如此。"

隆美尔当然没有直接谈到任何有关非洲军团的作战计划，但他非常爱闲聊，乐意回答他们的问题。仅仅凭着这次会见而恨他，是不可能的。印象最深的是他对妻子、军队、照相机等等的衷心热爱和赞美，无论在哪个方面，他是一位完满无缺的军人。查尔斯自己也怀疑英国人是否能成为他的对手，他开始担心不能打败他。

他们回到自己的旅馆，收拾了随身携带的行李，付了账后就搭车去码头。查尔斯决定不从陆路去开罗，那样太危险，他要去码头看看是否有出租的小船。和各种船只的船主闲谈了几小时，最后才有一位愿带他们去埃及的亚历山大港，但要价很高。日落时，他们乘船出发了，奥德丽用手臂紧紧地搂住双肩，脸色苍白得像死去一般，又开始晕船了。查尔斯正暗自庆幸隆美尔没有派人跟踪，不过，即使他这样做，去埃及也不值得大惊小怪。他们毕竟是美国人，来搜寻有趣的战争故事。隆美尔甚至赞扬他们的勇敢，特别赞扬奥德丽，他说："这样一位年轻女人远离家乡，又处身于这样一个危险的战区。"可是，在他的脸上看不出任何好色的表情，倒是在谈到妻子时，他的眼睛就会放光。他是位正派、坦率的男人。奥德丽很遗憾他们各处于战争的敌对双方。查尔斯也同样尊敬他。

这趟回程的旅行花了三天时间，在亚历山大港他们弄了辆吉普回到开罗。终于他们又见到了谢泼德旅馆，在沙漠中，这旅馆看上去就像座海市蜃楼。一进屋，奥德丽就伸出手臂搂住查尔斯的颈脖，发出疯狂的快乐的笑声。

"我们成功了！成功了！"查尔斯让她小声点，但他自己也一样欣喜万分。一小时后，他带她去见韦维尔将军。他们只洗了个澡，换了下衣服。查尔斯从地毯下取出藏在那里的护照，所有的一切，现在看来像场梦，很难相信他们确实会见了隆美尔将军。

他们驱车去吉奇拉的一个体育俱乐部，韦维尔将军整个下午都在那里打高尔夫球，显然他很高兴查尔斯的到来。看到奥德丽，他有些小小的惊讶，查尔斯赶紧介绍了奥德丽和自己一起去的黎波里的经过，将军在听汇报的时候，脸色变红了，他不像刚才那样充满热情。奥德丽平静地递给将军两卷胶卷，注视着他的眼睛。

"我想你会高兴见到这些的，将军。"将军看着她，然后转向查尔斯。

"我没料到你们俩是作为一个组而工作的。"查尔斯本来也想解释自己也没料到，但将军不等他开口，就把他们带进一间私人房间，锁上门，转身面对他们说："你们能活着回来，真是非常幸运。"他责备查尔斯："你知道，如果他们怀疑你们编造的故事，他们有理由把姑娘扣为人质。"但查尔斯只是悔悟地对韦维尔将军点点头。

"我们获得了情报，将军。"

"噢？"韦维尔将军看着他们。

"那位新任的德国将军是隆美尔。"

有种淡淡的笑容在将军脸上出现。"很好。"然后他的神色又严肃起来，"你们亲眼看见了他？能确认是他？"

奥德丽笑笑，想拿照片给他看，但查尔斯只是回答说："是的，将军。我们会见了他。"

"这是真的？"

查尔斯急速地呼吸着，想尽快解释此事："这完全是奥德丽小姐的主意。我们是假装两个美国旅行家，在他下榻的旅馆中和他会见的。"

将军注视着他们，然后坐在椅子里，手里紧抓着两卷胶卷，似乎它们马上会飞走。"这些就是你们会见隆美尔时拍下的？"他不相信站在面前的这两个胆大妄为的人，显然他们在发疯。可是他又欣喜于他们的成果。

"你们还作了记录？"

"是的，将军。"

韦维尔将军对他们笑了，先拍拍查尔斯的手，然后是奥德丽的手："你们俩完全是非凡的人。"他要求他们第二天上午八点钟来他办公室，虽然查尔斯说隆美尔没有透露一丝他的非洲军团的作战计划，但他仍然要看查尔斯的笔记，他和他的副官现在需要所有的细节。当晚，他们还放大了这些照片。在他们俩告辞时，韦维尔将军一再和他们握手，邀请奥德丽和查尔斯如果愿意的话，可随时来喝几杯。

他们俩高兴地回到谢泼德旅馆里去，坐在沙滩的大遮阳椅上，舒服地见见他们的朋友们。

四十一

以后的几星期，通过来自的黎波里的各种消息渠道，英国人确切地获知隆美尔到达的黎波里一个月后，检阅了他的非洲军团，向盟友显示了那扩充了的新的军团，他把坦克一次次地通过阅兵场，造成他拥有两倍于实有坦克的假象，这是他过去惯用的狡猾计谋，阻止任何人得到准确情报。当然，所有的参观者都受到了这一诡计的愚弄。

奥德丽为他拍的照片被放大和到处传看，这是为德军最高统帅部的将领们拍得最好的一组，韦维尔将军不止一次地称赞奥德丽。……

隆美尔在的黎波里检阅了他的军团的第十二天，开始把部队向东移动，用坦克向英军攻击。英军向东北方向后退了三十公里，这是隆美尔的第一次胜利。他喜欢用他那支精锐部队对敌军作两面夹攻，擅长快速和出其不意的进攻。到四月十日，英军被迫退守利比亚的托布鲁克，在那里挖战壕。他们拒绝放弃托布鲁克，无论多大代价也要守住。查尔斯和奥德丽在开罗听到这些战事消息，开始担心隆美尔会攻占那里。

和隆美尔的激战持续了几个月，英军试图坚守托布鲁克，而隆美尔顽强地要用武力攻占它，查尔斯甚至去过那里一次，他为战争的残酷而震惊，多少人丧失了生命。时常感到坚守是无望的，但英国人拼死也不放弃它给隆美尔。

更糟的是，气候也不再对他们有利，几个月的暖冬过去了，现在的雨季中，坦克的机动性发挥困难。接着旱季的猛烈沙尘风暴横扫过来，扬起密密的沙墙，黄沙钻进每一件物品，遮蔽每一个人。英国人和德国人无一例外。沙漠风暴如此厉害，迫使他们推出军用卡车来抵挡风暴，水也越加珍贵了，一旦离开繁华的开罗，战场是最痛苦绝望的地方。士兵们在沙漠风暴和无目的的找水中失踪了，或在坦克中饿死。事实上，早在四月初，就有六名英国将军在尘雾中误入德军而被俘。

查尔斯很庆幸能平安回到开罗，奥德丽一直在等待着他，看到他安然无恙，这才松了口气。他跨上旅馆的台阶时，她一阵风似地扑进了他的怀中。像平常一样，她坐在平台上用等待来消磨时光，突然看见他出现在视野中，她一跃而起，亲吻他的眼睛、面颊和胡子，他也一把将她搂住

"疯姑娘，我走后你一直在干什么？"

"就是在等你，亲爱的。"她笑着，目光流露出深深的爱，"我简直要急出病来。"

"我是无敌的，亲爱的，就像英国舰队一样。"但近来的报道并不完全令人乐观，德国U型潜艇击沉很多英国船只。她担忧地看着查尔斯。

"你走后，我每时每刻都在为你担心。"

"那是浪费时间，奥德丽。"她跟随他进去，上楼到他们的房间里，"无论发生什么事，我们都很幸运，想想吧，我们是多么幸运啊，又在一起了。不像可怜的维奥莱特，几乎见不到詹姆士的面。"

"我知道……"他对她温柔地笑笑，用他那有力的双臂把她猛地抱到床上。那晚他们再也没下楼，他们一起躺在舒适的床上。他告诉她托布鲁克目前的情形，谈着，并做爱，一直到沉沉睡去。当他起来去洗澡时，天已经亮了。他回到房中，低头看着她酣睡的姿势，就像是从雕花天花板上落到他床上的一位

天使, 他想到他们是多么幸运……他是多么幸运……他又回到床上, 伸出手把她抱紧, 她睁开眼睛, 睡眼惺忪地对他笑着, 然后伸出手, 把他拉得更近, 亲吻着他的颈脖、他的胸和他的嘴唇……

一九四一年六月, 英军进行反攻, 希望把德国人赶回去, 但是韦维尔将军终于失败了, 取代他的是奥金蔡克将军。将军重组了西部沙漠军队, 命令坎宁安将军负责。他们花了四个月时间调动全部力量把德国人赶回去。十一月十八日, 他们终于和隆美尔在马达莱纳岛相遇。在一个星期的战斗中, 坎宁安将军也和韦维尔将军一样遭到失败。二十六日, 坎宁安将军被撤换。三十日, 隆美尔又重新围攻托布鲁克, 不惜牺牲多大代价。查尔斯明白, 这次他必须回到那里去作报道, 再不能从谢泼德旅馆的平台上或体育俱乐部里发出消息, 这场鏖战太重要了。奥德丽看到他收拾那小小的行李袋, 又开始激动不安。

"你又要去托布鲁克, 是吗?" 她的眼睛因恐惧而睁大, 他点点头。那天阵地上有一千人丧失性命。

"我不要你去!" 在这静谧的房间里, 她的声音很低。

"我必须去, 奥德丽。我来这里的目的就是作战事报道。"

"这场战斗已持续了几个月, 你为此而被杀真是太愚蠢了。从春天起, 他们就为攻占托布鲁克而发疯, 而且你已经去过一次了。"

他静静地对她笑笑: "你知道我必须去, 奥德丽。"

"别人为什么不去? 这里有一百万合适的人可去。又不是一次别人不能承担的间谍使命, 任何笨蛋都能报道这次进攻。"

"那么, 我想即使是个笨蛋, 也必须去那里做才行。" 他轻轻地把她的手放在自己的掌心里，"不要担心，奥德丽，我一切都会顺利，几天后我就回来。"

"如果他们抓住了你，怎么办？"她突然又害怕起来，某种预感告诉她，这次他不能去托布鲁克。

"没有人会要我的，除了你。"

"我是当真的。"她的眼睛里又满是泪水。

他的态度既得体又坚决，最后等她睡着了，他才悄悄地离开。去那里要费很大的劲，更难的是要偷偷摸摸地猫在战壕里。他在那里差不多有四天了，出色地发出了一组报道。

第四天上午在战壕里，他正转身把水壶递给一位伤兵，身后响起突然的爆炸声，把他掀翻在地，他感到剧烈的疼痛在背部散发开来，人们在喊叫他，眼前的一切都成了漆黑一片，他只觉得自己被抬到了某处的一座帐篷里，此后就什么也不知道了。……当他醒来时，耳边有人在呼唤他的名字，时间仿佛过去了很久很久，他努力地想，这是奥德丽的声音，但又无法聚集精力来肯定，什么都似乎麻木了，不听使唤了，只有背部仍在剧烈地疼痛……

"查尔斯……查尔斯……亲爱的……"他能睁开眼睛前，仿佛已死去一般。当他睁开双眼时，奥德丽正看着他，他躺在开罗的英军医院里，有一名穿着浆制过的制服的护士在他床边，有一个男人的声音在嚷着什么。他清醒地发现自己活过来了。"好了，心爱的，你现在平安了……"奥德丽告诉他，他已昏睡几天了。

"我还能说话吗？"他悲哀地问。

"可以的……只是还不能坐起来……"他这时突然明白痛是什么地方来的，他原来是伤在臀部，"至少在晚餐时看不出来吧？"他显得轻松地开开玩笑，但仍感到伤口的疼痛以及从前线长途跋涉中积累下来的疲惫。

"他们那边打得如何了?"他想起了那可诅咒的战争。

"好极了,我们取得了胜利,隆美尔昨天被赶回去了。"不过,在这期间,还有些更重要的事件发生。

"查尔斯……日本人昨天轰炸了珍珠港。"她的声音听起来非常严肃,他不得不集中精力。

"在哪里?"

"在夏威夷。"他仍不能明白这意味着什么,但她很快作了解释,"现在美国投入了战争,罗斯福对日宣战了,他是对的。"那地方是她的出生地,现在可说是打到家门口了。刚说到此,查尔斯又想睡觉了,注意力怎么也集中不起来,他伤得太厉害了,无法真正理解和思索她的话,起码要整整一星期,他才能起来和她聊天。

"好了,现在你和我们并肩战斗,共同承受战争的痛苦了。"

她皱着眉头看着他:"我一直是如此呀。"

"你或许是,但你们国家的人肯定不是这样的。有的人不是发表演说,要美国不要卷入?罗斯福肯定不会匆忙投入战争,除非把炸弹扔到他的后门口。我们直到一年前才得到他的帮助。"

"至少你们现在得到了帮助,或许别的盟国成员也得到了。"她对他宽容地笑笑。一些天后,他们要回家去了,那时乘飞机会安全些,而且查尔斯也能恢复到可以乘飞机了。他们可以一起去乡下看望维奥莱特,如果那里有房间可住的话,他们还准备和莫利一起在乡间度圣诞节,那里是查尔斯恢复健康的理想地方。

查尔斯一直苦恼地抱怨,他不愿离开战地,坚持要呆到战斗结束。可是上了飞机后，他开始体味到回家也是快乐的，去看看维奥莱特、詹姆士和莫利。他面带微笑地转向奥德丽，第一次发现她是多么苍白，气色很不好。几个星期来她一直呆在屋内看护着他，也许她太疲劳了？

"像这样有多久了？"

"像什么？"她假装什么也不清楚，但心里明白他指的是什么。有些事她必须告诉他，她大约已有三个月的身孕了。

"你的脸色太苍白，有哪儿不舒服吗？"

她笑了，本可以告诉他，现在回家的路途上将没有危险了。

"我感到很好……考虑到……"她想逗逗他，他看来很慌乱。

"考虑到什么？"

"考虑到这事实——我差不多怀孕三个月了。"

"你说什么！"他被这突然降临的喜讯惊呆了，"你没告诉我！你应该躺在床上，整天躺在床上！"他们谁也没有忘记去年的流产。她在开罗找过医生，医生只叮嘱她要相当注意，她照医生的话谨慎小心地去做，但她当然不能躺在床上，现在她也不打算这样。

他亲吻着她。"我爱你。"他把手轻柔地放在她的腹部上，用幸福的目光注视着她，"你还感到这是个男孩吗？"

"你怎么知道这回又是个男孩呢？"

"莫利需要一个弟弟。"他们俩都笑了。

飞机降落时，他们紧握着手。那晚，他们乘火车去霍索恩勋爵家，维奥莱特用三明治和热巧克力等待他们的到来。奥德丽坐在床头，细看着莫利的脸蛋，抚摸着她的头发，眼泪慢慢地流下她的双颊，她带着微笑仰头看看查尔斯，他俯身下去，亲吻了她们俩。回家真是幸福……现在尤其幸福的是他知道自己将有个孩子。

四十二

　　和莫利、维奥莱特及孩子们重聚真是太幸福了，不想再分开。可是一旦查尔斯能够自己走动了，他就坚决要坐火车去伦敦。

　　"为什么？那里你没有任何事要做的！"马上临近圣诞节了，哪怕一分钟奥德丽也不愿意与他分开，特别是现在，他们都知道她怀孕了。只有莫利还不知道，因为怀孕时间还太短，要肯定这次不会再流产才行。

　　"你要去干什么，查尔斯？"

　　"去办点事。"在和夏洛特谈判前，他不想对奥德丽透露，她处在这样微妙的情况下，不能让她期望太高。

　　……坐在火车上，查尔斯考虑该对夏洛特说些什么，尽管他厌恶见到这女人，但又不得不去。

　　四点差五分，火车准点进站了，他拄着拐杖蹒跚地走出车站，招呼了一辆出租车，给了司机一个出版商的地址，然后忐忑不安地在后座上坐下。他甚至不再感觉到伤口的疼痛，专心致志于他将要去做的事上。汽车停下后，他谢谢司机，给了他一笔很慷慨的小费。他拄着拐杖，以最快的速度在街上走。他走进一家熟悉的办公室，站在一位秘书的桌前，决定不去作预先通知而让她吃惊。那位秘书姑娘是新来的，不认识他，但觉得这张面孔很熟悉，当他要求见夏洛特时，她询问了他的名字。

　　"请告诉她，我是她丈夫。"他温和地说。那姑娘看来有些不知所措，没人告诉过她帕克—斯科特太太有位丈夫，她只肯定她是位寡妇或离婚的女人，可是现在，她的英俊的丈夫从战场回来了。她很激动地进去传递这好消息，比夏洛特本人得到这消息要激动得多。一会儿，这秘书回来了，红着脸对查尔斯解释说，帕克—斯科特太太这会儿很忙，请他原谅，以后再作安排时会通知他。"当然。"他对姑娘笑笑，然后走到夏洛特办公室的门口，那姑娘喘着气说：

"不，不……你不能进去！"

"这样很好。"他把门在身后轻轻关上，站着注视着夏洛特。

"好，查尔斯。"她在办公桌后坐着，冷冷地打量他的拐杖，然后看看他的脸，"受伤啦？"

"对你来讲，这是好事。不过，只是轻伤。"

"我从不希望你受任何伤害。"

"我不能完全肯定自己是否同意你的说法。"他走上前，在她对面坐下，目光一直盯着她，"我来这里要和你谈点儿公事。"

她显得有些不乐意，耸了耸肩说："你是想谈谈你的书？"

"不，你知道我已和你父亲谈妥了此事，我要和你谈谈离婚的事。"

"不要浪费精力了，查尔斯，没必要谈这个。"

"没必要？"他恶意地朝她笑笑，"你的朋友不反对，夏洛特？我想和你结合的那些人会恼怒的。"

她的眼睛惊讶地闪动着："我的朋友与这事有什么关系？"

"我不知道，这要你告诉我。我想更有趣的应该是，你如此急切地掩盖你和一位可尊敬的女人的同性恋。"她坐在那

323

里,仿佛棒击了一下,从椅子上半抬起身子,脸色先发白,然后转红,又重重地跌坐下去。

"你怎么敢这样对我说话!你好大胆!这些年来,你和那该死的女人混在一起,你怎么敢用这种方式来污辱我……"但她看来完全是神经质的。

"根本不必这样。"他平静地坚持说,"我不认为这是件轰动的事,我惊奇的是你对这事不诚实。另外,你对那种事从没有过于强烈的欲望,是吗,我亲爱的?"

"你给我滚出去!"她站起来,指着门咆哮着,但他没有动。

"恐怕做不到,亲爱的夏洛特。我哪儿也不去,直到我们解决此事。"

"你没有证据……"她的声音开始发抖。他想,要用夸大一点的事实来致她于死地。

"恐怕我有。去年我一直跟踪你……好了,别的你都知道了……"他遇到了她疯狂的目光,她冲过桌子,想要用手抓他,但他很轻易地避开了,并牢牢地抓住了她的手臂。

"你这头猪!"她叫起来。可是他不感到手软。她曾想毁掉他的生活,他不能容忍她再毁掉奥德丽的生活。

"为什么我们就不能走出一步,夏洛特?我要离婚,就是现在!"

"为什么?"

"这在你并不困难。如果你不合作,我将去告诉你父亲,事实上,我乐意他看我写的任何报道,"听到这话,她脸色又开始苍白,"然后,我在全伦敦公开此事。"

"那是诽谤!"突然她像一只泄气的皮球,带着恨意,从桌子那头盯着他。

"我想我为此事作可怕的较量，确实好几年了，现在这游戏该结束了，夏洛特。"他站起来，拿起了他的拐杖，冷冷地看着她，"我们完全了结了！我可以让我的律师来找你吗？"

"我考虑一下。"她被吓坏了，他们俩都明白这一点。

"我让你考虑到明天早晨。此后，我将去见你父亲，带上我的报道……"

"从我办公室滚出去！"她全身在颤抖，他带着苦笑向她点点头。

"十分愿意。"

他离开时，没有忘记对那秘书笑笑，然后回到他自己的空屋里，他已一年半没来过了。当晚他打电话给奥德丽，答应第二天下午回去。那晚他睡得很香，一直到天亮才醒。恰恰那时，响起了空袭警报，他听到邻近几幢房子倒坍的声音。当他回到自己屋里时，发现几扇玻璃窗被震破了，他用东西堵上，然后洗澡穿衣，出去见夏洛特。

原先那位秘书仍坐在那里，一脸麻木的神情，当他进来时，她惊愕地看着他。天知道夏洛特要告诉他什么，他充分领教了她的所有诡计。

"帕克—斯科特太太正在等我。"这一半是真话，但那姑娘带着恐惧的神色摇摇头。

"她不能见你。"

"我肯定她要见我。"他朝前向昨天那扇门走去，姑娘冲到他面前，固执地阻拦他。

"你不能进去，比尔兹利先生正在那里……"

"没关系，他是我岳父。"他微笑着推开她，自己进去了。他知道，父亲的在场会使她更加烦恼不安，甚至会更快地同意他的要求。他的一只手臂下夹了只公文包，好使她相信他有上

325

次提到的那些骇人的报道。

查尔斯万万没料到她本人不在里面，只有比尔兹利先生坐在办公桌后，用手撑住头。查尔斯突然怀疑她是否已告诉了父亲，现在让父亲来替她处理这麻烦事。比尔兹利抬头看看他，眼中是一种深深绝望的目光。霎那间，查尔斯感到一丝歉意。

"你好。"他们目光相遇时，查尔斯不知该说些什么，老人点了点头。

"我不知道她和你有个约会。"他瞥了一眼她桌上的日程安排表。

"她是病了？"查尔斯很吃惊。

"你还不知道？"他默默地摇摇头，"昨天晚上她被炸死了，在空袭中，她那该死的狗从屋里跑出来，她去找它，一根柱子把她压在下面。"老人开始哭泣起来。查尔斯安慰着他。

"人们用最快的速度把她送往医院，可是……"他悲哀地看着查尔斯，"今天早晨她死了。"

"我很难过。"

比尔兹利点点头："你需要什么？我没想到你们俩互相之间会再交谈。"

"现在都无所谓了。"他突然感到窘迫……是没有什么事了，只是来逼迫……他感到自己的卑劣，急于想离开，急于要切断和这里的一切联系。他从没有爱过她，现在种种的回忆又在他脑海中出现。

"我很难过，先生。有什么我能够去做的事吗？"

老人摇摇头，然后默默地看着查尔斯，脸颊上满是泪水："我从不清楚你们俩之间到底发生了什么事，起初我很恨你，但她总是说不是你的错，我想她是可敬重的。"

"是的。"他同意。但他无论如何也要说说这事。"我俩确实存在龃龉。"她父亲点点头，表示理解。"请告诉我，是否有什么需要我帮助的事，我会给那桌边的姑娘留下电话号码。"比尔兹利又点点头。查尔斯从房里退出，他看上去脸色苍白，目光和那年轻女秘书相遇了。

"我想告诉你……"

"不用说了。"他在一张便条上写下霍索恩勋爵家的电话号码。黄昏前，他搭乘一辆出租车去车站。火车上的旅行漫长而安静，他回想起他和她结婚时的情形和她对他撒谎说怀孕的事，在痛恨她这么多年后，他突然不再怨恨。他只想把这场噩梦忘记，和奥德丽结婚。对比尔兹利老人，他感到内疚。

"查尔斯，是你回来了？"维奥莱特穿着围裙，刚从书房出来，一只手里还拿着棵圣诞树，"这是孩子们装饰的圣诞树，看，多漂亮！"然后她注意到查尔斯眼眶发黑，满脸疲惫。"发生了什么不吉利的事？"她总是为查尔斯担心，担心他又从夏洛特那里受到什么打击，但查尔斯很快摇了摇头。

"从伦敦到这里真是一段又长又累的路程。"

她点点头，松了口气，递给他一杯茶。

"我真口渴。奥德丽如何了？"

"她很好，今天下午她刚好睡了一觉。"他跟她走进厨房，看见奥德丽在那里。她一遇到他的目光，就知道发生了事情。

"怎么了？"

"没什么事。"

"你看起来很疲倦。"

"我是很疲倦。"他放下拐杖，坐下来，"这东西使生活极不方便。"他们都明白，要扔掉拐杖还要几个月，他的神经因弹片而受到影响，治愈它还要一段时间。在某些方面，她是高兴的，怀孕了，还有什么比这更令人欣慰。

他喝茶时，她仍专注地看着他："你还有什么没告诉我，查尔斯？"她担心的是可能有另一项间谍使命，可是他的伤不适宜再去干这工作。

他不停地对她笑着，然后决定告诉她真相："夏洛特昨晚死了。"

霎时间，奥德丽完全懵住了，没能充分明白这一消息的意思："你说什么？你怎么知道的？"

"我昨天去见她了。"

"为了什么？"

"我们谈的是老问题，我催促她同意离婚，这是我直言不讳的目的，所以我假装说从去年起我一直在跟踪她。"现在他为这种做法感到羞愧，可她能体谅到，这是他唯一可行的办法。

"她说了些什么吗？"奥德丽很快地问，等待那令人吃惊的消息。

"她脸色发青，当然她必须同意离婚。她说她需要考虑一下，这只是在虚张声势。我今天早晨又去见她时，看见办公室里只有她父亲在，他告诉了我……"奥德丽伸出一只手，抓住他的手。她直接感受到他正在为自己做的这件事而惧怕，但他没有别的选择。谁能料到那晚她会死呢？"她父亲极其心烦意乱、悲伤绝望，我感觉自己完全像个卑劣的人。"

她点点头："好了，查尔斯……你是无能为力的。你就是为此而去的伦敦？"

"是的。"他叹息着，"无论何种情况，结局是一样。这听起来确实很严重，但这是较好的，也是较快的。我马上要和你结婚。"他微笑着，她也笑了。

"这合适吗?"

"你认为这很重要?我完全了解她,她可能会使用一切手段来毁掉我的生活,我几乎没有一个早晨是属于她的。"虽然他无论如何对她的死总感到歉疚,或者至少对她父亲是这样。他深情地望着奥德丽的眼睛,"你将和我结婚吗,奥德丽?"

"你知道我是愿意的。"

"什么时候?"他一分钟都不愿再等待了。

"现在……明天……下星期,无论你想在什么时候都行。"她笑了。

他们等待詹姆士回家,在圣诞节后的第一天结婚了。霍索恩勋爵和詹姆士站在查尔斯两旁,维奥莱特是证婚人,莫利是女傧相。在这样一个清新、寒冷的阳光明媚的日子里,婚礼是美好的。奥德丽穿着向维奥莱特借来的白色婚礼服,漂亮极了……那晚,奥德丽和查尔斯肩并肩地躺在床上,想到他们是来自那么遥远的地方,他们彼此又爱得那么深。

在黑暗中,他们喃喃私语,沉浸在爱河之中,查尔斯用一只手臂搂着她,他们看着窗外的月光,感谢伦敦今晚没有空袭。

"我要你待在这里,直到孩子降生。"她不喜欢谈到战争,听到他说这话,警觉地抬头看着他。

"那你也待在这里?"

"我尽可能待久一些。但或迟或早他们会派我去开罗,以及别的什么地方。"

"那就告诉他们必须等六个月。"

"我真想好好休息一下,不管怎样,我会呆在这里。"这是他的心愿,他不能不在这里而让她独自承担一切。幸运的话,孩子可能在他痊愈时降生。

　　"顺便问问，我们给这孩子取什么名字？"

　　"跟我的祖父，叫爱德华怎么样？"

　　他喜欢这响亮的名字，更紧地抱住了她："跟我叫如何？叫爱德华·帕克—斯科特。"

　　"叫爱德华·查尔斯……"她笑着加上了"查尔斯"三字。结婚是多么美妙啊。

四十三

圣诞节后，日子似乎过得很慢，但奥德丽感到自己的身体是这几年中最好的，他们在乡间常作很长的散步。查尔斯看上去比从前更健壮了。他每星期一次到最近的军队医院去作检查，他们为他的逐步康复而高兴。孩子看来也发育得不错，奥德丽的腹部每星期都有明显的增大，她差不多什么事也干不了了。他带她去了一次伦敦，查看他们和维奥莱特的房子，买了一些她变胖后需要的衣服，回来时，给莫利和孩子们买好吃的东西。莫利现在长成了漂亮的小姑娘，她为即将在夏季出生的小生命而兴奋不已。

"她是怎么生出来的，妈妈？是一位天使把她带到花园里来的吗？"

"哦，不，不全是……爸爸和我必须到医院去生孩子，你知道，这应该是个弟弟。"她总希望有个男孩，恰如查尔斯肯定这是个男孩一样。

"妈妈……弟弟出来后，爸爸是不是还要去打仗？"莫利看来很担心。奥德丽呜咽着，一把把她搂得更紧。

"是的，宝贝，他要去的，就像詹姆士叔叔那样。"

"你也去？"

奥德丽摇摇头："我和你，还有弟弟待在这里。"听到她的回答，莫利好像松了一口气。

复活节时，詹姆士回家来了，维奥莱特为每个人都准备了一个复活节彩蛋，在蛋上写了些滑稽的谚语，在显眼的地方藏了些小小的奖品和好吃的东西。奥德丽那时已有六个多月的身孕了，她得了一个最大的彩蛋，查尔斯毫不掩饰对这个孩子的珍爱，他把手放在她的腹部。

"你能肯定这不是一对双胞胎？"

"查尔斯，不要瞎说！"但即使是奥德丽本人，也承认她的肚子特别大。大家都为他俩终于能结成良缘而欣慰。

这是一种和平、幸福的时光，一种战争间的空闲。奥德丽只担心一件事，她收到了安娜贝尔的一封信，告之说她的丈夫死于太平洋中，奥德丽坐下来给她写封长长的表示哀悼的信。可是，仅仅两个星期，安娜贝尔的回信就到了，她在美国的圣迭戈已和一名海军军官结婚了。奥德丽惊呆了，安娜贝尔真是个不可思议的姑娘。奥德丽为此事深深忧虑，查尔斯不得不时时提醒她，在目前状况下她不能为任何事担忧，她必须承认她的生活是在这里，在英国，把一半精力投入到塔霍湖和旧金山的房子上几乎是件蠢事，除非她离开这里的人们而到安娜贝尔身边去。安娜贝尔的新丈夫已经出海了，她和孩子们又回到加利福尼亚大街的房子里去了。

"奇怪，即使是同一家庭的人，仍然是那么的不同。"他们俩躺在草地上的一棵大树下，奥德丽若有所思地望着查尔斯。她躺在那里，大肚子仿佛是座山峰，查尔斯温柔地看着她，他从没想到有比她更可爱的女人。他们俩手拉着手回到屋里。这时，电话铃响了，查尔斯首先抓起话筒，维奥莱特去杂货店买食物了，奥德丽在削苹果，霍索恩勋爵也同维奥莱特一道出去了，孩子们全都在保姆那儿做家庭作业。

"是吗？……是的……不，我是查尔斯·帕克—斯科特。我能转告她吗？"当他转过身背向奥德丽时，有一个长久的沉默，"能肯定吗？不会有什么误会吗？……他们什么时候得知这一消息的？……我明白……请打电话通知我们。"他挂上了电话，停了几秒钟没动，奥德丽注视着他的背影。当他转过身来时，眼中满是泪水。他不想告诉她，但又无法隐瞒。

"哦，查尔斯，怎么了？……"奥德丽马上意识到一定是詹姆士出事了。

"在空袭德国的科隆市后，他的战机被击落了，他失踪了，也可能是死了，也可能成为战俘，他们也不清楚，如果知道了新情况，他们会打电话来通知我们去的。还有一些飞机没有返航。"

"他们能肯定他的飞机是没有返航的飞机？"

他摇摇头："他们看见他的飞机坠落了。"

"哦，我的上帝……"她一屁股坐在椅子上，用手按住腹部。

"别紧张，奥德丽。"他给她倒了一杯水，她用颤抖的手端着啜了一口，此时，他们俩想到的是维奥莱特。两小时后，当维奥莱特刚刚走进屋内时，电话铃又响了，她像往常那样飞快地奔向话筒，但是查尔斯比她抢先一步："我来接，维奥莱特。"他转过身，背对着她，就像刚才背对着奥德丽一样。"我是帕克—斯科特。"奥德丽不知该对维奥莱特说什么才好……或许该让查尔斯代替詹姆士……上帝保佑，谁也别出事……奥德丽禁不住眼泪，只得避开维奥莱特。查尔斯很快挂上了听筒，他的眼神很可怕，先看一眼奥德丽，然后转向维奥莱特："让我们坐下来吧。"维奥莱特立刻僵硬起来。

"出了什么事，查尔斯？现在告诉我！"她的声音发颤，他用手臂扶她到一张厨房椅子边，在开口说出实情前，他让她先坐下。

"我把一切全告诉你，维奥莱特。詹姆士的飞机在完成空袭任务后，返航时坠落了。他们落在法国，在占领区那边。没有人确切知道他是否牺牲，我们没有听到任何一点消息，不知他是否被俘……"维奥莱特的喘气声听起来就像身体受伤时发出的呻吟，她整个人在颤抖。

"我明白了。这事什么时候发生的？"

"今天凌晨。"

"到现在为止，他们还不知道确切的消息？"

"这很困难。他们也可能几个星期，甚至几个月不知道真实情况。你恰恰只能等待……祈祷……"但告诉孩子们是很可怕的。

维奥莱特自己去告诉他们，她想到詹姆士总是勇敢沉静地控制自己的感情。维奥莱特把小女儿抱在膝盖上，奥德丽抱着莫利。他们所有的人都在谈论上帝，说上帝是如何仁慈，是多么爱她们的詹姆士。

她们把孩子们放上床后，维奥莱特坐在那里，注视着炉火，表情是绝望的，告诉孩子们爸爸死了，这在她是平生所做过的最困难的事。此刻，奥德丽把一只手伸给她，两人肩并肩地坐着，手握着手，谈着詹姆士。

"我还是认为他会回家的，无论如何他仍会回家的，这听起来很傻吧？"她看着他俩，眼泪又流下来了。奥德丽告诉她，他们相信会有这一天的。"或许自由法兰西组织会帮助他，他法语说得很好……"维奥莱特的声音渐渐低下去了，她坚持要到楼上给霍索恩勋爵送杯白兰地酒去……

大家都上床睡觉时，已是半夜了。他们一直在等电话铃的再次响起，等待詹姆士的消息……或许他已回来了……或许这全搞错了……可是，那晚电话铃再没响起。

四十四

对奥德丽来说，临近分娩的最后几天是极其难熬的，查尔斯却差不多完全恢复了健康，他不停地干这干那。詹姆士的失踪使他更迫切地渴望重返前线，去做些有用的事情。维奥莱特仿佛比从前更加敏感了，即使在平静的时刻里也是如此。她坚持认为詹姆士一定活在什么地方，她不放弃希望，直到有哪个人明确告诉她，她的丈夫是牺牲了。但是，随着每一个白天的逝去，他活着的可能越来越渺茫。

奥德丽的肚子越来越大，几乎不能行动了，做事就更困难。她的双脚肿得像小山，晚上气都喘不过来，孩子在腹内乱踢乱蹬，正如她对查尔斯所形容的，肚子里似乎在天翻地覆。离七月份的预产期还有两星期，她仍在等待着。医生说一切正常，并叮嘱她要长时间地散步，呼吸新鲜空气，睡眠要充足。这两者她似乎都难以做到，但查尔斯和维奥莱特总是逼迫她出去散步，催促她躺下休息。离预产期只剩一星期了，他们陪她爬上绿油油的起伏的山峦，她抱怨他们怂恿她爬山，然后三人又大笑她的大肚子。只有孩子的出生才能打消詹姆士失踪所带来的可怕阴影。

"我绝对再也迈不动一步了，你们知道吗？你们要背我回去！首先你们要给我吃一顿丰盛的午餐，然后你们拉我作五十英里的长途跋涉！"他们全都大笑起来。奥德丽坐在一块大岩石上，拒绝再挪动一步："我就在这里了！你们想要我回家的话，必须找辆卡车。"她抬头看着查尔斯，他笑了。

到家时，奥德丽确实很累了，维奥莱特递给她一杯热水，她抱怨说似乎有点感冒。

"你说说是什么感觉？"维奥莱特惊喜地问。

"我整天胃口很差，……背部酸痛得要命……"

"真的？"维奥莱特得意地笑了，立刻告诉查尔斯，她猜想他的儿子就要平安地降生了。

"你的意思是现在？"他惊慌地看着她，"她开始生了？"

"不，不……"维奥莱特对他笑笑，没有詹姆士，她的眼睛里没有一丝笑容，"我只看到一些先兆。"

"时间也差不多了。"他看来轻松了些。那晚直到一点钟后，奥德丽仍然没上床睡觉，查尔斯已经睡着了。她只感到不舒服，必须站着，来回走动，背痛得比白天更厉害了。

她决定去洗个热水澡……躺在浴缸里，她感到好一点，可是当她刚要从浴缸里出来时，一阵剧烈的疼痛突然袭来，她必须抓紧自来水龙头才不至于喊叫出来失去平衡。随后，她自己裹了块毛巾，尽最快的速度出来，到查尔斯那里去。浴缸里的水溢出来流到浴室地板上，她感到惊慌失措，没有料到事情以这样的方式发生。她试着不去回想上次的流产。

一旦阵痛过去了，她赶紧叫醒查尔斯，这时已是四点多了，他睡意朦胧地翻了个身，然后睁开眼盯住她。

"我想快要分娩了。"但她那模样没有高兴，只有恐惧，她伸出一只手给他，"查尔斯，我害怕……"

"别怕，"查尔斯坐起来，温和地看着她，"马上就会好的，亲爱的。我马上穿衣服，你就坐在那里，然后我帮你穿衣服。"但在他动手帮她之前，她又感到一阵剧痛，她用手臂撑住，想控制自己的呼吸，同时在作极力的挣扎。看到奥德丽处于这样的痛苦中，查尔斯惊呆了："这样的痛已持续多久了？"

他奇怪她为什么不立即叫醒他。

"仅有几次……但这样的痛……哦,上帝……查尔斯……哦……"她痛得说不出话来,只死死抓住他。他帮助她躺到床上去,脸色十分担忧。

"我去叫医生来。"

"不要离开我……"她又感到一阵疼痛,难以忍受的剧痛已使她筋疲力尽,而时间才刚过半小时。

"让我去请医生,我马上就回来。"他去敲维奥莱特的门,告诉她发生了什么,接着他奔向电话机,医生昏昏欲睡地回答说他马上到医院去等他们。医生的声音听来十分平静。查尔斯匆匆回到她们房中,奥德丽正紧抓着维奥莱特的手。查尔斯对维奥莱特说:"我们立即送她去医院。"维奥莱特没说什么,查尔斯又匆匆到浴室中拿了她的衣服、袜子,帮她穿戴好,然后看了一眼维奥莱特,"我去叫辆汽车。"可是奥德丽摆摆头,努力对他做着手势,不让他离开。她看来非常害怕,又处在极度的疼痛之中。

"我会很迅速的,我答应……"

"不……不要去……我不能去了……"

维奥莱特不愿使她害怕:"我想也许太迟了。再去通知医生,告诉他目前的情况,请他到这里来。"

"在家里生孩子?"查尔斯很惊恐,万一有什么差错呢?他要奥德丽去医院,但维奥莱特镇静的目光告诉他最好听她的安排。仅一小时后,分娩就开始了,奥德丽叫唤起来,这叫声使他极度烦躁,他跑到电话机旁,打电话催促医生,医生正准备离家,他同意维奥莱特的意见,马上驱车来霍索恩勋爵家。十五分钟后医生到了。都时,奥德丽的脸上全是汗,紧紧抓住查尔斯和维奥莱特的手。孩子的头像是要拼命挤出来,痛得她完全失去控制，她突然开始发抖。

　　医生很快进了房间，走近床边，查看了一下她的眼睛。他大声地对她说话，但声音是柔和的："听我说，你的孩子马上就要出生了，听我说，我要你做深呼吸……现在开始！呼吸！……"他把她的双手从查尔斯和维奥莱特那里拿开，"吸气！呼气……呼气……就这样！"医生对她喊着，她正按医生的要求做着，当这种子宫收缩暂时间歇时，医生要她再次做深呼吸，然后合上她的眼睛，把手轻轻地放在她的腹部上。当收缩又开始时，医生又重新要她作同样的动作，她极力控制住自己，查尔斯呆站在她旁边，痛苦地看着她。医生说："我现在给你作一次检查，奥德丽。"他要她再次呼气，让查尔斯按住她的双肩。这次因检查而引起的剧痛又再次使她失去控制。"不要很久的。"医生平静地对查尔斯说，然后又给奥德丽做深呼吸。在最后五分钟内，奥德丽乱抓乱推，大声喊叫，在她发出了一声最凄厉的喊叫后，医生吐出了满意的哼哼声，他只瞄了查尔斯一眼，查尔斯的眼泪毫不羞耻地挂在脸颊上。孩子的头出来了，查尔斯发出一声响亮的欢呼，惊奇地看着她以及她大腿间的孩子。

　　"哦，上帝……亲爱的……他来到了这里……他是漂亮的！"当医生把那双结实的小肩膀翻转过来，递给查尔斯看时，他已沉浸在幸福之中。一秒钟后，孩子躺在母亲的肚子上，面对着她，查尔斯碰了碰他久久渴望的儿子，两人都哭了。接着，他们转向维奥莱特，她也和他们一起又哭又笑，这是她所看到过的最漂亮的孩子。

　　一小时后，奥德丽躺在她干净、整齐的床上，抱着孩子。查尔斯坐在她身边，注视着他们俩创造的这个奇迹。他有柔软的红色的头发，大眼睛，这多半像她，但整个看起来更像查尔斯。此情此景是那么和睦动人，维奥莱特发现她必须离开他们，看到他们这样，她几乎受不了……不是因为詹姆士的缘故，而是她为他们感到幸福……已是清晨六点钟，太阳刚刚升起，这是七月里晴空万里、阳光灿烂的一天，小鸟开始在屋外的枝头鸣唱。

维奥莱特从厨房门内走出来，目送医生驱车走了，接着又看见一辆车开来了，这是辆她从未见过的老式的破旧汽车，车上坐着一个男人，她奇怪这是谁，想象不出这会是谁。突然，她的心脏仿佛停止了跳动……这是不可能的，……这是不可能的……她喊叫起来，屋内的查尔斯和奥德丽都听见了。查尔斯匆忙跑出门外，看到詹姆士正跨出车门，站在那里，久久地看着漂亮的她……这是他在抵抗组织的帮助下艰难逃离法国的三个月当中，朝思暮想的那个女人，她现在就出现在面前。他开始哭起来，慢慢地走向她。他失去了一条胳臂，但谁也没注意，他还活着……活着！……查尔斯转身悄悄地回到屋内，眼泪簌簌地流了下来。奥德丽一见他的神色，立即从床上坐起："查尔斯，怎么回事？"

他找不到合适的词，接着是一阵呜咽……他们俩在同一天来到这里，只相差几分钟，他的儿子，他的最好最老的朋友……"是詹姆士……他回来了！"她把头又靠回到枕头上，抱着孩子哭起来。他们的祈祷毕竟应验了：维奥莱特一直很好，詹姆士还活着，现在他终于回家了。

"感谢上帝！"她抓住查尔斯的手，感谢上帝的赐福。

过了很久，詹姆士才进来看望他们三个人，彼此无话可说，只有微笑和眼泪。一会儿，当詹姆士抱起孩子时，他又叫又哭，莫利高兴得围着他跳舞。谁也不会忘记这一天。查尔斯和奥德丽一致决定，在儿子的名字上再加一个名字，叫"詹姆士·爱德华·查尔斯·帕克·斯科特"，真是一个漂亮的男孩。

四十五

一个月后，查尔斯的伤口完全好了，他又去英国内政部报到。时时仍有令他担心的事，但他无论如何不能再束缚在家中了，他回家已经够久，差不多足足八个月了，此刻他急于工作。内政部为他安排了新的计划，仍要他回到北非去，但这次是摩洛哥的卡萨布兰卡，那里有许多工作等待着他。查尔斯出发时，奥德丽几乎是怀着种妒忌的心情，没有他绝对是寂寞的。但他有重要的事必须去做，他使她相信这一点。这次，他仍然是名战地记者，但秘密任务是参加一项代号为"火炬行动"的工作。所谓"火炬行动"，就是一支英美联合军队包围陷在北非陆地的德军，增强对地中海的控制力量。这任务查尔斯确实渴望已久，在给奥德丽解释时，他眼中充满兴奋与激动。

他坐船到卡萨布兰卡，收集关于占据在北非的德军的情报。卡萨布兰卡不同于埃及，那里没有军队的帮助。那里的摩洛哥人、埃及人以及东方人都受维希法国政府的控制。德国人也在那里，不过没有任何组织形式。自由法兰西战士、英国人、美国人也有，人人都出卖情报给别的任何人，还有偷骡子和贩卖毒品的，这是一个奇怪的地方。最有利是的，德国人目前还无暇顾及此地，他们关注的是遥远的东部地区，而不是这些城市，因此，登陆会是最有可能获得巨大成功的事。

奥德丽听了查尔斯的描述，的确很羡慕，但她必须和孩子们待在家中，唯一可做的好事是让维奥莱特有更多的时间与詹姆士单独相处。她俩现在交换了位置，大部分时间是由奥德丽照看四个孩子，维奥莱特则陪伴詹姆士驱车外出或长久地散步。自詹姆士摆脱死神后，他们珍惜每一分钟。奥德丽常常和他们共同阅读查尔斯的来信。

查尔斯信上写道，卡萨布兰卡这座城市有着川流不息的人群，阴谋、混乱和堕落无处不在，这使奥德丽想起上海。那里和开罗的有秩序的生活截然不同，其实它离开罗并不很远。但最重要的事是盟军在北非的登陆，此事很大程度上要靠他的情报。当然，他信中没有讲这些。

奥德丽知道自由法兰西在那里根基很稳固，虽然公开掌权的是维希政府，但他们似乎不再起作用，政府的官员们大部分时间不是嫖妓就是喝酒。

在九、十、十一这三个月中，登陆部队通过了地中海。德国人知道他们在那里，但吃不准他们的目标是什么。盟军一九四二年十一月十七日和十八日成功地在卡萨布兰卡、奥兰和阿尔及尔登陆时，德国人仍远在埃及和利比亚的东部，这使所有的人都大吃一惊。英国军队和维希政府驻军发生过短暂的交战，英军很快取胜。艾森豪威尔将军的部队迅速占领了这座城市后，这里又恢复到从前的模样，甚至更加繁忙。

到十二月，的黎波里也很快落入英国人手中。从这时起，查尔斯直接向美国人汇报。他写了一封长信向奥德丽解释他在北非的使命，奥德丽又转告了詹姆士夫妇。

"真要命，没有他，她可真是孤独到极点。"有天晚上，维奥莱特对詹姆士说。看来查尔斯正在从事的工作没有什么可怕的危险，至少从他给奥德丽的信中看不出危险。

这段时间，詹姆士正等待重新分配工作，维奥莱特也考虑离开孩子和公公，到伦敦去陪伴他。

一九四三年四月，查尔斯写信告诉他们，隆美尔回到德国去了，既打了败仗又生了病。奥德丽想起他们和这位将军许久前的那次"会见"，这使她又急于要重温旧梦。

到五月，维奥莱特和詹姆士回到了伦敦，重新打开了自己的屋子。詹姆士大部分时间都能住在家中，他是在一家公司工作，现在，维奥莱特不必和他分离了，甚至一天也不分开。奥德丽很清楚，她正等待几天后查尔斯的归来。可见，几天过后，就在爱德华生日的前夕，她得到查尔斯的电报，说他不能如期归来。

她感到很累。几个月前她就不再照管孩子了，她经常多次为大家照相。除了爱德华，这些孩子全都不需要大人看顾了，莫利每天很忙，她有许多朋友。爱德华和保姆或霍索恩勋爵在一起，生活安宁和习惯。一天晚上，奥德丽和詹姆士夫妇在伦敦一起用晚餐时，她向他们叙说了许多这样的家务琐事，詹姆士注视着她，说：

"我感到你在酝酿某种计划，奥德丽。"在她自己还没明确意识之前，他已揣测出她的念头。

"我不能确切说出来。"她从北非回家已经一年半了，她渴望回到那里去，不管她自己是否承认这一点，主要是她要和查尔斯在一起。她知道詹姆士说的是对的，这真是她要去做的。

第二天，她去内政部，说明了她的处境。从前，她为他们工作得很出色，在北非他们可任用她的地方很多。他们答应几天后再和她联系。奥德丽回家耐心等待，当消息来时，她高兴得跳起来，当晚就决定搭火车去那个遥远的国度。现在想到就要离开孩子们了，她不能肯定自己做的是否正确，爱德华仍然需要她，莫利也是……但她更需要和查尔斯在一起。孩子们是安全的，他们在乡间生活得很好，况且她想回来尽可回来。不过, 她仍然感到为难, 该怎样告诉莫利呢? 但这次, 莫利使她大吃一惊。

那晚, 奥德丽坐在她床边, 告诉她自己的打算: "我这次试着不要去得太久。"

"爸爸又受伤了?"她把疑惑的目光转到奥德丽的脸上, 奥德丽带着使她放心的微笑摇了摇头。

"不, 亲爱的, 爸爸很好。我只是感到我必须和他在一起, 这样他不会太寂寞。"她并不为此感到自豪, 但确实是她生命的一部分……或许某一天爱德华也会同样如此去做, 遗传基因是无法抗拒的。

"我也想呆在这里, 有时很难判断什么是该做的正确的事情。"

莫利点点头, 她已九岁了, 虽然极不情愿看到母亲的离开, 但她懂得母亲的这番话。奥德丽心中一阵难受。第二天, 看到爱德华正在蹒跚学步时, 她更加难受了。最后一晚, 她和霍索恩勋爵静静地坐在火炉旁, 几乎凝聚不起力量把自己从这温暖可爱的家中拉开, 她离开这里, 似乎会失去所有人和所有的一切, 但反过来, 她就会失去查尔斯。

"你必须去你心中想去的地方, 奥德丽。"霍索恩勋爵说。在某些方面, 他使她回想起自己的祖父, 虽然勋爵不那么严厉和难以对付, 但像她祖父一样, 是位有善心的聪明人。

"有时候, 作出这样的决定是很困难的。我要和他们在这里, 也要和查尔斯在那里, 我不知该做什么好。"

"我会替你照顾好孩子的。"他带着温和的笑容看着她。她知道他会这样做的。

在奥德丽的内心深处, 她明白她必须去, 尽管这是她曾做过的最困难的事情。特别当她抱着孩子, 把他递给霍索恩勋爵时，当她最后紧紧拥抱莫利时，更感到如此。她要求他们不要去机场送行，汽车把她带走时，她再一次回头，看到莫利跟在詹姆士后面，奔跑着穿过草地追来，她那丝一般的黑发在微风中飘起，小爱德华蹒跚地跟在他们后面，尖叫着……奥德丽再也禁不住热泪，但她知道，没有她，他们也会很好的。

四十六

维奥莱特开车把奥德丽送到皇家空军基地,没有更多的时间了。维奥莱特跳下车,紧紧拥抱着奥德丽。

"照顾好你自己,奥德丽,平安健康地回来。"

"我会的,你也照顾好自己和詹姆士。"两个女人交换着含泪的微笑。她们像孩子般一起相处得很久,现在离开她,就像个逃兵一样,但去那里的决心已定,要和丈夫在一起,无论他走到哪里。

"你真是位让人吃惊的姑娘,我真佩服你。离开这里去和查尔斯在一起是要有勇气的。这件事你做得很对,孩子们会很好的。"这是奥德丽想要听到的话,当她最后一次拥抱维奥莱特时,她感到轻快了。然后她朝维奥莱特挥挥手,转身走进了机场正门。

那晚晚些时候,飞机起飞了。她突然重新回忆起去开罗的旅行,那次没有预先告诉他,这次他也不会料到她的到来。

在漏风的飞机里作长途飞行很不舒服,飞机在跑道上降落时,硌痛了她的牙齿。她几乎有一年没见到他了,现在一想到他,心就怦怦跳。她担心见面后不知他会说些什么,或许他会奇怪,结婚了,有了孩子,而她现在还来这里。下飞机时,她背了一架照相机,像她上次去开罗那样,她找了辆吉普去查尔斯住的旅馆。这里的气候完全不一样……但她属于这里。她作了一个深呼吸,让空气中刺鼻的气味充溢胸间,当她在旅馆外走下汽车时,觉得自己焕然一新了。她走过大厅,慢慢地去寻找他。

　　走进酒吧间内，她的心在怦然跳动，好像盼了他几年了，这使她想起从前的一幕幕……在威尼斯和他相见……去土耳其的伊斯坦布尔……在上海和北京……看着他离开哈尔滨……在旧金山相遇……在法国的昂蒂布和英国的伦敦重逢……当她第一次去开罗的时候……他们飘游世界，用他们的心和手来飘游世界。现在她就站在他身后，伸出一个手指轻轻地按住他的颈脖。

　　他转过身，抬头看见她，眼睛立即睁大了。他大吃一惊："你来这里做什么？"但他没有不快，他的目光是柔和的，他现在所有的需要就是亲吻她，无论如何，离开她极其痛苦，她来了总是令人高兴的。

　　"因为你一直没有回家，我只是想来看看你在忙些什么……"

　　"家中一切都好吗？"他咧嘴笑笑，问道。又招呼侍者送上一瓶香槟。

　　"家中一切都好，大家都问候你。"他为她拉过一张椅子，让她坐在自己身边。她的目光没有离开过他。侍者为他们斟上了香槟酒，查尔斯俯身过去，用积蓄了一年的热情亲吻着她。

　　他笑着举起了酒杯："为你回到我身边而共同飘游世界……为总是赐给我们的一切……也为希望永远赐予我们的一切……"他温柔地注视着她，她也举起了酒杯，向着他微笑。

　　"也为我们，查尔斯，干杯！"

　　"阿门！"他俯身过去，亲吻着她，眼中闪烁着光辉。

图书在版编目（ＣＩＰ）数据

飘流的情侣 / (美) 斯蒂尔著；张婷依, 张永冠译. -- 南昌：
百花洲文艺出版社, 2014.5
（外国文学经典阅读丛书. 美国文学经典）
ISBN 978-7-5500-0936-3

Ⅰ.①飘… Ⅱ.①斯… ②张… ③张… Ⅲ.①长篇小
说 – 美国 – 现代 Ⅳ.①I712.45

中国版本图书馆CIP数据核字(2014)第072446号

飘流的情侣

[美]丹尼尔·斯蒂尔　著

张婷依　张永冠　译　岳平　校

出 版 人	姚雪雪
责任编辑	刘　云　程顺祥
美术编辑	彭　威
制　　作	李晶晶
出版发行	百花洲文艺出版社
社　　址	南昌市红谷滩世贸路898号博能中心A座9楼
邮　　编	330038
经　　销	全国新华书店
印　　刷	江西千叶彩印有限公司
开　　本	787mm×1092mm　1/16　印张　22
版　　次	2014年9月第1版第1次印刷
字　　数	255千字
书　　号	ISBN 978-7-5500-0936-3
定　　价	37.00元

赣版权登字　05-2014-97
版权所有，侵权必究
邮购联系　0791-86895108
网　　址　http://www.bhzwy.com
图书若有印装错误，影响阅读，可向承印厂联系调换。